Debbi Michiko Florence

Bleib einfach cool, Jenna Sakai

DEBBI MICHIKO FLORENCE

Bleib einfach cool, Jenna Sakai

Aus dem Englischen von
Ilse Rothfuss

dtv

MIX
Papier aus verantwortungsvollen Quellen
FSC® C083411

1. Auflage 2022

Titel der Originalausgabe: Just Be Cool, Jenna Sakai
(Scholastic Press, an Imprint of Scholastic Inc., New York, 2021)
Published by arrangement with Rights People, London

Umschlaggestaltung: dtv nach einer Vorlage von Stephanie Yang
Gesetzt aus der Berling
Satz: Gaby Michel, Hamburg
Druck und Bindung: CPI books GmbH, Leck
Printed in Germany · ISBN 978-3-423-65038-0

Für Lynn Bauer, anam cara,
die immer an meiner Seite war

1

Herzschmerz ist was für Versager.

Kluge Menschen schützen ihr Herz, und ich war ja nicht dumm. Im Gegenteil. Ich hatte mein Herz im Tresor eingesperrt, an einem Ort begraben, wo niemand darauf herumtrampeln konnte. Nur deshalb war es noch heil, mein Herz, obwohl Elliot Oxford direkt vor den Weihnachtsferien Schluss mit mir gemacht hatte.

Zwei Wochen später schaffte ich es durch den ersten Schultag, ohne Elliot ein einziges Mal zu erwähnen. Und Keiko, meine beste Freundin, fragte nicht nach ihm. Sie hatte mir geschrieben, während ich bei Dad in Texas war, um zu hören, ob ich zurechtkam. Aber ich hatte ihr nicht geantwortet. Und nachdem sie mir in der Mittagspause ein paarmal »bedeutungsvolle« Blicke zugeworfen hatte, ohne dass ich darauf reagierte, schien sie den Wink verstanden zu haben. Jetzt musste ich nur noch Elliot im Zeitungsclub aus dem Weg gehen. Wer sagte denn, dass wir weiter zusammenarbeiten mussten? Mir würde es jedenfalls nicht schwerfallen, ihn wie Luft zu behandeln.

Aber dann lief ich Elliot nach der letzten Stunde auf dem Weg zum Schließfach in die Arme – im wahrsten Sinn des Wortes.

In meiner Eile, zu Ms Fontes' Klassenzimmer zu kommen, schoss ich zu schnell um die Ecke und rasselte prompt mit ihm zusammen. Meine Kuriertasche rutschte mir von den Schultern und knallte auf den Boden. Als wir uns beide danach bückten, stießen wir mit den Köpfen zusammen.

»Autsch!« Ich richtete mich auf und rieb mir die Stirn.

»Das war ein Unfall«, sagte Elliot überflüssigerweise und reichte mir meine Tasche. Ich riss sie ihm ungeduldig aus der Hand. Elliot war wirklich der Letzte, mit dem ich jetzt reden wollte.

Sein Blick wanderte an mir herunter. »Deine Haare sind kürzer. Und anders gefärbt.«

»Du merkst aber auch alles«, knurrte ich und zupfte an den kürzeren türkisblauen Strähnen. Ich färbte mir oft die Haare, wenn ich gestresst war, aber diesmal sollte es in erster Linie ein Neubeginn sein – neues Jahr, neue Farbe. Zumindest redete ich mir das ein.

»Ja, klar.« Elliot presste seinen Mund zu einer schmalen Linie zusammen.

Ich hievte meine Tasche wieder über die Schulter und stand unsicher da.

»Gehst du in den Zeitungsclub?«, fragte Elliot.

»Warum? Hast du gehofft, dass ich wegbleibe?«

Elliot runzelte die Stirn. Ich starrte auf die Falte zwischen seinen Augenbrauen, die ich immer so süß gefunden hatte. Jetzt nicht mehr.

»Warum bist du immer gleich so sauer?«, fragte Elliot.

»Und warum kritisierst du immer an anderen herum?«

»Tu ich doch gar nicht. War nur eine Beobachtung. Gute Reporter sind gute Beobachter. Das müsstest du doch wissen.«

Aha, er fing schon wieder damit an. »Gute Reporter sind aber auch objektiv.«

»Genau. Und wie willst du objektiv sein, wenn du immer sofort Feuer spuckst?«

»Das ist physisch unmöglich«, fauchte ich ihn an.

»Nein, eine Metapher«, konterte Elliot ungerührt.

Aaah! Ich hasste diese herablassende Art an ihm. Aber gut, mein Schließfach konnte warten. Ich wirbelte herum und verschwand in Richtung Zeitungsclub. Allein. So wie es mir am liebsten war.

Ich fegte ins Zimmer und schaute mich rasch um. Ms Fontes, die unseren Club betreute, war noch nicht da. Sie stürzte immer direkt nach dem Unterricht aus dem Zimmer, um sich mit Kaffee zu versorgen, ließ aber die Tür unverschlossen, damit wir hereinkonnten. Ich zählte schnell ab, wie viele von uns schon da waren – sieben. Also fehlte nur noch Elliot.

Ich ließ den Tisch links liegen, den ich bisher mit Elliot geteilt hatte, und setzte mich zu Isabella Baker ganz am anderen Ende des Raums.

»Hey«, begrüßte mich Isabella. Ihr goldener Lidschatten hob sich schimmernd gegen ihre dunkelbraune Haut ab. »Oh! Deine Haare sind toll!«

»Danke«, sagte ich lächelnd.

»Wie war's in den Ferien?«

»Ach, ziemlich gut.« Ich hatte die ganzen zwei Wochen bei Dad in Texas verbracht. Mein erstes Weihnachten fern von zu Hause und ohne meine beiden Eltern. Aber wenigstens war auch das Wetter in Texas nicht viel anders als hier in Kalifornien. »Und bei dir?«

»Mega! Meine Schwester ist vom College nach Hause gekommen und hat mir bei meinen Mode-Entwürfen geholfen.« Isabellas Blick huschte an mir vorbei. »Wo ist Elliot?«

Oh. Diesen Teil hatte ich einen Augenblick ganz vergessen. Ich musste den anderen noch sagen, dass wir getrennt waren. »Keine Ahnung«, sagte ich.

»Hey, da ist er!«

Ich drehte mich um, und ja, da war er. Er schlenderte zur Tür herein, und weil ich ihn jetzt mit Abstand sah, ohne ihm praktisch im Gesicht zu kleben, konnte ich ihn auch besser ins Auge fassen. Er trug eine blau-grün karierte Jacke, Cargohosen und Vans. Sein kastanienbraunes Haar war wie immer ein bisschen zu lang, was mir aber gut gefallen hatte. Es duftete leicht nach Kokosnuss und war wunderbar weich. Mein Herz zog sich zusammen bei diesem Gedanken. Nie wieder würde ich seine Haare berühren. Ich drehte mich schnell wieder um.

Isabella sog die Luft ein, als Elliot sich am anderen Ende des Raums an unseren alten Tisch setzte.

»Habt ihr Streit?«, flüsterte sie mir zu.

Ich mochte Isabella, bewunderte ihren Schreibstil und ihr Modebewusstsein. Wir liebten beide T-Shirts mit aufmüpfigen Sprüchen und frecher Grafik. Ich trug ein Sandra-Oh-Shirt mit dem Motto *It's An Honor Just to Be Asian* und Isabella ihr *Big is Beautiful*-Shirt. Nur mit dem Unterschied, dass ich meine T-Shirts mit Jeans kombinierte, während Isabella meistens einen ihrer farbenprächtigen Röcke dazu anhatte.

Also gut. Lieber gleich reinen Tisch machen. Das Pflaster mit einem Ruck abreißen, wie Keiko immer sagte.

»Wir haben uns getrennt«, antwortete ich in normaler Lautstärke.

Isabella schnappte nach Luft. Caitlin und Laurel am Nebentisch starrten erst mich an, dann Elliot. Ich folgte ihrem Blick. Elliot unterhielt sich mit Carlos und Thea, die sonst immer neben uns gesessen hatten. Nein, neben IHM. *Sie sitzen neben IHM*, korrigierte ich mich in Gedanken.

»Warum? Was ist passiert?«, fragte Isabella mit demselben besorgten Blick wie Keiko, der ich es erzählt hatte, bevor ich zu Dad gefahren war. »Ihr wart doch so ein perfektes Paar.«

Perfekt? Von wegen. Wie hatte ich nur glauben können, dass Elliot und ich gut zusammenpassten, nur weil ich ihn süß fand und weil er Schriftsteller werden wollte, so wie ich? Das war ein großer Fehler gewesen. Überhaupt war

Liebe die reine Zeitverschwendung. Ich brauchte nur an meine eigenen Eltern zu denken. Wie sie mit ihrer Bilderbuchromanze geprahlt hatten, ihrem magischen ersten Date, ihrer pompösen Hochzeit in Hawaii. Wie sie jeden ihrer Jahrestage groß gefeiert und mit extravaganten Geschenken besiegelt hatten, nur um sich sechzehn Jahre und eine Million Kräche später wieder scheiden zu lassen.

Zum Glück kam im selben Moment Ms Fontes ins Zimmer, ihren riesigen Thermobecher mit eisgekühltem Kaffee in der Hand. Ich war froh, dass ich mein Gespräch mit Isabella nicht fortsetzen musste, aber zugleich auch erleichtert, dass es jetzt raus war. Vielleicht würden die anderen mich gar nicht mehr nach Elliot fragen.

»Hallo, Zeitungsclub!« Ms Fontes lehnte sich lächelnd an ihr Pult. »Im letzten Halbjahr habt ihr die einzelnen Aspekte des Zeitungsmachens kennengelernt. Recherchieren, Interviews führen, schreiben, redigieren, aber auch Design, Layout und Produktion. In diesem Halbjahr will ich euch ein bisschen aus eurer Komfortzone herausholen. Als Erstes werdet ihr ein Ressort ausprobieren, das euch bisher vielleicht eher fernlag. Und ich möchte eure Beiträge bis spätestens nächsten Donnerstag auf meinem Schreibtisch haben. Ja, ich weiß, das ist knapp, aber wenn ihr für eine Zeitung arbeitet, müsst ihr lernen, schnell zu sein. Auch wenn wir hier nicht wirklich eine Zeitung machen – in diesem Club sollt ihr nur alles lernen, was ihr später in der Highschool braucht, wo es dann wirklich ernst wird.« Ms Fontes schaute auf ihre Notizen und fing an, die Aufgaben zu verteilen.

»Elliot, Sport.«

Ich musste mir das Lachen verkneifen. Von Sport verstand ich nun wirklich mehr als Elliot. Was keine Kunst war – es gab mit Sicherheit nicht viele Leute, die so wenig Ahnung hatten wie er. Das konnte ja heiter werden.

»Ben, du berichtest über alles rund um die PV Middle und übernimmst die Schulankündigungen. Caitlin, von dir will ich einen Artikel zu einem frei gewählten Thema – der Text muss mindestens 250 Wörter umfassen.«

Caitlin tippte mit ihrem Stift auf ihr Skizzenbuch. Sie war normalerweise unsere Fotografin und Illustratorin.

»Thea, du schreibst ja immer so gute Filmrezensionen«, fuhr Ms Fontes fort. »Wie wäre es diesmal mit ein oder zwei Buchbesprechungen? Und Brody, von dir will ich einen Meinungsartikel – aber nicht zum Super Bowl oder etwas Ähnlichem.«

Alle lachten, auch Brody, der Ms Fontes das Daumenhoch-Zeichen gab.

»Carlos, du machst einen Steckbrief von Ms Shah, der neuen Nawi-Lehrerin.«

Carlos, der einzige Achtklässler in unserem Club, der sonst ausschließlich aus Siebtklässlern bestand, kritzelte etwas in sein Notizbuch. Carlos, Elliot und ich waren normalerweise für die Investigativ-Artikel zuständig. Ich konzentrierte mich dabei auf Themen wie Umwelt und

Kultur, während Carlos und Elliot vor allem Lokales und Schulereignisse abdeckten.

»Jenna …«, Ms Fontes nickte mir zu, »von dir möchte ich einen persönlichen Essay.«

Meine Ohren dröhnten. Wie bitte? Ein persönlicher Essay? Ich kaute an den beiden Wörtern herum, als wäre es eine fremde Sprache. Ein persönlicher Essay. Persönlich. Essay. Was in aller Welt hatte das mit Journalismus zu tun? Ein Artikel, in dem es um Gefühle ging, um witzige kleine Anekdoten und ähnlichen Kram. Das sind keine Nachrichten. Und über Gefühle zu schreiben bedeutet, na ja, welche zu haben. Was sollte das? Und das mir, wo ich so viel Wert auf Objektivität und Faktentreue legte? Genau deshalb wollte ich doch Journalistin werden!

Ich war so in meine Gedanken vertieft, dass ich die restliche Aufgabenverteilung nicht mehr mitbekam.

Schließlich drehte ich mich zu Isabella um, die am liebsten über Mode, Musik und Popkultur schrieb. »Und was hast du bekommen?«

Sie seufzte. »Investigativ-Artikel.«

Also genau das, was ich gern gemacht hätte. »Hast du schon eine Idee, worüber du schreiben willst?«

Isabella schüttelte so heftig den Kopf, dass ihre Locken hüpften. »Und du?«

Ich verdrehte die Augen. »Persönlicher Essay. Ich glaube nicht, dass ich so was überhaupt schon mal in einer Zeitung gesehen habe.«

»Klar hast du. Zum Beispiel diese Modern Love Essays in der *New York Times*.«

»Die was?«

Isabella grinste. »Meine Mom ist ein großer Fan davon. Das sind Artikel von ganz normalen Leuten, die über ihr Liebesleben schreiben, über ihre Erfahrungen und Hoffnungen.«

Ich wippte mit den Beinen. Das klang grässlich und viel zu persönlich. Aber das musste ich Isabella nicht auf die Nase binden. »Hmmm«, machte ich nur. »Kann mich nicht erinnern, dass ich so was schon mal gelesen habe.«

»Ich suche dir gern welche raus. Manche dieser Artikel sind wirklich gut«, sagte Isabella. »Und jetzt kannst du mir helfen, ein Thema für meinen Artikel zu finden …«

Ich nickte. »An deiner Stelle würde ich mal nachforschen, woher die Spende kommt, mit der unsere Cafeteria in den Sommerferien renoviert wurde. Ich meine, hast du sie schon mal gesehen? Richtig cool, und angeblich stammt das Geld von einer einzigen anonymen Spende. Obwohl die alte Cafeteria doch gut war. Warum haben sie das Geld nicht für was Wichtigeres verwendet, zum Beispiel, unsere alten Computer upzudaten oder die Bibliothek zu renovieren, die es dringend nötig hätte?« Oder eine richtige Schülerzeitung zu finanzieren.

»Ohhh! Gute Idee!« Isabella kritzelte etwas auf ihren Block, dann hielt sie inne. »Oder hast du das nur als Beispiel gemeint?«

Ich zuckte die Schultern. »Nein, mach nur. Ich finde, das wäre ein guter Ansatz, und ich kann es ja sowieso nicht selber schreiben. Und wenn du Hilfe brauchst …« Ich ließ den Satz unvollendet in der Luft hängen.

Isabella zog die Augenbrauen hoch. »Wirklich?«

»Ja, klar, ich weiß, das schockt dich.« Elliot und ich waren als Streber verschrien, die sich nicht gern in die Karten schauen ließen, und die Konkurrenzsituation zwischen uns beiden hatte sich derart hochgeschaukelt, dass Ms Fontes uns schließlich gemeinsam Artikel schreiben ließ, damit wir mehr Teamgeist entwickelten.

»Okaaay«, sagte Isabella gedehnt, als befürchtete sie, dass ich es mir vielleicht noch anders überlegen könnte.

»Du kriegst das schon hin«, ermunterte ich sie. »Du brauchst nur einen originellen Ansatz. Am besten fragst du im Schulsekretariat nach dem Spender. Anonym hin oder her, irgendjemand dort muss doch wissen, woher das Geld gekommen ist.«

»Danke, Jenna! Und ich hab das vorhin ernst gemeint – lies mal ein paar von diesen Modern Love Essays. Die sind super geschrieben, und sie erscheinen in einer weltberühmten Zeitung wie der *New York Times*, also kann es ja nichts Schlechtes sein.«

»Ja, gut.« Ich schaute zu Ms Fontes, die in ein Gespräch mit Elliot vertieft war. Ich war immer noch überzeugt, dass ein persönlicher Essay nichts in einer Zeitung zu suchen hatte. Wozu sollte das gut sein? Am Mittwoch würde ich mit Ms Fontes sprechen und sie um eine andere Aufgabe bitten.

Ich war eine hervorragende Schülerin, und das wusste Ms Fontes auch. Sie hatte sicher nichts dagegen, wenn ich etwas anderes machte.

2

Als ich am Nachmittag nach Hause kam, wartete Keiko auf der Veranda auf mich. Normalerweise spielte sie nach der Schule mit ihrem Freund Conner und seiner Clique Basketball im Park, und hinterher gingen Conner und Keiko meistens mit ihren Hunden Gassi. Aber da wir uns seit Weihnachten nicht mehr allein gesehen hatten, hatten wir ausgemacht, dass Keiko stattdessen zu mir nach Hause kommen würde. Und ich war froh, meine beste Freundin wieder mal für mich zu haben.

Wir gingen direkt in mein Zimmer, wo wir über einen Berg von schmutzigen Klamotten, Bücherstapeln, meinen größtenteils unausgepackten Koffer und verstreute Stifte steigen mussten.

Ich warf mich auf mein ungemachtes Bett und starrte an die Decke. Keiko setzte sich neben mich und fasste das Chaos in meinem Zimmer ins Auge. Dass meine dunkelblaue Steppdecke achtlos zusammengeknüllt am Fußende lag, war nichts Neues, das Chaos auf dem Boden allerdings schon. Keiko verlor kein Wort darüber, aber ich konnte die unausgesprochene Frage in ihren Augen lesen.

»Es ist nicht so, wie du denkst«, sagte ich, richtete mich auf und setzte mich neben sie.

Keiko drehte den Kopf zu mir um. »Ach ja? Und was denke ich deiner Meinung nach?«

»Dass das hier …« Ich schwenkte meine Hand über dem Boden herum, »mit Elliot zu tun hat.«

»Und ist es nicht so?«

»Nein.« Ich senkte meine Stimme. »Mir geht's gut.«

»Jenna«, sagte Keiko. »Die Trennung ist gerade mal zwei Wochen her. Da darfst du schon noch unglücklich sein.«

Ich packte meinen Teddy – der, den mein Dad auf dem Jahrmarkt für mich gewonnen hatte, bevor meine Eltern sich im letzten Jahr scheiden ließen – und drückte ihn an mich.

Keiko löste sanft den Teddy aus meinem Würgegriff. »Du weißt doch, dass du immer mit mir reden kannst.«

Ich seufzte laut. Das war ja gerade das Problem: Ich war nicht unglücklich. »Ich weiß. Aber mir geht's gut, das hab ich dir doch schon gesagt.«

»Du redest überhaupt nicht über die Trennung.« Keiko runzelte die Stirn. »Oder jedenfalls nicht mit mir.«

Als hätte ich noch andere Freundinnen außer Keiko, mit denen ich reden konnte! »Also, wie gesagt, alles gut.«

Weil Keiko meine beste Freundin war, hakte sie nicht weiter nach. Stattdessen fragte sie: »Soll ich dir aufräumen helfen?«

Ich warf die gebrauchten Kleider in den Wäschekorb im Schrank, während Keiko meine Bücher ins Regal stellte, in alphabetischer Reihenfolge nach dem jeweiligen Nachnamen des Autors geordnet. Sie kannte mich nur zu gut! Als ich gerade meine Schranktür schloss, ertönte der vertraute Signalton von Keikos Handy – eine Textnachricht.

Ich schaute sie an, aber Keiko sortierte weiter meine Bücher ein.

»Du kannst gern auf dein Handy schauen«, sagte ich zu ihr. »Wirklich, Keiko – so zerbrechlich bin ich nicht, und das weißt du auch. Grüß Conner von mir.«

Conner und Keiko waren erst ein paar Wochen nach Elliot und mir zusammengekommen, obwohl sie sich schon lange kannten, im Gegensatz zu Elliot und mir. Und sie waren immer noch zusammen.

Keiko lächelte, als sie die Nachricht las, und schrieb schnell etwas zurück. Dann schaute sie zu mir hoch, einen übertrieben besorgten Ausdruck im Gesicht.

»Keiko«, sagte ich warnend. »Ich bin kein kleines Mädchen mehr, so wie damals bei der Scheidung meiner Eltern. Elliot und ich, das ist nichts Dramatisches. Nur eine harmlose Schülerbeziehung. Nichts passiert.«

Keiko sah mich lange an. Ich klebte ein Lächeln auf mein Gesicht.

»Okay«, sagte sie. »Aber ich bin für dich da, wenn du reden willst.«

Ich wandte mich ab, um meinen Koffer weiter auszuräumen. Reden half nichts. Während der Scheidung meiner Eltern hatte ich pausenlos mit Keiko geredet. Bis

Audrey dazukam, Conners Schwester, die früher unsere zweite beste Freundin war. Audrey behandelte mich so abwertend und übergriffig, dass ich vor ihr nichts sagen wollte. Also verstummte ich ganz. Aber ich hatte etwas Wichtiges dabei gelernt. Es ging mir besser, wenn ich nicht darüber redete, weil ich dann alles verdrängen konnte. Ich musste nicht mehr die ganze Zeit an die Scheidung denken, nichts mehr fühlen. Solange ich schwieg, konnte ich das alles einfach vergessen. Und bei Elliot würde ich es genauso machen, das stand für mich fest.

»Willst du mir wirklich helfen?«, fragte ich. Keiko nickte so heftig, dass ihr beinahe der Kopf von den Schultern purzelte. »Dann bring mir mal den Schredder aus Moms Zimmer.«

Während Keiko hinüberging, um den Schredder zu holen, drehte ich meinen Computer auf und ließ in voller Lautstärke P!nk herausdröhnen, deren Songs ich die ganzen Weihnachtsferien über auf Repeat gehört hatte.

Nach ein paar Minuten kam Keiko mit dem Schredder zurück, den sie vor sich herrollte, und ich zog einen kleinen lila Schuhkarton unter meinem Bett hervor. Die brüllend laute Musik würde Keiko daran hindern, mir unangenehme Fragen zu stellen. Zum Glück war sie klug genug, um sich zusammenzureimen, was ich vorhatte, ohne dass ich es ihr extra erklären musste.

Sie setzte sich neben mich auf den Boden, und nachdem ich tief Luft geholt hatte, öffnete ich den Karton und blätterte den Inhalt durch: Artikel, die Elliot und ich zusammen für den Zeitungsclub geschrieben hatten, eine Karte zu unserem Einmonatigen, Rezepte von Gerichten, die wir zusammen gegessen hatten. Selbst die Visitenkarte des Coffeeshops, in dem wir uns das erste Mal getroffen hatten, hatte ich aufgehoben und einen Pappuntersetzer aus dem *Islands*, dem Restaurant, in dem wir uns einen Guacamole-Burger und Pommes zur Feier unseres Einmonatigen geteilt hatten.

Wortlos schloss Keiko den Schredder an. Ich reichte ihr den ganzen Papierstapel, und sie fütterte ihn in die Maschine, die alles restlos vernichtete. Hätte ich nur meine Erinnerungen genauso einfach zu nichts schreddern können!

Ich zog den Schal heraus, den ich für Elliot zu Weihnachten gekauft, ihm dann aber nicht mehr gegeben hatte. Er war grün-gelb, seine Lieblingsfarben. Keiko streckte die Hand danach aus. Ich schüttelte den Kopf. Der Schal passte nicht in den Schredder. Aber behalten wollte ich ihn auch nicht. Keiko warf mir einen vielsagenden Blick zu und schüttelte erneut ihre offene Hand. Ich stieß die Luft aus und gab ihr den Schal. Keiko stand auf und schoss damit aus dem Zimmer. Wahrscheinlich wollte sie ihn in dem Müllcontainer in der Garage entsorgen.

Ich schaute in den Karton, der noch nicht ganz leer war. Ganz unten am Boden lag der Stift, den Elliot mir im Zeitungsclub gegeben hatte. Ich nahm ihn in die Hand und zwirbelte ihn herum. Den würde ich behalten. Kein Mensch konnte wegen eines Kugelschreibers sentimental werden.

Ich steckte ihn schnell in meine Kuriertasche, gerade noch rechtzeitig, bevor Keiko mit leeren Händen zurückkam. Sie streckte die Hand nach meinem PC aus und stellte die Musik leiser.

»Lass uns reden, Jenna«, sagte sie und setzte sich auf mein Bett.

»Es gibt nichts zu reden.«

»Ich dachte, wir hätten keine Geheimnisse voreinander.« Keiko sagte nicht »nicht mehr«, auch wenn es unterschwellig mitschwang.

Zu dem Streit mit Audrey war es letzten Endes nur gekommen, weil ich ihr nicht gesagt hatte, dass ich in Elliot verliebt war. Nicht, dass ich es ihr bewusst verschweigen wollte, aber als Audrey zu Beginn der Siebten verkündete, dass sie für Elliot schwärmte und ihn als Freund haben wollte, waren mir die Worte im Hals stecken geblieben. Und als Audrey dann herausfand, dass Elliot und ich praktisch schon zusammen waren, rastete sie komplett aus, so als hätte ich ihn ihr ausgespannt oder was auch immer. Obwohl sie sich später gegenüber Keiko etwas leistete, das viel schlimmer war. Aber es hatte mich trotzdem getroffen.

»Ich habe keine Geheimnisse«, sagte ich jetzt. »Ich will nur nicht alles zerreden.«

»Okay.« Keiko klang nicht sehr überzeugt. »Ich bin da, wenn du mich brauchst.«

»Also wirklich, Keiko.« Meine Stimme wurde unwillkürlich lauter. »Ich hab's jetzt verstanden. Du hast es mindestens eine Million Mal gesagt. Mir geht's gut. Ich muss nicht darüber reden!«

Keiko blinzelte und überspielte die Situation, indem sie meine Bettdecke glatt strich.

Ich seufzte. Sie hatte es nicht verdient, dass ich sie anfauchte. Keiko war immer für mich da. Immer. Und sie verurteilte mich nicht.

»Aber weißt du was?«, sagte ich. »In diesem Halbjahr kommt der Zeitungsclub nur montags, mittwochs und freitags zusammen. Das heißt, wir können uns am Dienstag und Donnerstag nach der Schule treffen.«

Keiko lächelte.

»Ich weiß, du gehst dienstags zu Conners Basketballspielen, aber wir können auch zusammen zuschauen«, schlug ich vor. »Und ich kann auch mal hinkommen, wenn du mitspielst. Aber ich schaue nur zu, damit das klar ist.«

»Nein, lass uns Donnerstag einfach was zusammen machen – nur wir beide«, sagte Keiko, »ich muss nicht jeden Tag spielen.«

»Und was ist mit Conner?«

Sie schüttelte den Kopf. »Den seh ich oft genug. Ich will auch mal mit dir zusammen sein.«

Endlich lächelte ich.

»Außerdem kannst du zu unserem Spieleabend am Samstag zu mir nach Hause kommen.«

»Das klingt gut.« Ich war seit der Scheidung meiner Eltern nicht mehr dabei gewesen.

»Aber ich muss dich warnen«, fügte Keiko lachend hinzu. »Meine Mom ist der absolute Scrabble-Champion – und sie will unbedingt gewinnen. Wenn sie so weitermacht, bringt sie Doug und Teddy noch zum Weinen.«

Ich hatte nicht gewusst, dass die Jungs auch zu Keikos Spieleabend kamen. Das versetzte mir einen Stich ins Herz. Als wäre plötzlich ich die Außenseiterin.

»Und du isst mittags mit uns, okay? Es war so schön mit dir heute.« Keiko drückte meinen Arm. »Das wird super, Jenna! Du glaubst nicht, wie froh ich bin, dass wir endlich wieder was zusammen machen.«

Das war ich auch. Und alles nur, weil Elliot und ich uns getrennt hatten.

Aber es war besser so. Jetzt konnte ich mich auf die Dinge konzentrieren, die wirklich zählten. Schule. Freunde. Zeitungsclub. Ich wollte schließlich eines Tages Reporterin werden. Eine Top-Journalistin. Und deshalb musste ich allen emotionalen Verstrickungen aus dem Weg gehen. War ja doch nur dummes Zeug. Ich musste herzlos sein. Ein bisschen zumindest.

Was mir nicht schwerfallen würde.

3

Am nächsten Tag ging ich in der Mittagspause zu der Tribüne neben der Sporthalle. Keiko und die Jungs saßen auf den beiden obersten Bänken zusammen. Keiko lachte und reichte Conner eine Tüte Chips, während Doug und Toby, Conners Freunde, in ein angeregtes Gespräch miteinander vertieft waren.

Ich umklammerte zögernd meinen Lunchbeutel. Zu Beginn der Siebten hatte ich die Mittagspause mit Keiko und Audrey verbracht. Aber dann spielte Audrey sich noch mehr auf als sonst – obwohl sie schon immer die Dramaqueen war –, und ich hielt es nicht mehr aus. Keiko blieb bei ihr, aber ich zog mich von da an mit Elliot zusammen in Ms Fontes' Zimmer zurück. Dann kam der große Krach mit Audrey, und Conner und seine beiden Freunde hatten Audreys Platz bei Keiko eingenommen. Ich wollte mich nicht aufdrängen, weil ich nicht das Gefühl hatte dazuzugehören. Keiko und die Jungs bildeten eine eingeschworene Gruppe, das war nicht zu übersehen.

Zu spät begriff ich, wie dumm es von mir gewesen war, meine ganze Zeit mit Elliot zu verbringen. Ich hatte mich angreifbar und verletzlich gemacht, weil ich mich zu sehr auf ihn eingelassen hatte. Dieser Fehler würde mir kein zweites Mal unterlaufen – weder bei Jungs noch sonst irgendjemandem.

Keiko und ich waren immer noch beste Freundinnen, okay, aber es war nicht mehr wie früher. Ich blickte mich um. Vielleicht konnte ich irgendwo alleine essen. Wer sagte denn, dass ich auf andere angewiesen war? Ich konnte auch einfach die coole, intellektuelle Außenseiterin geben. Und je mehr ich darüber nachdachte, desto verlockender erschien mir der Gedanke. Aber wo sollte ich hingehen, um den anderen nicht über den Weg zu laufen?

»Jenna! Hier drüben!«

Keiko war nicht zu überhören. Sie stand oben auf der Tribüne und winkte mir mit beiden Armen. Übersehen konnte ich sie folglich auch nicht. Ich straffte die Schultern, ging zur Tribüne hinüber und stieg hinauf. Keiko klopfte auf den Platz neben sich.

Kaum hatte ich mich gesetzt, als Doug sich zu mir vorbeugte. »Ey, Mann, was ist deine Superkraft?«

»Also erstens bin ich kein Mann«, sagte ich.

Doug zuckte die Schultern.

Keiko stieß mich an. »Die führen immer so absurde Gespräche. Ist besser, wenn du einfach mitspielst.«

»Ha-ha. So kriegen wir dich …« Teddy drehte sich zu Doug und Conner um. »Ihr seid auf dem Holzweg, Jungs. Unsichtbarkeit ist viel besser als Gedankenlesen.«

»Ich bin froh, dass du da bist«, sagte Keiko zu mir.

Und ich erst, stellte ich fest, als ich in mein Sandwich

biss. Es fühlte sich gut an, so selbstverständlich aufgenommen zu werden.

»Stimmt es, dass du heute zu unserem Spiel kommst?«, fragte Conner mich.

Ich nickte und kaute.

»Ausgezeichnet!« Doug klatschte in die Hände. »Unsere Cheerleader-Truppe hat sich verdoppelt.«

Die Jungs lachten. Und obwohl sie ziemlich viel herumblödelten, waren sie zumindest keine Idioten mehr. Nicht so wie im letzten Jahr, als sie Keiko, Audrey und mir das Leben zur Hölle gemacht hatten. Obwohl mir die blöden Spitznamen, die sie uns nachriefen, nicht so viel ausgemacht hatten wie Audrey und Keiko, aber trotzdem – das hier war viel besser. Und ich hätte es zwar nie zugegeben, aber ich war ziemlich gespannt auf ihr Basketballspiel.

Nach der letzten Stunde – Sport – ging ich mit Keiko in den Park, wo viel mehr los war, als ich erwartet hatte. Alle sechs Basketballplätze waren belegt, und es gab sogar offizielle Zeitnehmer.

»Haben sie auch Schiris?«, fragte ich Keiko.

»Das hier ist eine Spielklasse, die vom Park organisiert wird.«

»Oh.« Dann waren das also richtige Turniere. Ich war beeindruckt.

Ich folgte Keiko zu dem Platz, auf dem sich Conner, Doug und Teddy aufwärmten. Als wir zu den Bänken davor kamen, fielen mir fast die Augen aus dem Kopf, und ich blieb wie angewurzelt stehen.

»Was?« Keiko drehte sich nach mir um. Als sie mein Gesicht sah, blickte sie sich suchend um. »Oh.«

Elliot saß in der dritten Reihe.

Ich stolzierte zu ihm hinüber. »Was machst du hier?«, fauchte ich ihn an.

Seine Augen weiteten sich. »Na, und du? Was machst du hier?«

»Ich habe zuerst gefragt.« Also wirklich! Was hatte Elliot bei einem Dreier-Basketballspiel im Park zu suchen?

Elliot verdrehte die Augen und klappte das Notizbuch zu, das er auf dem Schoß hielt. »Ich mache meine Aufgaben für Ms Fontes. Ich soll über Sport schreiben, schon vergessen?«

»Und da suchst du dir ein Parkspiel aus? Das hat doch gar nichts mit der Schule zu tun.«

»Genau deshalb. Ich wollte einen neuen Ansatz. In jedem einzelnen Sportartikel, der bisher geschrieben wurde, ging es immer nur um eine von unseren Schulmannschaften.« Elliot nickte zu dem Platz hinüber. »Teddy Chen ist mit mir in Sport. Er hat mir von dem Turnier erzählt. Und weil er und seine Mannschaft in die PV Middle gehen, gibt es auch eine Verbindung zur Schule. Und du? Wie kommst du mit deinem Essay voran?«

Oh nein! Konnte Elliot sich nicht um seinen eigenen

Kram kümmern? Und warum musste er ausgerechnet über dieses Spiel hier berichten? Außerdem war es ihm doch völlig egal, wie ich mit meinem Essay vorankam. Ihm ging es nur darum, der Beste zu sein, das war alles. Oder auf jeden Fall besser als ich.

Ich machte auf dem Absatz kehrt, ohne zu antworten, und ging zu Keiko zurück, die am Rand des Spielfelds auf mich wartete.

»Sollen wir woanders hingehen?«, fragte sie mich. »Wir müssen nicht hierbleiben, wenn du nicht willst.«

Ich ließ mich auf die Bank plumpsen und wippte mit den Beinen. »Wir bleiben hier.« Das fehlte noch, dass ich mich von Elliot vertreiben ließ.

Keiko setzte sich neben mich und sah mich an. Ich seufzte, dann drehte ich mich zu ihr um. »Alles gut, Keiko. Du brauchst nicht auf Zehenspitzen um mich herumzuschleichen. Das geht mir langsam auf die Nerven.«

Ein verletzter Ausdruck trat in Keikos Gesicht, und ich war einen Augenblick zerknirscht. Aber vielleicht ließ sie mich jetzt endlich in Ruhe.

Dann fing das Spiel an, und Keiko war bald viel zu sehr damit beschäftigt, Conner und die anderen anzufeuern, um noch länger um mich herumglucken zu können. Ich konzentrierte mich auf das Spiel oder versuchte es zumindest. Eigentlich liebte ich Basketball, und obwohl es kein Profi-Spiel war, fand ich es ziemlich gut. Aber Elliots Anwesenheit lenkte mich ab, und ich fragte mich die ganze Zeit, wie er überhaupt in der Lage sein sollte, dem Spielverlauf zu folgen. Wir hatten zwei College-Spiele im Fernsehen miteinander angeschaut, und Elliot hatte sich halb tot gelangweilt und nichts verstanden. Die Regeln gingen ihm einfach nicht in den Kopf. Danach hatten wir nie mehr Sport zusammen angeschaut.

Stattdessen blieben wir nach dem Zeitungsclub meistens in Ms Fontes' Klassenzimmer und machten Interview-Spiele, so in der Art von »Zwanzig Fragen«.

»Lieblingsessen?«, hatte ich ganz am Anfang gefragt.

»Fried-Chicken-Sandwich«, war Elliots Antwort. »Und deins?«

»Japanisches Curry.«

»Ich dachte, Currys sind alle gleich.«

»Nein. Japanische Currys sind nicht so scharf gewürzt wie indische, und die Soße ist dicker, mehr wie Eintopf.« Ich lehnte mich auf meinem Stuhl zurück. »Jetzt hab ich Hunger.«

»Und was magst du daran?«

»Was? Wie meinst du das?«

Elliot beugte sich vor, und seine Augen funkelten, wie immer, wenn ihn etwas begeisterte. »Na ja, Fried-Chicken-Sandwiches erinnern mich an die Sommer bei meinen Großeltern – wie wir auf der Veranda gegessen und Karten gespielt haben. Ich meine, Fried Chicken ist sowieso der Hammer, aber für mich ganz besonders, weil ich dabei an meinen Grandpa denke.«

»Oh. Also ehrlich gesagt, ich mag einfach Curry, weil es so schön cremig und lecker ist und mit Reis serviert wird.«

Das war nicht die ganze Wahrheit. Japanisches Curry hatte tatsächlich auch eine emotionale Bedeutung für mich. Es war Dads Lieblingsgericht. Aber als er gegangen war, hatte Mom alles weggeworfen, was auch nur entfernt an ihn erinnerte, samt unseren alten Familientraditionen. Die Sonntagscurrys flogen zur Tür hinaus, zusammen mit meinem Dad.

»Oh«, hatte Elliot mit enttäuschtem Stirnrunzeln und dieser süßen kleine Falte zwischen seinen Augenbrauen gesagt.

Die Interview-Spiele mit Elliot hatten mir Spaß gemacht, jedenfalls solange er mich nicht als Konkurrentin betrachtet hatte.

Nach ein paar Wochen sagte er zu mir: »Deine letzten beiden Fragen waren ein bisschen einfach.«

»Was? Wie meinst du das?«

»Du musst tiefer graben. So wie ich.«

Ich schüttelte den Kopf. »Ich dachte, das ist ein Spiel. Damit wir uns besser kennenlernen und so.«

»Ich meine ja nur, wenn du wirklich eine große Reporterin werden willst, musst du jede Gelegenheit nutzen, um deine Fähigkeiten zu trainieren, oder?«

Ich hatte mir danach mehr Mühe gegeben, aber der Spaß war mir vergangen. Obwohl ich Elliot für seine

Klugheit und seinen Ehrgeiz bewunderte, ging er mir manchmal ganz schön auf die Nerven. Immer musste er recht behalten, egal, was es war. Das war auch der Hauptgrund, warum wir keine Sportsendungen mehr zusammen angesehen hatten – Elliot konnte es einfach nicht ertragen, dass ich mehr darüber wusste als er.

Ein durchdringender Pfiff riss mich aus meinen Gedanken. Conner war gefoult worden.

Ich stellte mir Elliots Gesicht vor, das vor Verwirrung bestimmt ganz verkniffen war. Wahrscheinlich hatte er keine Ahnung, warum Conner einen Freiwurf bekam. Ich drehte mich zu ihm um, aber er achtete nicht auf Conner. Er beobachtete *mich*. Mein Herz fing an zu rasen, und ich drehte mich schnell wieder zurück.

»Ich muss gehen«, sagte ich hastig zu Keiko. Bevor sie protestieren konnte, packte ich meine Tasche und lief vom Platz. Das war nicht nett von mir, klar, aber ich konnte keine Sekunde länger in Elliots Nähe bleiben.

Ich wollte ihn vergessen, und wie sollte ich das schaffen, wenn ich ihn immer und überall vor Augen hatte?

4

Da ich den Nachmittag jetzt nicht beim Basketball verbrachte, musste ich meine Zeit auf andere Weise totschlagen. Mom war im Augenblick sehr beschäftigt, weil die Steuersaison gerade anfing, und würde erst weit nach sechs aus dem Büro nach Hause kommen. Und ich war viel zu schlecht gelaunt, um allein zu Hause herumzusitzen. Dann würde ich nur die ganze Zeit an Elliot denken. Nein, unmöglich. Ich brauchte eine Ablenkung.

Ich verließ den Park durch den rückwärtigen Ausgang und marschierte einfach drauflos, ohne bestimmtes Ziel. Weiter vorne kam eine Einkaufspassage und ein winziger Buchladen, den ich liebte, aber ich hielt trotzdem nicht an. Elliot und ich hatten dort immer zusammen geschmökert. Na toll. Sogar meine Lieblingsplätze hatte er mir vermiest.

Schließlich bog ich nach links in den Beach Boulevard ein und landete in einer Gegend, die ich überhaupt nicht kannte. Es waren hauptsächlich Industriegebäude, aber auf der anderen Straßenseite entdeckte ich ein altmodisches Diner mit einem völlig verbeulten, verwitterten Schild, auf dem *LEIGH'S STAGE DINER* stand. Aus dieser Entfernung konnte ich nicht sehen, ob das Diner aufhatte. Die blaugrüne Farbe war abgeblättert, der Gehsteig davor bucklig von vergangenen Erdbeben. Ich überquerte die Straße und spähte durch eine der schmuddeligen Fensterscheiben. Drinnen saßen Gäste.

Ich schrieb meiner Mom eine Nachricht, dass ich den Park verlassen hatte. Seit der Scheidung waren ihre Regeln … nachlässiger geworden. Es genügte ihr, wenn ich mich nach der Schule bei ihr meldete, um ihr zu sagen, wo ich mich aufhielt. Mom schickte mir ein Daumenhoch-Emoji und erinnerte mich daran, dass ich vor Einbruch der Dunkelheit zu Hause sein musste.

Ich ging eine Betonrampe hinauf, und als ich die Glastür aufstieß, klimperte eine Glocke, die am Türgriff innen befestigt war. So heruntergekommen das Gebäude von außen auch wirkte, innen war alles makellos. Der schwarzweiße Vintage-Fliesenboden funkelte. Rot gepolsterte Hocker reihten sich an einer langen Theke aus glänzendem Chrom aneinander. Die gegenüberliegende Wand mit den großen Panoramafenstern bestand aus Sitznischen mit Holzbänken, und die Tische waren passend zur Theke mit schwarz-weißem Laminat beschichtet. Für ein Diner war es ungewohnt still hier drinnen. Keine Musik, was irgendwie schön war.

»Such dir einen Platz, du hast die freie Wahl«, rief eine Kellnerin mit einer roten Brille hinter der Kasse hervor.

Ich ging nach hinten und kam an einem alten Mann vorbei, der an der Theke saß und Zeitung las, und an zwei

Müttern mit ihren Kleinkindern in einer der Nischen. Ich setzte mich in die am weitesten entfernte Nische, die auch die größte war. Vielleicht war sie für eine größere Gruppe gedacht, aber die Kellnerin hatte mir die freie Wahl gelassen, und ich konnte mir nicht vorstellen, dass der Laden in den nächsten zwei Stunden brechend voll werden würde. Ich rutschte ganz nach hinten an die Wand, stellte meine Tasche neben mich und zog mein Notizbuch hervor, falls mir etwas Gutes für meinen Artikel einfallen sollte.

Inspirationen gab es hier jedenfalls mehr als genug. Der ganze Raum war mit Postern von Broadway Musicals dekoriert. Ein paar davon erkannte ich. Eins davon war aus *Waitress* (Jennas Kuchen – für Liebe gibt es kein Rezept), was vielleicht nicht besonders subtil, aber trotzdem witzig war. Außerdem entdeckte ich Plakate der Musicals *Newsies* (Die Zeitungsjungen), *Rent* und *Anatevka*. Mir gefielen diese Motive. Das hatte Charakter.

Ich nahm mir eine der laminierten Speisekarten und studierte sie. Ich hatte mit einer seitenlangen Aufzählung aller einschlägigen Snacks gerechnet, fand aber nur eine kurze Liste von Sandwiches und Salaten auf der Vorderseite und Beilagen und Getränken auf der Rückseite vor. Die Gerichte hatten lange, ausgefallene Namen – *Jean Valjeans geklautes Knoblauchbrot, Willkomen-daheim-in-Santa-Fé-Salat* und *Phantom des Zwiebelburgers*.

Mir knurrte der Magen. Ich überflog die Tages-Specials

auf der Schiefertafel über der Theke. Milchshakes, wow! Und die verschiedenen Sorten hatten ebenfalls sehr merkwürdige Namen, wie *Lulus himmlischer Erdbeerröster-Traum, Trauben-Jellicle, Die Banane und das Biest* und *Rumtraube im Sonnenmantel.*

»Alle Eissorten in den Shakes sind hausgemacht«, erklärte die Kellnerin, die mich gerade begrüßt hatte und jetzt an meinen Tisch kam. »Ich bin Leigh. Besitzerin, Managerin, Kellnerin und Kassiererin – alles in einem. Tom, mein Mann, ist der Küchenchef.«

»Ähm, hi. Ich bin Jenna.«

Leigh lächelte und nickte zur Speisekarte. »Ich empfehle dir die Käsepommes und den Waitress-Shake, der mit Erdbeerröstereis gemacht wird.«

Waitress-Shake? Ich warf einen Blick auf die Karte, um die Pommes-Liste zu überfliegen. Regina Georges extrafeine Käsepommes. Ich rümpfte die Nase.

»Magst du keine Pommes?«, fragte Leigh.

»Doch, klar. Ich bin nur ein bisschen verwirrt wegen der Namen.«

Leigh lachte. »Kein Broadway-Fan?«

Ah, endlich ging mir ein Licht auf. Regina George war aus *Girls Club*. Ich hatte diesen alten Film einmal mit Keiko und Audrey zusammen auf DVD gesehen.

»Die Sitznischen hier haben auch alle Namen«, sagte Leigh und tippte auf eine kleine Plakette vorne am Tisch. »Das hier ist die *Hamilton*-Nische.«

Ich starrte auf das kleine Messingschild unter Leighs Finger – die Schrift war so klein, dass ich sie nicht lesen konnte. »*Hamilton* – das hab ich mal gesehen«, sagte ich. »In L. A.«

»Ich auch! Umwerfend, was?« Leigh nickte. »Also, was darf ich dir bringen?«

»Ähm, die Sachen, die Sie mir gerade empfohlen haben, klingen gut.«

»Also dann: Käsepommes à la Regina George und einen Waitress-Shake! Gute Wahl!«

Ich schaute mich um, und die Poster verschwammen mir vor den Augen. *Hamilton* hatte ich zusammen mit meinen Eltern gesehen. Und Leigh hatte recht: Es war fantastisch. Aber für mich war das Beste daran gewesen, dass die ganze Familie etwas zusammen unternommen hatte, was ja selten genug vorkam. Auf der Heimfahrt hatte Dad den Soundtrack von *Hamilton* auf seinem Handy hochgeladen, und bei einigen der Lieder hatten wir alle mitgesungen. Nicht gut, aber das spielte keine Rolle. Dad hatte sich einen französischen Akzent zugelegt, um Lafayette zu imitieren, und Mom bog sich vor Lachen. Sie stritten die ganze Fahrt über kein einziges Mal, sodass ich mich einen Moment lang in der Hoffnung wiegte, alles würde sich wieder einrenken. Aber nein. Ein paar Tage später ging das Geschrei von Neuem los.

Ich zog mein Mathebuch heraus und starrte auf meine Hausaufgaben. Kurz darauf kam Leigh mit meiner Bestellung zurück, und während sie alles vor mir auf den Tisch stellte, trällerte sie plötzlich ein Lied über Zucker, Butter und Mehl – wahrscheinlich etwas aus einem Musical. Sie hatte eine schöne Stimme, obwohl ich nicht wusste, was ich davon halten sollte, dass sie mir praktisch ein Ständchen brachte.

Die Käsepommes waren superlecker – außen knusprig und innen schön fluffig. Es war auch nicht der übliche Plastikkäse, und die Pommes waren überaus großzügig damit bestreut. Und erst der Milchshake! Ich hatte noch nie Erdbeerröster gegessen und war überwältigt von der Geschmacksexplosion. Als ich beides restlos verputzt hatte, war ich auch mit meinen Hausaufgaben fertig. Abgesehen von dem persönlichen Essay natürlich.

Der Mami-Club war inzwischen verschwunden, dafür waren zwei andere Nischen besetzt. Nach welchen Musicals sie wohl benannt waren? Wie auch immer, meine war genau das Richtige für mich. *Hamilton*. Fast wie ein Zeichen oder so. Als wäre mein Dad irgendwie hier bei mir, obwohl er doch in Texas lebte.

Ich dachte an das *Hamilton*-T-Shirt, das ich ihm letztes Jahr geklaut hatte. Keikos Mom hatte mich gerade nach Hause gebracht, und als ich zur Tür hereinkam, fiel mein Blick als Erstes auf die Umzugskartons, die im Wohnzimmer aufgestapelt waren. Dad selbst fand ich im Schlafzimmer vor, wo er seine Kleider in eine Kiste packte.

»Was ist denn hier los?«, fragte ich ihn.

Erschrocken schaute er zu mir hoch. »Jenna! Du solltest doch bei Keiko übernachten!«

Ich lehnte mich in den Türrahmen und umklammerte meine Übernachtungstasche. »Mir ging es nicht so gut.«

Dad stand auf, war mit zwei Schritten bei mir und legte seine Hand auf meine Stirn. »Kein Fieber? Wo tut's weh?«

Es ist das Herz. Was ich natürlich nicht laut sagte. »Bauchschmerzen. Vielleicht hab ich zu viel gegessen.«

Dad legte seinen Arm um mich und ging mit mir in die Küche, wo Tag und Nacht unser japanischer Heißwasserkocher eingesteckt war. Er setzte mich an den Tisch, ging zum Kühlschrank und holte einen Plastikbehälter mit aufgeschnittenen Zitronen heraus. Dann nahm er einen Becher, quetschte eine Zitronenspalte hinein und drückte auf den Knopf des Elektrokochers, um heißes Wasser in den Becher laufen zu lassen. Er schob ihn zu mir herüber und setzte sich.

»Also«, sagte er, während ich vorsichtig an der heißen Zitrone nippte. »Ich ziehe aus.«

Ich umklammerte den Becher, kämpfte verzweifelt mit den Tränen. Ich weinte sonst immer nur, wenn ich allein in meinem Zimmer war und mitanhören musste, wie meine Eltern sich anbrüllten. Und jetzt war erst recht nicht der Moment, vor einem von ihnen die Fassung zu verlieren. »Hab ich mir schon gedacht.«

Mehr wurde nicht über die Angelegenheit gesagt. Am

übernächsten Abend war Dad fort, aber erst nachdem ich einen der Kartons aufgerissen und ihm sein *Hamilton*-T-Shirt geklaut hatte. Ich hatte selber eins, auf dem die Schuyler Sisters abgebildet waren, aber ich wollte Dads. Es war sein Lieblingsshirt.

Als Mom mich zum ersten Mal darin sah, starrte sie mich einen Augenblick an, als wollte sie etwas sagen, aber dann kniff sie die Lippen zusammen und schwieg.

Leigh stimmte ein anderes Lied an und riss mich aus meinen Erinnerungen. Eine Nummer aus *König der Löwen*, wie ich sofort erkannte. Sie bediente gerade einen Mann, der an seinem Laptop arbeitete. Er hielt nicht inne, als Leigh ihm einen Teller mit einem Sandwich hinstellte, warf ihr aber ein flüchtiges Lächeln zu.

Ich schaute kurz auf mein Handy. Höchste Zeit, meine Zelte hier abzubrechen, wenn ich vor der Dunkelheit noch zu Hause sein wollte. Während ich meine Bücher einsammelte, kam Leigh an meinen Tisch, um das gebrauchte Geschirr abzuräumen. Sie reichte mir meine Rechnung, und ich bezahlte mit meinem Taschengeld.

»Und? Wie war er?« Leigh hielt das leere Milchshake-Glas hoch.

»Superlecker«, sagte ich.

Leigh grinste. »Komm bald wieder, Jenna. Du bist hier jederzeit willkommen.«

»Danke.«

Ich hievte meine Tasche über die Schulter, und als ich

aus meiner Sitznische schlüpfte, ließ ich einen Finger über die kleine Plakette am Tisch vorne gleiten. Beim Hinausgehen drehte ich mich noch einmal um und schaute durch das schmuddelige Fenster. Niemand kannte mich in diesem Diner. Hier konnte ich ungestört allein sein. Ich musste weder über meine Gefühle sprechen, noch bestand die Gefahr, Elliot in die Arme zu laufen. Und vor allem fühlte ich mich in dieser Nische meinem Dad nahe.

Ich hatte eine neue Zuflucht gefunden. Ein perfektes Versteck.

5

Die restliche Woche über hielt ich mich bedeckt und ging Elliot sorgfältig aus dem Weg. Genauso, wie ich mich vor meinem persönlichen Essay drückte, ohne Ms Fontes um eine neue Aufgabe zu bitten. Dass Elliot an einem Sportartikel arbeiten durfte, machte mich wütend. Aber egal, wenn er über Sport schrieb, konnte ich ebenso gut einen persönlichen Essay schreiben, obwohl es völlig sinnlos war. Ich wusste, dass mir nicht mehr viel Zeit blieb und dass ich mich endlich an die Arbeit machen musste, aber das Wochenende verging wie im Flug, ohne dass ich auch nur einen Stift in die Hand nahm.

Nach dem Zeitungsclub ging ich immer direkt ins Diner und machte es mir in meiner Nische bequem. Hier konnte ich mich ausbreiten. Niemand kannte mich, außer Leigh, die freundlich, aber nie aufdringlich war. Ich gewöhnte mich an ihren Gesang, wenn sie Gäste bediente, und jetzt wusste ich auch, warum hier keine Musik lief. Zum Glück wurde es nie so voll, dass Leigh pausenlos singen musste, und sie trug auch immer nur wenige Zeilen vor, nicht den ganzen Song. Die Milchshake-Specials wechselten täglich, aber meinen geliebten Waitress-Shake gab es immer. Ich wusste inzwischen auch, dass das Zucker-Butter-Mehl-Lied offenbar zu diesem Shake gehörte. Vielleicht würde ich mir irgendwann den Soundtrack herunterladen.

Am Dienstag geriet ich allmählich in Panik wegen meiner Aufgabe für den Zeitungsclub. Ein persönlicher Essay, in dem ich über meine Gefühle schreiben sollte, war wirklich das Letzte, worauf ich Lust hatte. Wie sollte ich daraus jemals einen interessanten oder wichtigen Artikel machen? Aber es half nichts – ich musste wenigstens einen Entwurf zustande bringen. Und ich brauchte auch noch Zeit für den Feinschliff, bevor ich meinen Beitrag am Donnerstag ablieferte.

»Wage es ja nicht!« Keiko knurrte beinahe, als ich sie nach der Schule an ihrem Schließfach antraf.

»Was?«, fragte ich.

»Du willst kneifen«, sagte sie und knallte ihr Schließfach deutlich energischer zu als sonst.

Keiko wurde nicht oft wütend, und selbst wenn, ließ sie sich normalerweise nichts anmerken. Dass sie es mir so deutlich zeigte, war kein gutes Zeichen.

Ich schüttelte den Kopf. »Nein, das stimmt nicht.«

Keikos Schultern entspannten sich, und sie lächelte mich zerknirscht an. »Oh. Tut mir leid.«

Ich akzeptierte ihre Entschuldigung, obwohl sie recht hatte. Ich war tatsächlich hergekommen, um ihr abzusagen, damit ich an meinem blöden Essay arbeiten konnte. Aber ich wollte nicht, dass sie sauer auf mich war.

Seite an Seite gingen wir zu dem Tor, das vom Campus wegführte. Als der Wind auffrischte, zogen wir unsere Jacken zu, und ich zerrte mir meine Kapuze über den Kopf.

»Was wollen wir am Donnerstag machen?«, fragte Keiko.

Letzten Donnerstag waren wir bei ihr zu Hause gewesen, hatten Yuki, ihren kleinen Hund, Gassi geführt und ferngesehen.

»Was immer du willst«, sagte ich.

»Wir sollten uns mal was Besonderes überlegen.«

Mir schoss kurz der Gedanke durch den Kopf, dass wir in der Siebten nie wirklich eine Routine entwickelt hatten. Im letzten Halbjahr war ich die meiste Zeit mit Elliot zusammen gewesen. Und davor hatten Keiko, Audrey und ich immer nur gemacht, was Audrey wollte. Nicht, dass ich die Dramen mit Audrey vermisste, aber mir fehlte eine gewisse Regelmäßigkeit in unserer Freundschaft, ein Ort, an dem ich sein konnte. Nichts fühlte sich mehr normal an.

»Wie wär's mit einem Film?«, schlug ich vor. Keiko liebte alte Filme.

»Eher nicht«, sagte sie. »Ich habe freitags meinen Filmabend mit den Jungs.«

Richtig. Ich hatte ganz vergessen, dass sie einmal in der Woche zu Doug gingen, um Filme anzuschauen.

»Wir könnten zusammen lernen«, sagte Keiko schließlich.

Ich lachte. Keiko schlug immer nur Dinge vor, von denen sie glaubte, dass andere sie gern machten. »Das willst du doch gar nicht«, sagte ich. »Außerdem haben wir kaum irgendwelche Stunden gemeinsam.«

War es schon immer so schwierig gewesen, etwas zu finden, das uns beiden passte?

»Ich habe ein neues Schokoladenbackbuch«, sagte Keiko.

»Sind da auch Muffin-Rezepte drin?«

»Na klar! Und ich weiß auch schon eins, das dir gefallen würde: Bananenmuffins mit Schokoguss.«

»Dann lass uns das machen!«

Keikos Smartphone summte, und sie nahm es heraus und blinzelte auf das Display. Dann schaute sie hoch und warf mir ein schuldbewusstes Lächeln zu.

»Ist schon gut, Keiko«, sagte ich lächelnd, um ihr zu zeigen, dass es mir wirklich nichts ausmachte. »Du kannst Conner ruhig zurückschreiben.«

Ich hatte erwartet, dass sie rot werden oder zumindest verlegen zurücklächeln würde, aber sie schaute mich nur schweigend an.

»Keiko«, sagte ich und streifte meine Kapuze herunter. »Das war ein Scherz.«

Keiko schaute wieder auf ihr Handy und steckte es in ihre Tasche zurück.

Meine Reporterinstinkte waren sofort hellwach. Da stimmte etwas nicht. »Was ist los?«

»Ähm, also du kannst jetzt doch was anderes machen, wenn du willst.« Keiko wich meinem Blick aus und ging plötzlich schneller, als wollte sie mich loswerden.

»Ich hab dir ja gesagt, dass ich nicht kneife. Ich bin dabei.« Ich musste fast rennen, um sie einzuholen. Warum auf einmal diese Eile? »Ich freu mich auf das Spiel, Keiko. Ich bin doch gern mit dir und Conners Clique zusammen.« Glaubte sie etwa, dass ich eifersüchtig war oder was auch immer? Oder dass es mich traurig machte, wenn ich sie mit Conner zusammen sah – wegen Elliot?

Seit die Schule wieder angefangen hatte, war ich oft sehr ungeduldig und ablehnend gegenüber Keiko gewesen, obwohl ich es gar nicht wollte. Ich wusste ja, dass sie sich wirklich Sorgen um mich machte und mich deshalb so oft fragte, ob alles gut war. Aber Keiko und ich waren schon so lange befreundet, dass sie mich besser hätte kennen müssen.

Meine Brust krampfte sich zusammen. Vielleicht, weil ich Keiko hinterherkeuchen musste. Vielleicht aber auch aus anderen Gründen. »Keiko, nicht so schnell. Und sei doch nicht sauer auf mich.«

Das brachte sie abrupt zum Stehen. Sie wirbelte herum und sagte: »Oh, Jenna, ich bin doch nicht sauer auf dich!«

»Ach ja? Und warum willst du mich dann unbedingt loswerden? Ich meine, du hast dich doch gerade darüber aufgeregt, dass ich angeblich kneifen wollte!«

Keiko hakte ihre Daumen unter ihren Rucksackriemen ein. »Ich will dich nicht loswerden, Jenna. Ich will dir nur eine gute Freundin sein. Und ich hätte dich nicht zwingen dürfen, zu dem Spiel zu kommen.«

»Das tust du doch gar nicht.« Meine Augen wurden schmal, und Keiko trat von einem Fuß auf den anderen. »Sag mal, verheimlichst du mir irgendwas?«

Keiko seufzte. »Conner hat geschrieben.«

»Okay.«

»Elliot ist da. Heute ist das Dreier-Turnier. Wahrscheinlich will er darüber berichten.«

Mir rutschte vor Schreck die Tasche von der Schulter, und ich konnte sie gerade noch am Riemen packen, bevor sie auf den Boden knallte.

»Conner hat mir geschrieben, dass Elliot die Jungs interviewen will und zum Spiel dableibt.«

»Na toll.« Elliot servierte mich eiskalt ab, aber dann tauchte er überall auf, wo ich hinkam. Ich wollte ihn weder sehen noch mit ihm sprechen und schon gar nicht die ganze Zeit an ihn denken. Ich wollte ihn endlich aus meinem Kopf bekommen.

»Jenna, das ist okay. Du kannst natürlich mitkommen, wenn du willst, aber du musst nicht. Klar hätte ich dich gern dabei, aber ich will dich nicht zwingen, mit …«, Keiko hielt kurz inne, »… mit *ihm* zusammenzutreffen …«

Sie hatte recht. Ich wollte Elliot nicht sehen, und vor allem hatte ich keine Lust, ihm zuzuschauen, wie er an seinem Artikel arbeitete, während ich mit meinem eigenen noch kaum angefangen hatte. Ich konnte den Gedanken nicht ertragen, dass seiner besser war als meiner. Ich musste endlich in die Gänge kommen.

»Danke«, sagte ich zu Keiko. »Es ist wirklich besser, wenn ich mit meinem Artikel für den Zeitungsclub anfange.«

Auf dem ganzen Weg zu *Leigh's Stage Diner* schwirrte mir der Kopf. Warum hielt Elliot sich nicht von mir fern? Er hatte so getan, als ob ich ihm wichtig wäre, was offensichtlich nicht stimmte. Hätte er mich nur nicht damals im Sommer wegen der Englisch-Lektüreliste angemailt! Und hätte ich mich nur nicht die ganzen Ferien über in Dads Wohnung halb tot gelangweilt, wenn er im Büro war. Statt mit Keiko und Audrey alle unsere Sommer-Highlights zu genießen …

Elliots Timing war genau richtig gewesen – er war in einem Moment aufgetaucht, als ich ihm nichts entgegenzusetzen hatte. Unsere Mails wurden bald ausführlicher, wir telefonierten sogar ein paarmal, unterhielten uns über Bücher, über das Schreiben und über Journalismus. Elliot war süß und intelligent, und ich bildete mir ein, dass er mich mochte. Aber das war ein Irrtum. Und ich irre mich nicht gern.

Ich ging schneller, ballte die Fäuste, dachte daran, wie Dad meine Mom und mich verlassen hatte. Am Ende wurde einem immer das Herz gebrochen, wenn man sich öffnete. Und ich schwor mir, dass ich mich nie mehr so abhängig machen würde.

Ich kam richtig ins Keuchen, bis ich das Diner erreichte: Dampf stieg in der kalten Luft von meinem Mund auf. Ich stieß die Tür auf, ein bisschen zu heftig, was die Glocke zum Bimmeln brachte.

Leigh kassierte gerade einen Gast ab. Ich ging direkt zu meinem Platz und blieb abrupt stehen.

Da saß jemand in meiner Nische.

6

Ich stürmte an den Tisch, wo ein Junge ungefähr in meinem Alter über ein Notizbuch gebeugt saß. »Das ist mein Platz«, fauchte ich ihn an.

Der Junge hob überrascht den Kopf. Dann starrte er vielsagend auf die Tischplatte. »Siehst du hier irgendwo ein Reservierungsschild?« Es klang beiläufig und ein bisschen arrogant.

Und plötzlich erkannte ich ihn. Er war am Anfang der Sechsten ein paar Tage in meinem Gesundheitskurs gewesen. Wir bildeten sogar eine Arbeitsgruppe, aber er schlug kaum sein Buch auf, wenn wir ein Referat schreiben mussten. Ich musste ihn immer an seine Aufgaben erinnern. Und zum Dank lachte er mich auch noch aus und stellte mich als Streberin hin. Nach zwei Wochen wechselte er dann in einen anderen Kurs.

Er schien sich seitdem kein bisschen verändert zu haben – runde schwarze Hipsterbrille, dunkles Haar, coole verwuschelte Frisur, wahrscheinlich sorgfältig zurechtgestylt. Er sah immer noch wie der arrogante Faulenzer aus, als den ich ihn abgespeichert hatte.

»Rin Watanabe«, sagte ich. Mist. Meine Ohren wurden ganz heiß, weil mir sein Name einfach so herausgerutscht war, bevor ich mich bremsen konnte.

Er grinste. »Jenna Sakai.«

Was? Er erinnerte sich an mich? Ich hatte ihn im letzten Jahr ab und zu auf dem Schulgelände gesehen, aber wir hatten nie mehr miteinander geredet, seit er sich aus meinem Kurs verabschiedet hatte. War ihm wohl zu anstrengend geworden. Elliot hatte immer alles an sich gerissen, wenn wir zusammenarbeiten mussten, obwohl ich durchaus in der Lage war, meinen Beitrag zu leisten. Ich hatte das nie bei Rin gemacht. Rin hatte einfach jede Mitarbeit verweigert.

»Es gibt hier noch andere Tische«, sagte ich zu ihm.

»Stimmt.« Er klappte das Buch zu, das er vor sich liegen hatte. Es sah aus wie ein Skizzenbuch, nicht wie ein Notizheft.

»Dann setz dich woanders hin.«

»Setz du dich doch woanders hin.«

Wie bitte? Was hatte er für ein Problem? Hilfe suchend schaute ich mich nach Leigh um, aber die nahm gerade eine Bestellung auf. Und ich konnte Rin unmöglich erklären, warum mir gerade dieser Platz so wichtig war. Nicht dass ihn das zum Einlenken gebracht hätte …

Also gut. Ich warf meine Tasche auf die Bank und schlüpfte auf die andere Seite des Tischs.

»Oh, klar«, sagte er. »Du kannst mir gern Gesellschaft leisten.«

»Genau das habe ich vor, danke«, konterte ich im selben sarkastischen Tonfall. Wenn er die Nische nicht mit mir teilen wollte, konnte er ja woanders hingehen. Was er hoffentlich auch machen würde.

Er schob sein leeres Milchshake-Glas an den Tischrand, stand aber nicht auf. Ich nahm mein Notizbuch für den Zeitungsclub heraus und kramte in meiner Tasche nach meinem Federmäppchen.

»Inuyasha«, sagte Rin kaum hörbar.

Ich packte das geschlossene Federmäppchen mit den Enamelstickern drauf und knallte es neben mein Notizbuch. »Was?« Wollte er etwa Small Talk machen? Das hätte ich dann sofort im Keim ersticken müssen. Wir teilten uns vielleicht diese Nische, aber deshalb waren wir noch lange nicht befreundet.

Rin nickte zu meinem Notizbuch mit den Stickern drauf. »Inuyasha. Du liest Rumiko-Takahashi-Mangas?«

Ach so. Richtig. Ich hatte die Manga-Serie letztes Jahr in der Bibliothek entdeckt und war begeistert gewesen, weil sie von einer Frau stammte.

»Ich habe nur die ersten zehn Bände gelesen«, sagte ich. Es waren viel zu viele, um einigermaßen mitzukommen und trotzdem noch gute Noten zu schreiben. Eins von beidem musste ich aufgeben. Natürlich traf es die Mangas. Aber manchmal vermisste ich die Geschichten. Ich hatte mir diese Inuyasha-Sticker gekauft, als Erinnerung daran, dass ich im Sommer wieder einsteigen wollte.

Typisch, dass ein Junge sich sofort auf den einzigen Sticker mit einer Jungenfigur stürzte, die ich mir jemals zugelegt hatte. Oder nein, halb Junge, halb Dämon. Die restlichen Sticker zeigten berühmte Frauen wie Ruth Bader Ginsburg und Michelle Obama, oder sie waren mit Slogans bedruckt wie NIEDER MIT DEM PATRIARCHAT und Ähnliches.

»Kennst du ihre Horrorserie, die Mermaid-Saga?«, fing Rin wieder an. »Klingt ganz harmlos, ist aber ziemlich gruselig.«

Wie bitte? Mir reichte es jetzt mit dem Small Talk. »Ich muss arbeiten«, sagte ich kurz angebunden und schlug mein Notizbuch auf.

Rin zuckte die Schultern. »Wie du meinst. Aber *du* hast dich auf meinen Platz gesetzt und nicht umgekehrt.«

»*Deinen* Platz? Ich war die ganze letzte Woche hier und hab dich kein einziges Mal gesehen. Das ist *meine Nische*.«

Ich funkelte ihn an, und er starrte genauso wütend zurück.

»Freut mich, dass ihr beide euch offenbar kennt«, sagte Leigh, die an unseren Tisch tänzelte. »Hab mich schon gefragt, was wohl passieren würde, wenn ihr beide auf einmal auftaucht.«

Sie lächelte belustigt.

»Wir sind nicht befreundet«, sagte ich schnell.

Leigh zog die Augenbrauen hoch, und ich schämte mich fast ein bisschen. Ich räusperte mich, dann fügte ich hinzu: »Wir gehen beide auf die Pacific Vista Middle.«

»Das Übliche?«, fragte sie.

Ich schaute kurz auf die Tafel über der Theke, wo »Lulus Erdbeerröster-Traum« sich weiterhin behauptete. Der zweite Milchshake des Tages hieß *Sven Special*.

Als künftige Reporterin musste ich diese Information natürlich hinterfragen. »Und was ist in dem anderen alles drin?«

Leigh nickte zu Rins leerem Glas. »Eine Hommage an *Die Eiskönigin*. Vanille-Slush-Eis.«

Hmm. Nicht besonders gewagt. Also genau das Richtige für Rin. Er mochte wahrscheinlich nichts Neues, drückte sich vor Herausforderungen, was vielleicht auch erklärte, warum er es nicht schaffte, sich einen anderen Platz zu suchen.

»Ich nehme den Waitress-Shake, danke.«

Dann kramte ich meine Farbstifte hervor und reihte sie über meinem Notizbuch auf. Ich ertappte Rin dabei, wie er mich beobachtete, und warf ihm einen giftigen Blick zu. Er zuckte die Schultern, öffnete sein Skizzenbuch und nahm seinen schwarzen Stift in die Hand.

Diesmal ertappte *er* mich dabei, dass ich ihn anstarrte, was ihm nicht zu passen schien. Er zerrte ein paar Bücher aus seinem angesagten Rucksack und schirmte sein Skizzenbuch damit ab. Mir doch egal. Als ob es mich interessiert hätte, was er machte! Ich war einfach von Natur aus neugierig, was die Grundvoraussetzung war, um ein guter Reporter zu werden.

Ich nahm einen grünen Stift und zwirbelte ihn zwischen meinen Fingern herum, während ich über meinen Essay nachdachte. Ich hatte inzwischen einen dieser Modern Love Essays überflogen, die Isabella mir empfohlen hatte. Es ging dabei um eine Frau, die auf einer New-York-Reise von ihrem Verlobten abserviert worden war und auf dem Weg nach Coney Island in die falsche U-Bahn geriet. Sie erzählte, wie sie auf der Plattform stand und weinte. Dass sie die falsche U-Bahn genommen hatte, betrachtete sie als Metapher dafür, wie verloren sie sich jetzt in der Welt fühlte, und blablabla … Ich schüttelte mich innerlich. So was Persönliches und, mal ehrlich, komplett Überflüssiges würde ich niemals schreiben. Aber ich brauchte etwas, das ich Ms Fontes zeigen konnte. Ich dachte an Elliot und seinen Artikel über das Dreier-Turnier – ein ziemlich origineller Ansatz, wie ich mir zähneknirschend eingestehen musste. Schreiben konnte Elliot, das wusste ich ja bereits. Ms Fontes würde sicher beeindruckt sein.

Ich runzelte die Stirn. Ich musste mindestens so gut wie Elliot sein – nein, besser.

Leighs klare Stimme drang an mein Ohr: »Zucker, Butter, Mehl«, während sie den Waitress-Shake vor mir auf den Tisch stellte. Als sie zu Ende gesungen hatte, klatschte Rin Beifall. Leigh verneigte sich und kehrte an die Theke zurück.

Ich starrte ihn mit hochgezogenen Augenbrauen an.

Er zuckte die Schultern. »Jeder Darsteller verdient Applaus.«

Interessant. Leigh war zum ersten Mal in meiner Gegenwart beklatscht worden. Und obwohl ich es nur ungern zugab – Rin hatte recht. Leigh hatte Talent, und sie verdiente Anerkennung. Ich fragte mich, welches Lied sie zu Rins Shake gesungen hatte. »Let It Go«? Das hätte mir gefallen.

Ich nahm einen Schluck von meinem Shake und schaute zu Rin, der sich über sein Skizzenbuch beugte. Sein Stift bewegte sich mit leichten Strichen über das Papier. Was zeichnete er da? Er spürte offenbar meinen Blick, denn plötzlich riss er den Kopf hoch. Ich wandte schnell die Augen ab und schaute mich im Diner um, sonst bildete er sich noch ein, dass ich ihn ausspionierte.

Das Diner! Vielleicht konnte ich darüber schreiben? Das war doch etwas Persönliches. Und dieses Diner fiel völlig aus dem Rahmen – so was hatte ich bisher noch nie gesehen. Ich konnte zum Beispiel erzählen, wie ich mich hierherverirrt hatte, konnte das Diner in allen Einzelheiten beschreiben und über Leigh sprechen. Ich konnte sie fragen, wie sie die Besitzerin und Betreiberin dieses Lokals geworden war. Ja, genau! Daraus ließ sich ein interessanter Artikel machen.

Ich fing an, mir Notizen zu machen. Die Sätze strömten aus mir heraus, und im Handumdrehen hatte ich zwei ganze Seiten gefüllt. Das war immerhin ein Anfang. Zufrieden lehnte ich mich zurück und stellte fest, dass der Platz gegenüber leer war. Aber Rins Sachen waren noch da. Ich konnte meine Neugier kaum noch bezähmen – was machte er nur hinter seiner blöden Bücherwand? Ein guter Investigativ-Reporter würde sich eine solche Chance auf keinen Fall entgehen lassen …

Ich streckte meinen Kopf vor, um über die Bücherwand zu linsen. Halb aufgerichtet beugte ich mich hinüber und ließ meine Hände über den Tisch wandern. Plötzlich traf ich auf etwas Nasses, meine Hand rutschte weg, und ich stürzte nach vorne, direkt in die Bücherwand, sodass die Hälfte davon auf den Boden purzelte.

Oh nein. Ich huschte hinter dem Tisch hervor und ging in die Knie, um die Bücher einzusammeln, in der Hoffnung, dass ich sie an ihren Platz zurückstellen konnte, bevor Rin wieder auftauchte. Aber dann …

»Kann ich dir helfen?«, fragte Rin direkt über mir.

Ich stand auf, die Bücher an meine Brust gedrückt, und suchte verzweifelt nach einer Ausrede. Leider bin ich eine miserable Lügnerin. Die ungeschminkte Wahrheit liegt mir mehr.

»Die sind runtergefallen«, stotterte ich.

Als ich die Bücher auf den Tisch stapelte, konnte ich sehen, dass Rins Skizzenbuch zugeklappt war. Ich hätte also sowieso nichts sehen können.

Während Rin sich an seinen Platz setzte und die Wand wieder aufrichtete, packte ich mein Notizbuch und meinen Kugelschreiber und ging zur Theke hinüber, wo Leigh die laminierten Speisekarten abwischte.

»Alles okay, Schätzchen?«, fragte sie, als ich mich auf einen der Barhocker ihr gegenüber setzte.

»Ja.« Ich öffnete mein Notizbuch. »Ich schreibe einen Artikel und würde Ihnen gerne ein paar Fragen über das Diner stellen, wenn Sie nichts dagegen haben.«

Leigh schenkte mir ein strahlendes Lächeln. »Einen Artikel über das Diner? Das ist ja fantastisch! Kann nicht schaden, wenn wir hier ein bisschen mehr Publikumsverkehr bekommen.«

Leigh sah so glücklich aus, dass ich es kaum übers Herz brachte, ihr zu erklären, dass mein Artikel nicht in einer richtigen Zeitung erscheinen würde. Am liebsten hätte ich einfach den Mund gehalten, aber die Wahrheit war für mich nun einmal oberstes Gebot. »Ähm … eigentlich ist es nur eine Schulaufgabe. Der Artikel wird nicht gedruckt oder so. Tut mir leid.«

Leighs Lächeln geriet nicht ins Wanken, das musste ich ihr lassen. »Brauchst dich nicht zu entschuldigen, Jenna. Ich helfe dir gern.« Sie legte die Speisekarten weg und schenkte mir ihre volle Aufmerksamkeit.

»Wann haben Sie das Diner gekauft?« Ich hielt es für besser, mit einer leichten Frage anzufangen.

»Es gehörte meinem Dad. Ich bin mehr oder weniger hier aufgewachsen. Mein Dad hatte Krebs, und als er vor sieben Jahren gestorben ist, brachte ich es nicht fertig, den Laden einfach aufzugeben. Ich habe ihn zusammen mit meinem Mann – er heißt Tom – übernommen. Und ich hab es nie bereut.«

Oh. Also doch keine so einfache Frage. »Tut mir leid, das mit Ihrem Dad«, sagte ich. Wie schrecklich für Leigh. Ich vermisste meinen Dad, klar, aber wenigstens war er nur in Texas, und ich konnte ihn in den Ferien besuchen.

Leigh nickte. »Danke.« Sie schwenkte ihre Hand zur Tafel. »Tatsächlich ist er der Grund, warum wir das Eis und die Milchshakes kreiert haben.«

»Ihr Dad mochte Milchshakes?«

»Während der Chemo hatte er jeden Appetit verloren, und das Einzige, was er noch essen konnte und wollte, war Eis. Ich fing also an, selbst Eis zu machen, und irgendwann habe ich Shakes daraus fabriziert. Er liebte diese Shakes.«

»Wow«, sagte ich. »Ihre Shakes sind auch wirklich erstklassig.«

»Danke.«

»Und warum das Broadway-Thema?«

Leigh lachte. »Ach, mein Dad würde sich wahrscheinlich im Grab umdrehen! Die Broadway-Deko geht ganz allein auf mein Konto. Das hier war mal ein ganz normales Diner, als es noch meinem Dad gehörte. Ich wollte früher Schauspielerin werden – am Theater. Der Broadway war mein Traum, aber …«, Leigh schwenkte ihre Hand im Diner herum, »das hier war mir wichtiger. Das

Erbe meines Dads weiterzuführen. Und auf diese Weise konnte ich auch meine Broadway-Leidenschaft mit einbringen.«

»Genial«, sagte ich und musste lächeln.

Dann kam eine Familie herein, und Leigh eilte ihnen entgegen, um sie zu begrüßen. Ich ging an meinen Platz zurück, gerade als Rin seine Sachen zusammenpackte.

»Bis später, Sakai«, sagte er und verschwand in Richtung Tür.

Ich gab keine Antwort. *Bis später? Vergiss es!*, dachte ich grimmig. Wenn Rin Watanabe zurückkam, konnte er mir höchstens von der anderen Seite des Raums aus zuwinken – dafür würde ich sorgen … Diese Nische gehörte mir, und ich würde sie nicht kampflos aufgeben. Sollte er sich doch jemand anderen suchen, dem er auf die Nerven gehen konnte …

7

Als ich nach der Schule in den Zeitungsclub kam, lächelte Ms Fontes mir zu. »Jenna! Kommst du voran mit deinem Essay? Ich bin schon sehr gespannt darauf. Elliot hat gerade seinen Artikel abgeliefert.«

Ich schluckte. Er hatte seinen Artikel einen ganzen Tag früher abgegeben! Aber klar, das hätte ich mir ja denken können. Ich setzte mich an meinen neuen Platz neben Isabella, die diesmal ein Maya-Angelou-T-Shirt trug. Im letzten Halbjahr hatte sie einen Artikel darüber geschrieben, wie Angelous *Phenomenal Woman* und der Text von Lauryn Hill das Selbstbild junger Mädchen verändert hatten. Ich war begeistert gewesen.

»Hey«, sagte sie zu mir. »Danke für deine Hilfe bei meinem Artikel.«

»Und? Hast du schon herausgefunden, wer der anonyme Spender war?«

Isabella schüttelte den Kopf. »Nein, aber ich weiß jetzt, wie hoch die Spende war. Eine Million Dollar!«

Ich schnappte nach Luft. »Das ist aber eine Menge Geld.«

»Ja, oder? Ich habe in meinem Artikel hervorgehoben, dass es viel dringendere Verbesserungen gibt, die man mit diesem Geld hätte ermöglichen können. Zum Beispiel die

Bücherei aufstocken, neue Computer kaufen, Uniformen für die Mädchen-Volleyballmannschaft anschaffen.«

»Oder eine richtige Schülerzeitung finanzieren. Was für eine sinnlose Geldverschwendung!«

»Also, ihr Lieben, darf ich jetzt bitte einen Moment um eure Aufmerksamkeit bitten?«, unterbrach Ms Fontes unser Gespräch.

Alle verstummten und schauten zu ihr hoch.

»Ich habe ein paar großartige Neuigkeiten«, fing sie an. »Die *Orange Country News* sponsert einen Journalismus-Wettbewerb, an dem alle Middle- und Highschools in diesem Distrikt teilnehmen können. Der Gewinner erhält ein Stipendium, mit dem er seine College-Kosten finanzieren kann.«

Alle redeten wild durcheinander, riefen Fragen quer durch den Raum oder tuschelten aufgeregt mit ihren Sitznachbarn. Irgendwann rief Elliot uns zur Ordnung, und nach und nach wurde es wieder still.

»Jede Schule darf nur einen Beitrag einreichen, und die Gewinner der einzelnen Schulen bekommen ein Preisgeld von fünfzig Dollar.« Ms Fontes lächelte. »Der große Preis beläuft sich auf zweitausend Dollar für den Middleschool-Sieger und fünftausend Dollar für den Highschool-Sieger. Das Geld fließt in ein College-Stipendium, das von der Zeitung und einigen großzügigen Spendern finanziert wird.«

Ich horchte auf. Ein Bargeld-Preis und Geld fürs College! Ich brauchte jede Hilfe, die ich kriegen konnte. Ich hatte schon mehrmals mit angehört, wie Mom am Telefon Tante Kelley vorgejammert hatte, dass Dad nichts zu meinen College-Kosten beitragen wolle und wie teuer das dann alles werden würde. Außerdem fing Mom in letzter Zeit dauernd davon an, wie wichtig es für mich sei, gute Noten zu bekommen, damit ich mich später für College-Stipendien bewerben konnte. Und das, obwohl ich sowieso immer nur glatte Einsen schrieb.

Elliot und ich wechselten einen Blick. Er war mein einziger echter Konkurrent. Ich musste ihn schlagen.

»Gut – wenn ihr euch dann alle beruhigt habt, kann ich euch den Rest erzählen.« Ms Fontes lachte.

Es wurde wieder still im Zimmer.

»Mr Kim, unser stellvertretender Direktor, und ich werden den Gewinnerbeitrag der PV Middle auswählen. An dem Wettbewerb können alle Schüler teilnehmen und über ein selbst gewähltes Thema schreiben, nicht nur die Mitglieder des Zeitungsclubs.« Ms Fontes schwenkte ihre Hand herum, um eventuelle Proteste sofort im Keim zu ersticken. »Die Beiträge müssen bis zum fünfzehnten März auf meinem Schreibtisch liegen. Wenn der Gewinner feststeht, wird der betreffende Artikel an die *Orange County News* weitergereicht. Dort wird im Mai der endgültige Sieger ermittelt. Vielleicht möchten einige von euch ihre momentane Aufgabe für den Wettbewerb einreichen. Aber egal, wofür ihr euch entscheidet, ich helfe euch gerne, eure Texte in den nächsten Wochen zu überarbeiten und ihnen den letzten Schliff zu geben. Ich maile euch später noch die Bewerbungsformulare und alle weiteren Details. Aber jetzt zurück an die Arbeit. Morgen ist ein neuer Artikel fällig.«

Ich schnaubte. Als ob ich diesen lächerlichen persönlichen Essay für den Wettbewerb einreichen würde! Damit hatte ich doch null Gewinnchancen. Ich schaute wieder zu Elliot, der natürlich mich anstarrte, ein schiefes Grinsen im Gesicht. Ich brauchte ihn gar nicht erst zu fragen, ich wusste auch so, dass er genau dasselbe über seinen Sportartikel dachte. Wir würden beide ein anderes Thema wählen, so viel stand fest. Ich musste nur dafür sorgen, dass meine Geschichte besser war als seine. Einen knallharten Investigativ-Artikel – den brauchte ich.

Ich konnte mir schon denken, wer in der PV Highschool das Rennen machen würde – Olivia Rose, die Chefredakteurin der Schülerzeitung *Big Wave*. Sie war mal die Babysitterin von Keiko, Keikos kleiner Schwester und mir gewesen, als wir in der Dritten waren. Olivia wohnte in meiner Nachbarschaft, und ab und zu sah ich sie dort. Ich hatte alle ihre Artikel gelesen, seit die *Big Wave* online gegangen war. Ich konnte es kaum erwarten, an die Highschool zu kommen und für die Zeitung zu schreiben.

»Nimmst du an dem Wettbewerb teil?«, fragte Isabella mich.

»Ja, klar. Und du?«

Isabella schüttelte den Kopf. »Wahrscheinlich nicht. Ich will nicht noch länger an dieser Aufgabe sitzen. Ich will wieder über die Dinge schreiben, die mir wirklich Spaß machen – Musik und Mode.«

»Warum reichst du nicht einen deiner anderen Artikel ein? Zum Beispiel den über Angelou?«, schlug ich vor und zeigte auf ihr Shirt.

»Ja, aber ich habe nicht wirklich die Zeit, um daran zu arbeiten. Meine Schwester will, dass ich ein paar von den Entwürfen nähe, die wir im Sommer designt haben. Sie meint, sie kann meine Röcke verkaufen!« Isabella lächelte. »Außerdem läuft es sowieso auf dich oder Elliot hinaus.«

Damit hatte sie wahrscheinlich recht. Nicht, weil sie nicht gut genug war, wenn sie wollte, aber es stimmte – wer gewinnen wollte, musste Elliot und mich schlagen. Wir brannten einfach mehr dafür als die anderen. Und ich brauchte das Stipendium.

In der restlichen Zeit war ich so damit beschäftigt, Ideen für einen Artikel zu sammeln, der interessant genug für diesen Wettbewerb war, dass ich darüber ganz vergaß, Rin im Diner zuvorzukommen. Als ich die Tür aufriss, saß er bereits in meiner Nische.

Ich stolzierte hinüber, ohne ihn zu grüßen, und setzte mich an meinen Platz. Diesmal hatte Rin riesige Kopfhörer auf, und die Bücherwand um seinen Arbeitsplatz war bereits aufgerichtet. Ich versuchte zu erraten, welche Art von Musik er hörte. Rin ließ sich schwer einschätzen. Er trug ein Hurley-Hoodie, was nicht billig war, und seine Brille sah nach einer teuren Designermarke aus. Sein dunkles Haar war glatt, fast blauschwarz. Wahrscheinlich derselbe Farbton wie meiner, wenn ich aufhören würde, meine Haare zu färben. Was ich in nächster Zeit nicht vorhatte.

Leigh kam an unseren Tisch. »Jenna, schön, dass du wieder da bist. Was hättest du denn gern? Erdbeereis ist leider ausgegangen.«

Ich schaute auf Rins Tischseite. Er war immer noch mit seinem Milchshake beschäftigt. Irgendeine Schokoladenkreation, soweit ich sehen konnte.

»Das ist der Schokoshake *Where It Happens*«, erklärte Leigh. »Unser extradunkles Schokoladeneis mit heißer Karamellsoße.«

Where It Happens war aus *Hamilton*. Ein Hamilton-Shake! »Ich glaube, das ist zu viel Schokolade für mich«, sagte ich, obwohl mir die Verbindung zu dem Musical gefiel.

»Ich habe gestern Abend ein Waldbeeren-Lavendel-Eis gemacht. Willst du es mal in einem Shake probieren? Ich nenne es Berry Hansen.«

»Klingt gut«, sagte ich.

»Und Käsepommes, wie üblich?«

Ich schüttelte den Kopf. »Heute nicht.« Ich konnte es mir nicht leisten, dreimal in der Woche Milchshakes und

Pommes zu bestellen. Oder nein, ich hätte vielleicht das Wiedergutmachungsgeld dafür hernehmen können, das Dad mir an Weihnachten gegeben hatte, aber das war in meinen College-Fonds geflossen. Seit der Scheidung hatte Dad mich bei jedem Treffen förmlich mit Geschenken überschüttet. Außer dem Geld, das ich bekommen hatte, hatte er mir auch noch ein neues iPhone gekauft. Wahrscheinlich passend zu dem neuen Laptop, den er mir im Sommer geschenkt hatte.

Leigh kehrte mit meiner Bestellung an die Theke zurück, und ich zog meinen Essay heraus, um mir ein paar Notizen zu machen. Ich fand ihn jetzt gar nicht mehr so schlecht. Und sobald ich ihn abgeliefert hatte, konnte ich mich auf den perfekten Artikel für meine Stipendiumsbewerbung konzentrieren.

»I'm tapping on the glass, waving through a window«, sang Leigh, während sie einen knallig-violetten Shake vor mich hinstellte. Ich klatschte Beifall. Rin fing meinen Blick auf, und seine Lippen kräuselten sich zu einem kaum merklichen Lächeln.

Ich nahm einen Schluck und schloss die Augen. Ich hatte keine Ahnung, was Leigh in ihr Eis mischte, aber es war definitiv das beste, das ich je gegessen hatte.

»Hast du was gegen Schokolade?«, fragte Rin mich plötzlich.

»Was? Wie kommst du darauf?«

»Du hast zu Leigh gesagt, dass das hier …«, er zeigte

auf sein beinahe leeres Glas, »zu viel Schokolade für dich sei.«

Ich funkelte ihn an. »Und wie willst du das gehört haben, wenn du doch Kopfhörer aufhast?«

»Ich habe keine Musik an.«

»Das ist Betrug!« Ich musste vorsichtig in seiner Gegenwart sein. Dieser Typ war ganz schön gerissen.

»Woran arbeitest du?«, fragte er mich.

Ich faltete meinen Essay auf die Hälfte zusammen. »Und du? Woran arbeitest du?«

Er machte sofort wieder dicht.

»Du hast angefangen«, sagte ich.

»Und du hast nicht geantwortet.«

»Du doch auch nicht.«

Aus irgendeinem Grund grinste er plötzlich. Sein ganzes Gesicht veränderte sich, wenn er lächelte. Der gelangweilte, arrogante Ausdruck war verschwunden, und er strahlte eine ungeheure Wärme aus. Jetzt nahm er auch seine Kopfhörer ab, sodass sie ihm über die Schultern hingen. Ziemlich breite Schultern. Gut möglich, dass er Bodybuilding machte. Und wahrscheinlich bildete er sich wer weiß was auf sein Aussehen ein.

Ich schaute ihm wieder ins Gesicht, und sein Grinsen wurde noch breiter.

»Ach, halt die Klappe«, fauchte ich ihn an und spürte, wie meine Ohren heiß wurden.

Er kicherte. »Ich hab doch gar nichts gesagt.«

»Du hast da was auf deinem T-Shirt.« Ziemlich lahm, okay, aber immer noch besser, als zuzugeben, dass ich ihn abgecheckt hatte.

Rin schaute an sich herunter und ließ seine Hand über seine Brust gleiten. Er hatte lange, schmale Finger. »Ich sehe nichts«, sagte er.

»Hmm. Dann hast du es wahrscheinlich abgewischt.«

Ich machte mich wieder an meinen Essay und trank meinen Milchshake aus, während Rin sich hinter seiner Bücherwand verschanzte, was auch immer er dort machte. Aber ich konnte mich einfach nicht konzentrieren. Wozu also noch länger hierbleiben?

Ich sammelte meine Sachen ein und stopfte sie in meine Kuriertasche. Falls Rin mein Verhalten unhöflich fand, bitte. Mir doch egal. Ich bezahlte an der Kasse und ging.

Das nächste Mal musste ich es schaffen, vor ihm da zu sein. Ich musste mir meine Nische zurückerobern. Und falls er mir doch wieder zuvorkam, würde ich mir zumindest einen Trick überlegen, wie ich ihn ausspionieren konnte. Ich wollte endlich wissen, woran er arbeitete. Ich war schließlich eine ausgezeichnete Investigativ-Reporterin.

8

»Was? Du hängst mit Rin Watanabe ab?«, rief Keiko, als wir am Donnerstagnachmittag in ihre Küche kamen. Sie ließ Yuki aus ihrer Hundebox, und das flauschige kleine Fellbündel hüpfte um ihre Füße herum.

»Abhängen ist ein bisschen übertrieben«, sagte ich, während ich mich bückte, um Yuki den Kopf zu kraulen.

Keiko hatte bereits die Zutaten für unsere Schoko-Bananen-Muffins auf die Küchentheke gestellt, aber mein Hunger auf Süßes konnte nicht länger warten. Ich kramte im Schrank herum, bis ich auf eine Packung Schoko-Mikadosticks stieß und eine zweite mit Erdbeergeschmack. Keiko mochte die schokoladigen, ich die mit Erdbeer. Ich hielt die Packung hoch.

»Jan-ken-pon?«, sagte Keiko lächelnd.

Das war die japanische Version von Schere, Stein, Papier, zu der wir in solchen Fällen immer griffen, um zu einer gerechten Entscheidung zu kommen. Ich legte die beiden Packungen weg, und wir streckten die geballten Fäuste aus.

»Jan, ken, pon!«, sangen wir und schüttelten unsere Fäuste. Bei »pon« mussten wir unsere Wahl treffen. Ich breitete meine Hand für Papier aus, und Keiko hielt ihre Faust geschlossen – Stein.

»Gewonnen!«, kicherte ich und schlang meine Hand um ihre Faust.

»Gut.« Keiko griff nach den Erdbeersticks, aber ich hielt ihre Hand fest und reichte ihr die schokoladigen. Sie lächelte. »Bist du sicher?«

»Ja, klar.« Ich riss die Packung auf.

Keiko gab mir fünf schokoladenüberzogene Mikadosticks. »Rin Watanabe also?«

Aaaah! Hätte ich ihr doch nur nichts von Leighs Diner und Rin erzählt! Das brachte sie natürlich auf falsche Gedanken. Ich fuchtelte mit meinem Mikadostick vor ihrer Nase herum. »Er hat mir meinen Platz geklaut. Und weil ich nicht einfach das Feld räumen wollte, habe ich mich dazugesetzt. Was noch lange nicht heißt, dass wir miteinander reden.«

»Hmmmm.« Keiko verknusperte zwei Mikadosticks. Ich spürte, dass sie jeden Moment etwas Dummes sagen würde, und zählte langsam im Kopf rückwärts. Fünf, vier, drei, zwei …

»Er ist doch irgendwie süß, oder?«, sagte sie.

»Nein, wirklich«, sagte ich genervt. »Darum geht es doch überhaupt nicht.«

»War nur eine Feststellung.«

Ich schaute Keiko mit hochgezogenen Augenbrauen an. »Also gut, ja, es stimmt, er sieht gut aus, ein bisschen wie diese Shojo-Manga-Helden. Muss ich Conner sagen, dass er sich vor ihm in Acht nehmen soll?«

Keiko wurde rot. »Untersteh dich.«

Wow. Sie war wirklich sehr in Conner verliebt. Schön für sie.

»Wann nimmst du mich mal ins Diner mit?«, fragte sie unvermittelt.

Ich grinste. »Du willst ja nur Rin auschecken«, zog ich sie auf.

»Ach, Quatsch! Nein!« Sie lachte. »Also gut. Meinetwegen kannst du dein Diner und Rin für dich behalten, aber diesen Schokoshake will ich auf jeden Fall bald probieren. Und ich will diese Leigh singen hören. Klingt nach einem coolen Laden.«

Ich nickte. »Ja, oder? Ich wundere mich nur, dass das Diner so wenig bekannt ist. Also nicht, dass ich wild auf einen Massenansturm wäre …«

Als wir unsere Sticks verputzt hatten, spielte ich Küchenhilfe für Keiko, die den Teig für unsere Muffins zusammenrührte.

»Wie läuft es im Zeitungsclub?«, fragte sie, als sie den Mixer abgestellt hatte.

»Gut. Ms Fontes hat uns von einem Journalismus-Wettbewerb erzählt. Der Sieger bekommt ein Stipendium fürs College.«

»Wirklich? Das ist ja toll!«

»Ich muss also den besten Artikel abliefern, den ich je geschrieben habe. Pro Schule darf nur ein Beitrag eingereicht werden.« Ich hatte meinen persönlichen Essay nach dem Unterricht abgegeben und war froh, dass ich ihn nie wieder anschauen musste. Jetzt konnte ich mich endlich auf meinen Beitrag für den Wettbewerb konzentrieren, was immer ich auch schreiben würde.

»Vielleicht beruhigt sich deine Mom dann ein bisschen«, sagte Keiko vorsichtig.

»Ja. Vielleicht.« Ich verstummte. Vor ein paar Monaten hatte ich Keiko gegenüber erwähnt, wie hysterisch Mom jetzt schon wegen der College-Gebühren war. Wenn ich mit der Highschool fertig war, musste Dad mir keinen Unterhalt mehr bezahlen. Ich hatte Mom belauscht, als sie am Telefon mit Tante Kelley darüber gesprochen hatte. Es war zwecklos, genauer nachzufragen, weil Mom mir sowieso keine klare Auskunft geben würde. Sie würde sich nur in eine Schimpftirade über Dad hineinsteigern, und das war wirklich das Letzte, was ich wollte. Das einzig Gute an der Scheidung war schließlich, dass ich mir nicht mehr die endlosen Schreiereien meiner Eltern anhören musste.

Dabei hatten wir gar keine Geldprobleme. Dad verdiente gut in seinem Job. Ich hatte nie verstanden, warum meine Mom ständig davon redete, was sie mit ihrem Gehalt als staatlich geprüfte Buchhalterin alles finanzieren müsse. Verheiratete Paare bezahlten doch ihre Ausgaben aus einer gemeinsamen Kasse, oder nicht? Aber andererseits, was wusste ich schon von diesen Dingen?

Keiko räusperte sich, während sie die Schüssel vom

Rührgerät herunternahm. »Hast du schon eine Idee, worüber du schreiben willst?«

Ich schüttelte den Kopf. »Noch nicht, aber mein Artikel muss besser sein als Elliots.«

Keiko verzog das Gesicht.

»Was?«

»Du und Elliot.«

»Was ist mit uns?« Ich ordnete bunte Papierkrausen in der Muffinform an, wobei ich darauf achtete, dass nie zwei gleichfarbige nebeneinander zu liegen kamen.

»Ihr habt schon immer versucht, euch gegenseitig zu überbieten.«

»Stimmt.« Obwohl wir in den meisten Fächern nicht einmal in derselben Klasse waren, hatten wir ständig unsere Noten miteinander verglichen. »Aber wir konnten auch gut zusammen lernen. Sein Konkurrenzdenken hat mich angespornt.«

Keiko reichte mir einen Löffel, und ich gab den Teig portionsweise in die Förmchen.

»Ich weiß nur eins«, sagte Keiko.

»Was?« Ich stellte den Wecker, während Keiko die Muffins in den Ofen schob.

»Egal, was du schreibst, es ist jeden Cent dieses Stipendiums wert. Du bist eine super Reporterin!«

Ich lachte, und wir klatschten uns ab. Und dann, wie die beste Freundin, die sie nun einmal war, ließ sie mich den Löffel ablecken.

Am Freitag ging ich extra zu spät in den Zeitungsclub, um sicherzugehen, dass Isabella schon da war und ich mich neben sie setzen konnte, ohne eine peinliche Begegnung mit Elliot befürchten zu müssen. Unglaublich, dass ich bis Weihnachten meine gesamte Freizeit mit ihm verbracht hatte, dass wir jeden Tag nicht nur in der Schule, sondern auch nach dem Unterricht zusammen waren und manchmal sogar samstags. Wir hatten pausenlos geredet, hatten uns Nachrichten geschickt und telefoniert, und jetzt – nichts mehr. Als hätte unsere Beziehung nie existiert.

»Hallo, Zeitungsclub«, begrüßte uns Ms Fontes. »Ich muss sagen, ich war sehr beeindruckt von euren Beiträgen.«

Ich beugte mich vor, die Ellbogen auf meinen Schreibtisch gestützt, weil ich es kaum erwarten konnte, Ms Fontes' Meinung zu hören. Auch wenn ich mich anfangs gegen meine Aufgabe gesträubt hatte, hatte ich den Artikel natürlich rechtzeitig zur Deadline abgeliefert, wie jede gute Reporterin. Und ich war sehr zufrieden mit dem Ergebnis.

»Ich habe eure Aufgaben mit Randbemerkungen versehen. Nächste Woche möchte ich die überarbeiteten Texte auf meinem Schreibtisch haben.«

Ein Stöhnen ging durch den Raum. Was? Waren wir immer noch nicht fertig mit dieser Aufgabe? Ich brannte darauf, das nächste Projekt in Angriff zu nehmen.

»Das ist nun einmal ein wichtiger Arbeitsschritt – Redigieren. Ihr kennt es ja schon.«

»Und bekommen wir eine neue Aufgabe, wenn wir damit fertig sind?«, fragte ich Ms Fontes.

Sie warf mir einen Blick zu, den ich nicht entziffern konnte. »Euer nächstes Projekt könnt ihr selbst auswählen. Wenn ihr für den Wettbewerb etwas anderes einreichen wollt, habt ihr also noch genug Zeit.« Sie nickte. »Also, dann holt jetzt eure Beiträge ab und macht euch an die Arbeit. Ich bin hier, falls ihr Fragen habt oder mit mir über meine Anmerkungen sprechen wollt.«

Ich wippte ungeduldig mit einem Bein. Ich konnte es kaum fassen, dass ich diesen blöden Essay immer noch nicht losgeworden war. Ich wartete, bis alle anderen ihre Arbeiten abgeholt hatten, dann ging ich zu Ms Fontes vor. Das Stimmengewirr im Raum schwoll noch mehr an, als alle über Ms Fontes' Anmerkungen in ihren Beiträgen diskutierten.

»Jenna.« Ms Fontes reichte mir meinen Aufsatz.

Ich konnte keine einzige Anmerkung oder Korrektur darin entdecken. Mein Herz machte einen Satz. War meine Arbeit so perfekt?

»Das war ein guter Versuch, Jenna«, fing sie an, was aber nicht so klang, als wollte sie mir eröffnen, ich sei in ihren Augen auf dem besten Weg, den Pulitzerpreis für Journalismus zu gewinnen.

Ich drehte das Papier in meinen Händen.

»Nur war es leider kein persönlicher Essay«, fuhr sie fort. »Das hier ist eher ein Profil der Diner-Besitzerin, und es ist zwar interessant und gut geschrieben, aber du hast das Thema vollkommen verfehlt.«

Meine Ohren brannten schon wieder. Ich war froh über das Stimmengewirr im Raum, denn so konnten die anderen, vor allem Elliot, nicht hören, was Ms Fontes zu mir sagte.

»Aber das *war* doch persönlich«, wandte ich leise ein. »Ich habe erzählt, wie ich mich in diesem Diner gefühlt habe.«

»Ja, du hast etwas in der Art einfließen lassen, das habe ich gesehen. Aber du bist viel zu sehr an der Oberfläche geblieben. Ich würde gern mehr über dich erfahren, über deine Gedanken und Gefühle. Was gefällt dir so gut an diesem Diner? Inwiefern ist es wichtig für dich?« Ms Fontes hob die Hand, und mir fiel wieder ein, was wir auf keinen Fall tun sollten, wenn wir eine Rückmeldung bekamen: uns rechtfertigen oder Ausreden vorbringen. Ich biss mir auf die Lippen. »Du musst tiefer graben, Jenna. Es gibt einen Grund, warum dir das Diner so wichtig ist.«

Ich seufzte, wusste nicht, was ich sagen sollte.

Ms Fontes schenkte mir ein aufmunterndes Lächeln. »Du kannst schreiben, Jenna, du bist wirklich gut. Du schaffst das. Ich möchte, dass du deinen Essay ganz neu schreibst. Ich werde dir ein paar Beispiele mailen, die dir vielleicht weiterhelfen.«

»Danke«, brachte ich hervor, in der Hoffnung, dass es ehrlich klang. Ich zwang mich zu einem Lächeln und behielt es eisern im Gesicht, während ich an meinen Platz zurückging.

»Und? Was hat sie gesagt?«, fragte Isabella, aber sie zeigte mir ihre eigene Arbeit, bevor ich antworten konnte. »Ich muss nur ein paar Kleinigkeiten verbessern. Ms Fontes findet, dass ich einen sehr überzeugenden Artikel geschrieben habe.«

Diesmal war mein Lächeln echt. »Das freut mich.«

Ich öffnete mein Notizbuch und malte darin herum, damit es so aussah, als arbeitete ich. Mein einziger Gedanke war, dass ich versagt hatte. Etwas, das mir in meiner ganzen Schulzeit noch nicht passiert war. Die schlechteste Note, die ich je bekommen hatte, war eine Drei in einem Mathetest, den ich geschrieben hatte, als ich gerade eine Erkältung ausbrütete. Nicht, dass ich das Klischee der bienenfleißigen Asiatin bedienen wollte, aber ich war stolz auf meine guten Noten. Und ich musste auch gut sein, um später Stipendien fürs College zu bekommen. Deshalb war es so wichtig für mich, den Journalismus-Wettbewerb zu gewinnen. Wenn ich selbst zur Finanzierung meines Studiums beitragen konnte, war Mom vielleicht nicht mehr so gestresst.

Ich brauchte Elliots Arbeit gar nicht erst zu sehen, um zu wissen, wie er abgeschnitten hatte. Johlend schwenkte er sein Paper vor Ben und Carlos herum.

Wenigstens wurde diese Arbeit nicht benotet. Es war ja nur ein Club. Und es sollte Spaß machen, wovon bei mir im Moment allerdings keine Rede sein konnte.

Isabella stieß mich an. »Ich bin so froh, wenn wir mit dem Überarbeiten fertig sind. Ich habe gerade von einem coolen Coffeeshop gehört, wo einmal im Monat ein Open-Stage-Abend stattfindet. Und darüber will ich schreiben.«

»Dann arbeitest du also nicht an deinem Artikel über die Cafeteria-Spende weiter?«

Isabella schüttelte den Kopf. »Nein, warum?«

Mein Herz fing an zu rasen, und ein verheißungsvolles Prickeln lief durch meinen Körper. »Kann ich das dann machen?«

»Was? Wie meinst du das?«

»Kann ich einen Folge-Artikel schreiben?«

Isabella lächelte. »Ja, klar, mach nur.«

Bingo! Ich würde herausfinden, wer dieser mysteriöse Spender war, warum er unbedingt anonym bleiben wollte und warum das Geld nicht für wichtigere Dinge verwendet worden war, als unsere Cafeteria aufzuhübschen.

Ich würde den besten Artikel aller Zeiten schreiben. Mein Beitrag würde das Preisgeld der PV Middle gewinnen und beim Journalismus-Wettbewerb der *Orange County News* eingereicht werden.

9

Am Samstag ging ich zum ersten Mal seit einer Ewigkeit wieder zum Spieleabend der Carters. Keiko hatte nicht übertrieben. Mrs Carter kannte keine Gnade beim Scrabble. Und das Beste war, dass Doug und Teddy komplett eingeschüchtert wirkten. Keiko und ich kamen aus dem Kichern gar nicht mehr heraus. Wir beide hatten uns mit Teddy zusammengetan, und Doug, Mr Carter und Keikos kleine Schwester Macy bildeten ebenfalls ein Team.

Mrs Carter und Conner siegten haushoch über alle anderen, aber Keikos Dad entschädigte uns mit einer superleckeren Bananen-Limetten-Baisertorte. Als wir uns alle damit vollgestopft hatten und das Scrabblespiel zu Ende war, brachte Dougs Mom die Jungs und mich nach Hause.

»Kannst du nicht Keiko überreden, dass sie nächsten Samstag ein anderes Spiel vorschlägt?«, sagte Doug, der vorne saß, zu mir.

»Ja, genau – egal, was«, stimmte Teddy zu.

Conner lachte.

»Lach nicht so blöd.« Teddy boxte Conner gegen die Schulter. »Und wenn wir nächstes Mal Scrabble spielen, darfst du dich nicht mehr mit Mrs Carter zusammentun!«

Doug drehte sich zu mir um. »Conner meldet sich immer als Erster für ihr Team!«

»Hey!« Conner grinste. »Du bist doch nur neidisch, weil du nicht so schnell bist wie ich.«

»Was haben die Carters sonst noch für Spiele?«, fragte ich. »Oh, vielleicht Yahtzee!«

»Ja, genau. Das ist doch das mit dem Würfel, oder?«, sagte Doug. »Das können wir nächste Woche spielen.«

»Kriegst du das hin?«, fragte Teddy mich.

»Ich versuch's.«

Als ich ins Haus kam, saß Mom im Wohnzimmer und las ein Buch. »Na, wie war der Spieleabend?«, fragte sie, während ich meine Schuhe auszog und sie auf den Schuhständer neben der Tür stellte.

»Gut«, sagte ich.

Mom lächelte. »Und die Carters?«

»Auch gut.« Mr Carter und mein Dad hatten früher im selben Unternehmen gearbeitet, weshalb unsere beiden Familien oft zusammenkamen. Auf diese Weise waren Keiko und ich beste Freundinnen geworden, noch bevor ich in der Dritten in Keikos Schulbezirk umzog. Aber als dann die Eheprobleme zwischen Mom und Dad anfingen, trafen sie sich bald kaum noch mit ihren Freunden – jedenfalls nicht gemeinsam. Nur Dad blieb weiter mit Mr Carter befreundet, obwohl er nicht mehr in derselben Firma arbeitete. Vielleicht dachte Mom, Keikos Eltern seien auf Dads Seite, und fühlte sich deshalb nicht mehr wohl in ihrer Gegenwart. Ich war nur froh, dass die Scheidung nichts an meiner Freundschaft mit Keiko geändert hatte.

»Zu müde für einen Film?«, fragte Mom.

»Nein, nie!« Mom blieb selten lange auf. Das musste ich ausnutzen. »Popcorn?«

»Klingt gut.«

Ich folgte Mom in die Küche. »Lass mich das machen, Mom. Ich bin durchaus in der Lage, die Mikrowelle zu bedienen, verstehst du? Ach und übrigens: Wie du weißt, werde ich nächsten Monat dreizehn, also kann ich vielleicht sogar den Herd anmachen, wenn du nicht da bist?«

Mom nahm eine Tüte Mikrowellen-Popcorn aus dem Vorratsschrank. »Darüber reden wir, wenn es so weit ist.«

Was vermutlich ein Nein war. »Du musst keine Angst haben, dass ich das Haus abfackle, Mom.«

»Ich mache mir weniger Sorgen um das Haus als um deine Sicherheit.« Mom stellte das Popcorn in die Mikrowelle und drückte auf die Popcorn-Taste. Ich sagte ihr nicht, dass Keiko und ich den Herd bei ihr zu Hause allein benutzen durften.

Die Mikrowelle summte, während ich die Popcornschüssel aus dem Schrank nahm. Die neue. Weil Mom die alte, die wir mit Dad zusammen benutzt hatten, weggeworfen hatte.

»Apropos Geburtstag«, sagte Mom, während das Popcorn zu knallen anfing. »Was würdest du gern machen?«

Noch ein Ritual, das aus dem Fenster geflogen war: Früher waren wir an meinem Geburtstag alle zusammen ins Kino gegangen und anschließend in mein Lieblings-Sushi-Restaurant. Letztes Jahr hatte Mom mich mit Keiko und Audrey ins Kino geschickt. Es hatte Spaß gemacht, war aber nicht dasselbe.

»Sushi?«, fragte ich hoffnungsvoll.

Die Mikrowelle piepste, und Mom öffnete schnell die Tür und nahm die heiße Tüte heraus, ehe ich ihr zuvorkommen konnte.

»Vielleicht«, sagte sie und kippte das Popcorn in die Schüssel.

Ich füllte zwei Gläser mit Wasser und ging vor ihr her ins Wohnzimmer. Mom setzte sich und stellte die Popcornschüssel zwischen uns. Dann klickte sie den nächsten Film auf unserer Liste an. Ein Mystery-Film. Moms Lieblingsgenre.

Meine Eltern hatten sich früher oft um die Filme gekabbelt, die wir anschauten. Dad liebte Komödien und Mom Mysterys und Thriller. Bevor ich alt genug war, um mit ihnen aufzubleiben, hörte ich sie immer miteinander feilschen. Dad bot Mom zum Beispiel an, ihren Wagen für einen Film zu waschen, und Mom versprach, den Rasen zu mähen. Anfangs war es mehr ein Spiel, aber mit der Zeit – als ich dann schon zehn war – wurden die Diskussionen hitziger. Zu dieser Zeit stritten sie allerdings schon wegen allem und jedem. Filmauswahl, Haushaltsarbeiten, Geld. Ja, sie stritten sich sogar darüber, wer das Licht angelassen hatte, und ähnlichen Blödsinn.

Etwa in der Mitte des Films gerieten sich die beiden Hauptcharaktere – ein Ehepaar, das einen Mordfall zu lösen versuchte – wegen ihrer Finanzen in die Haare. Vermutlich ein Wink für die Zuschauer, dass es bei dem Mord um Geld gegangen war. Für mich war es allerdings ein Albtraum: Ich wollte nur noch weglaufen und mich in meinem Zimmer verkriechen, so vertraut erschien mir das alles. Mom hielt den Film an. »Pinkelpause«, verkündete sie.

Ich füllte unsere Wassergläser wieder auf, während sie draußen war. Am liebsten hätte ich den Film vorgespult, um die Szene zu überspringen.

Mom setzte sich wieder und nahm die Fernbedienung hoch. »Diese Frau sollte sich mal einen Job suchen. Dann wäre sie nicht mehr von ihrem Mann abhängig.«

»Hmmm«, machte ich nur. Mom redete so selten über diese Dinge, dass ich sie auf keinen Fall unterbrechen wollte.

»Es ist sehr wichtig für dich, einen guten Job zu bekommen, Jenna. Und das schaffst du nur, wenn du an einem angesehenen College studierst. Wenn du einen guten Beruf hast und dein eigenes Geld verdienst, wirst du nie abhängig von einem Partner. Vergiss nicht, Geld ist Macht, und Macht bedeutet Unabhängigkeit.«

»Hat Dad das Geld, das er verdient hat, nicht mit dir geteilt?«, fragte ich.

Mom wirkte einen Augenblick betroffen, als fühlte sie sich irgendwie ertappt. Dann schüttelte sie den Kopf. »Darum geht es nicht, Jenna. Der springende Punkt ist, dass dein Dad viel mehr Geld verdient als ich. Und das hat er mich immer spüren lassen.«

»Inwiefern?«

»Ach egal – lass uns lieber den Film zu Ende sehen. Es wird langsam spät.« Mom drückte auf die Fernbedienung, und der Film lief weiter, aber ich konnte mich nicht mehr darauf konzentrieren.

Ich dachte daran, wie Mom einmal Mrs Carter erzählt hatte, dass sie in einem sehr traditionellen Elternhaus aufgewachsen sei. Grandma war offenbar nie berufstätig gewesen, sondern hatte sich um den Haushalt und die Kinder gekümmert, während Grandpa das Geld für die Familie verdient hatte. Mom machte eine Bemerkung darüber, wie traurig Grandmas Leben gewesen sei, aber wenn wir bei den Großeltern zu Besuch waren, machten sie auf mich einen sehr glücklichen und liebevollen Eindruck. Vielleicht war das in Moms Kindheit anders gewesen. Wenn sie mir doch nur mehr über sich erzählen würde!

»Das war spannend«, sagte sie jetzt.

Der Film war zu Ende, und ich rieb mir die Augen. Ich hatte überhaupt nicht mitbekommen, wer der Mörder war.

»Geh ins Bett«, sagte Mom sanft. »Sollen wir morgen

nach L.A. fahren? Wir können im Little Tokyo essen, einen Abstecher ins Japanese American National Museum machen und dann shoppen gehen.«

»Das klingt super«, sagte ich.

Ich ging in mein Zimmer und machte mich bettfertig, konnte aber nicht einschlafen. Ich vermisste Dad. Warum war Mom so aufs Geld fixiert? Ich dachte an einen besonders lauten Streit, bei dem es um einen kaputten Herd gegangen war. Mom hatte Dad Vorwürfe gemacht, weil er den Herd gekauft hatte, und darauf bestanden, dass der nächste mit ihrem Geld bezahlt wurde. Darauf hatte Dad eingewandt, dass sein Geld auch ihres sei, aber am Ende hatte *er* den neuen Herd ausgesucht. Wieder einmal.

Vielleicht hatte Mom recht. Wenn ich genug Geld mit Stipendien gewinnen und das College irgendwie selbst finanzieren konnte, war ich nicht auf meine Eltern angewiesen. Dann hatte Mom keinen Grund mehr, wütend auf Dad zu sein, und Dad musste mich nicht mehr mit Geld und teuren Geschenken überschütten. Was er ja sowieso nur machte, um Mom auf die Palme zu bringen. Dieser Journalismus-Wettbewerb war vielleicht der erste Schritt zu meiner finanziellen Unabhängigkeit. Das klang sehr erwachsen in meinen Ohren, was mir gut gefiel.

Ich musste also einen akzeptablen persönlichen Essay abliefern, um meinen Kopf für den Wettbewerbsbeitrag freizubekommen. Dann konnte ich endlich recherchieren, wer dieser superreiche Spender war und warum er das

Geld für die Cafeteria bestimmt hatte. Und warum wollte er unbedingt anonym bleiben? Das war doch verdächtig. Unruhig wälzte ich mich im Bett herum, die Neugier hielt mich wach. Und plötzlich fiel es mir wie Schuppen von den Augen. Ich musste nicht warten, bis ich mit dem Essay fertig war. Ich konnte an beiden Geschichten gleichzeitig arbeiten.

Ich schloss die Augen, um noch etwas Schlaf zu bekommen, aber als ich endlich eindöste, träumte ich nur von Elliots triumphierendem Gesicht, als er seine Arbeit von Ms Fontes zurückbekommen hatte.

Er war sich so sicher, dass er das Stipendium gewinnen würde. Dass ich ihm nicht gewachsen war.

Was in aller Welt hatte ich jemals an ihm gefunden?

10

Montag war mein Lieblingstag – ein frischer Start in die Schulwoche. Ich hatte immer alle Hausaufgaben gemacht und war auf jeden Test vorbereitet. Aber diesmal war ich besonders gut gelaunt. Der Samstag mit Mom war super gewesen. Und Dad hatte mir eine E-Mail mit einem Link zu einem Artikel über japanisch-amerikanische Journalisten geschickt. Ich war noch ganz inspiriert davon.

Allerdings war ich auch abgelenkt, sodass ich völlig vergaß, erst nach dem Läuten im Zeitungsclub zu erscheinen. Viel zu früh spazierte ich in Ms Fontes' Zimmer, wo ich prompt auf Elliot traf. Er war als Einziger schon da. Ich ignorierte ihn und ging direkt an meinen neuen Platz. Elliot folgte mir.

»Was willst du?«, sagte ich und ließ mich hart auf meinen Stuhl plumpsen.

Elliot hob die Hände. »Hey, warum bist du so …«

Ich schnitt ihm das Wort ab. »Sag jetzt bloß nicht ›so sauer‹, okay?«

Elliots Gesicht verdüsterte sich. »Jenna, ich will nicht, dass es so zwischen uns ist.«

»Das hättest du dir früher überlegen sollen, bevor du so ein arroganter, gönnerhafter Schnösel geworden bist.«

»Das war nicht der Grund, und das weißt du auch.«

Ich schüttelte den Kopf. »Doch, genau darum geht es, aber du willst es ja nicht zugeben.«

»Siehst du? Das meine ich ja gerade. Du bist nicht objektiv.«

»Ich rede nicht mehr mit dir darüber.« Ich kehrte ihm den Rücken zu und kramte mein Notizbuch und mein Federmäppchen aus meiner Kuriertasche hervor.

»Ich wollte dich auch nur fragen, wie du mit deinem Beitrag für das Stipendium vorankommst.«

»Warum? Willst du mir meine Ideen klauen?«

»Oh mein Gott, Jenna.«

Ich öffnete mein Mäppchen und nahm meine Stifte heraus. »Lass mich einfach in Ruhe.«

Elliot drehte sich um, aber vorher musste er noch etwas loswerden. »Ich wollte dich nur vorwarnen, Jenna. Ich habe einen super Tipp für einen Artikel. Glaub mir, damit habe ich das Preisgeld der PV Middle praktisch schon in der Tasche.«

Ich packte einen meiner Stifte so fest, dass sich die Spitze schmerzhaft in meine Handfläche bohrte. Als ich hinunterschaute, sah ich, dass es der Stift war, den Elliot mir geschenkt hatte. Ich stopfte ihn in mein Mäppchen zurück und nahm mir meinen eigenen blauen Kugelschreiber.

»Alles gut?« Isabella setzte sich neben mich.

»Ja.«

Sie warf mir einen Blick zu. »Du siehst aber nicht so aus.«

Warum mussten immer alle über so unwichtiges Zeug reden? »Mir geht's gut.«

Zu meiner Erleichterung schlenderte genau in diesem Moment Ms Fontes mit dem restlichen Zeitungsclub in den Raum herein.

Diesmal sollten wir uns Schlagzeilen ausdenken. Wir hatten das schon im Herbst gemacht, aber für die meisten von uns war es zu schwierig gewesen. Ms Fontes verteilte kurze Artikel, und wir mussten zu jedem eine Überschrift finden. Das dauerte eine halbe Stunde, und danach hatten wir noch Zeit, unseren Arbeiten den letzten Schliff zu geben. Oder jedenfalls die anderen. Ich musste meinen Essay komplett neu schreiben.

Ich sah, wie Elliot zu seinem üblichen Computer ging. Er setzte sich auf den Stuhl, und wie immer rutschte er ein Stück vor, dann wieder zurück, dann wieder vor. Ich hatte ihn immer damit aufgezogen. Dann setzte Carlos sich an meinen Computer. Na ja, eigentlich war es nicht meiner, aber ich hatte ihn immer benutzt, wenn ich mit Elliot zusammengearbeitet hatte. Ich schüttelte den Kopf wie ein Hund, der das Schmutzwasser in seinem Fell loswerden will, und ging zu Ms Fontes, die an ihrem Schreibtisch Tests korrigierte.

Sie schaute auf. »Wie kommst du voran mit deinem Essay, Jenna?«

»Darüber wollte ich gerade mit Ihnen sprechen«, sagte ich. »Mir wäre es lieber, wenn ich schon mal mit meinem Artikel für den Wettbewerb anfangen könnte.«

Ms Fontes lächelte. »Das fände ich wunderbar. Aber was ist mit deinem Essay?«

Ich unterdrückte ein Stöhnen. »Wir *müssen* das ja nicht machen, Ms Fontes, oder? Ich meine, das ist ein Club und kein normaler Unterricht.«

Ms Fontes legte ihren Stift weg. »Du hast recht, Jenna, wir sind ein Club und machen keine richtige Zeitung, aber trotzdem muss jeder seinen Beitrag leisten.«

In der PV Middle gab es kein offizielles Journalismus-Fach und keine Schülerzeitung. Angeblich, weil das Geld dafür fehlte. Was mich sofort wieder an die Spende von einer Million Dollar für die Cafeteria erinnerte, obwohl doch unsere alte ganz in Ordnung gewesen war. Okay, das Essen war jetzt viel besser, und die Cafeteria selbst sah toll aus, aber wen interessierte das schon? Mit dem Geld, oder zumindest einem Teil davon, hätte man eine Schülerzeitung finanzieren oder neue Computer für uns anschaffen können.

»Ich weiß«, sagte ich, »aber ich sehe keinen Sinn darin, diesen Essay zu schreiben.«

Ich glaube, ich selbst war mindestens so fassungslos über diese Bemerkung wie Ms Fontes. Verwirrt blinzelte sie mich an, als ob sie mich nicht wiedererkannte. Als wäre ich eine Fremde. Und irgendwie fühlte ich mich auch so. Wann hatte ich mich je geweigert, eine Aufgabe zu erledigen?

»Jenna, wenn man eine Zeitung machen will, muss man vor allem auch lernen, im Team zu arbeiten. Und da kann es natürlich vorkommen, dass dir ein Chefredakteur ein Thema vorgibt, das dir nicht so gut gefällt, und trotzdem musst du deine Zeit dafür opfern, wenn du Karriere machen willst. Meiner Meinung nach ist dieser Essay eine wichtige Übung für dich. Und ich bin schon sehr gespannt auf deinen Text.«

Ms Fontes nahm ihren Stift wieder auf und beugte sich über ihre Tests. Ich ging an meinen Platz zurück, schlug mein Notizbuch auf und malte wütend darin herum.

»Hey, die sind gut!«, sagte Caitlin, die mir über die Schulter spähte.

»Was? Ist doch nur Gekritzel.«

Caitlin deutete mit dem Finger darauf. »Das hier ist eine Schüssel Ramennudeln. Und das hier ein Burrito. Und mochi. Ich liebe mochi!«

»Ja, ich auch.« Ich studierte meine Zeichnungen. Die Snacks hatten alle große Animeaugen und -münder, so wie Comicfiguren. Sinnlose Kritzeleien eben.

»Willst du einen Comic mit mir machen?«, fragte Caitlin.

»Was? Nein!«

Caitlin sah gekränkt aus.

»Du bist eine Künstlerin, Caitlin. Ich kritzle nur. Du aber hast echtes Talent.«

Caitlins Gesicht entspannte sich. »Okay, gut, aber sag mir Bescheid, wenn du deine Meinung änderst.« Sie schlenderte an ihren Platz zurück.

Ich zeichnete noch mehr Snacks in den nächsten zwanzig Minuten: einen Schokoriegel, eine Sushi-Rolle, ein Pizzastück und eine Bubble-Tea-Figur.

»Woran arbeitest du da?« Isabella kam von einem der Computer zurück und setzte sich neben mich. »Oh, die sind aber süß.«

Ich seufzte. Die reine Zeitverschwendung! Ich hätte längst an meinem Artikel arbeiten können.

»Okay, spuck's aus, Jenna«, sagte Isabella. »Du siehst wütend aus. Und erzähl mir jetzt nicht, dass alles gut ist. Dass das nicht stimmt, sieht ein Blinder.«

Ich stieß die Luft aus. »Ach, es geht nur um diesen blöden persönlichen Essay. Ms Fontes will, dass ich über mich selbst schreibe. Dabei würde ich viel lieber mit dem Artikel anfangen, den ich für den Wettbewerb einreichen will.«

»Dann mach doch beides.«

»Ja, gut, das könnte ich, aber je mehr ich darüber nachdenke, desto idiotischer kommt mir dieser Essay vor. Ich habe einfach keine Lust, mich noch länger damit herumzuschlagen.« Ich schaute kurz nach vorn zu Ms Fontes, um sicherzugehen, dass sie mich nicht hörte. »Ms Fontes mag eine gute Lehrerin sein, und ich finde es toll, dass sie sich für diesen Club engagiert, aber warum lässt sie uns an Aufgaben arbeiten, die nichts mit richtigem Journalismus zu tun haben? Außerdem brauche ich dieses Stipendium.«

Isabella nickte. »Ja, das verstehe ich. Dann fang doch einfach mit deinem Artikel an. Sie kann dich ja nicht aus dem Club rauswerfen, nur weil du deinen Essay nicht neu schreibst.«

Isabella hatte recht. Ich sammelte meine Sachen zusammen. Zum ersten Mal hatte ich keine Lust mehr auf unser nächstes Zeitungstreffen. Der Glanz dieses Clubs blätterte allmählich ab.

11

Dad sagte immer: Ein Sakai gibt nie auf. Nach dieser Devise hatte ich in der Dritten meine Multiplikationstabellen weitergeübt, auch wenn ich am liebsten alles hingeworfen hätte. In der Vierten bewahrte mich derselbe Grundsatz davor, aus der Fußballmannschaft auszutreten. Ich war gut, hatte aber nicht wirklich Lust dazu. Und jetzt? Warum schaffte ich es nicht, meinen Essay zu Ende zu schreiben?

Schließlich war es ein guter Grundsatz. Journalistinnen wie Christiane Amanpour, Lisa Ling und Gwen Ifill waren – zumindest teilweise – so erfolgreich, weil sie nie aufgaben. Aber mein Dad hatte im entscheidenden Moment auch nicht danach gehandelt. Er hatte einfach aufgegeben, als seine Ehe in Schwierigkeiten steckte.

Meine Gewissensbisse hielten sich daher in Grenzen, als ich am Mittwoch den Zeitungsclub schwänzte. Außerdem gab ich ja nicht wirklich auf. Ich gönnte mir nur eine Pause. Ms Fontes konnte mich nicht aus dem Club werfen, wie Isabella ganz richtig gesagt hatte – jedenfalls nicht, solange ich den erforderlichen Notendurchschnitt hatte. Ich brauchte die gewonnene Zeit, um an meinem Beitrag für den Wettbewerb zu arbeiten.

Ich ging direkt zum Diner. Der Gedanke, dass ich vor

Rin da sein würde, beflügelte mich, bis ich praktisch im Laufschritt dahinflog. Leicht außer Atem, aber mit tiefer Genugtuung stieß ich die Tür auf.

Mein Triumph währte allerdings nicht lange: Rin saß bereits in meiner Nische. Wie war er nur so schnell hierhergekommen?

»Hast du gedacht, du kannst mich ausbremsen?«, sagte Rin und nahm seine Kopfhörer ab, sodass sie ihm jetzt um den Hals hingen.

Ich würdigte ihn keiner Antwort.

»Jenna, du bist aber früh dran«, sagte Leigh. »Ich habe Erdbeerröstereis für dich gemacht. Der Waitress-Shake steht wieder auf der Karte.«

Ich lächelte. »Danke.«

»Oder willst du meine neueste Beeren-Kreation probieren: *Berrily We Roll Along*. Heidelbeere mit Basilikum.«

Rin zeigte auf seinen blaugrünen Milchshake. »Den hier könnten wir Jenna-Special nennen, weil er zu ihrer Haarfarbe passt«, sagte er grinsend.

»Ja, klar, aber dann müssen Sie auch einen nach Rin nennen«, konterte ich. »Wie wär's mit Miesepeter-Shake?«

Rins Augen weiteten sich. »Findest du, dass ich ein Miesepeter bin?«

Leigh kicherte. »Hmm, vielleicht nenne ich wirklich mal einen Shake nach euch beiden. Ihr seid meine treuesten Shake-Stammkunden. Käsepommes auch?«

»Heute nicht«, sagte ich.

»Ich nehme eine extra große Portion«, verkündete Rin.

Sobald Leigh sich umgedreht hatte, funkelte ich ihn an.

»Was?« Er runzelte die Stirn. Na also. So sah er viel mehr wie der Rin aus, den ich kannte und hasste. »Du kannst mitessen.«

»Ich brauche keine Almosen.«

»Wer redet denn von Almosen?«

»Ich will deine Pommes nicht.« Moms Bemerkung über Geld und Macht hallte in meinem Kopf wider. Ich würde ihm auf keinen Fall Macht über mich einräumen.

»Gut. Dann eben nicht.«

»Genau.«

Rin setzte seine Kopfhörer wieder auf und beugte sich hinter der Bücherwand über sein Skizzenbuch.

Leigh sang ein Lied aus *Girls Club*, als sie unsere Bestellungen brachte, was mich noch wütender machte. Warum sang sie ein Lied zu Rins Bestellung und nicht zu meiner? Er hatte bestimmt schon eins zu seinem Shake bekommen.

Aber als ich meinen Shake schlürfte, verpuffte meine schlechte Laune. Wie immer war er superlecker. Und es tat gut, so etwas Vertrautes und Tröstliches zu haben. Wie diese *Hamilton*-Nische – wenn nur Rin sich endlich woanders hinsetzen würde.

Ich schielte auf Rins Teller. Er hatte bereits eine große Delle in den Pommesberg gegessen, während er unbeirrt weiterzeichnete. Der Geruch der frittierten Kartoffeln ließ meinen Magen knurren, aber ich würde mir trotzdem keine bestellen. Nicht, nachdem ich so ein Theater darum gemacht hatte.

Wie auch immer, was sollte das mit dieser Bücherwand? Die Reporterin in mir wollte natürlich wissen, was Rin dahinter machte. Schließlich hielt ich mir viel auf meine Neugier zugute, darauf, dass ich einer Geschichte nachspürte, die Fakten aufdeckte. Die Wahrheit.

Als Rin das nächste Mal hochschaute, hielt ich seinem Blick stand und streckte meine Hand nach der Bücherwand aus. Einen Augenblick ließ ich meine Finger über dem Nawi-Buch in der Mitte schweben. Rin lehnte sich auf seinem Platz zurück und verschränkte die Arme. Forderte er mich heraus? Oder gab er mir die Erlaubnis weiterzumachen?

Ich berührte das Buch mit den Fingern. Keine Reaktion von ihm. Ich packte es und legte es flach auf den Tisch, sodass ich sein Skizzenbuch sehen konnte. Dann beugte ich mich vor, um besser sehen zu können. Rin seufzte unwillig, drehte aber das Skizzenbuch zu mir um.

»Manga?«, fragte ich und betrachtete die schwarze Tintenzeichnung: ein Junge in einer astronautenähnlichen Uniform. Die Figur hielt einen Stock hoch, der wohl eine Waffe darstellen sollte. Funken sprühten von der Spitze auf. Oder vielleicht war es auch ein dicker Zauberstab. Die Zeichnung war hervorragend.

»Hast du das gemacht?«, fragte ich und hätte mir im selben Moment am liebsten auf die Zunge gebissen. Die Antwort war doch offensichtlich. Wie konnte ich als künftige Reporterin so dumme Fragen stellen? »Ich meine, das ist wirklich gut.«

»Danke.«

»Hast du Kunst in der Schule? Kennst du zufällig Caitlin Shimizu?«

Rin schüttelte angewidert den Kopf.

Ich verdrehte die Augen. »Was? Ich denke nicht, dass ihr euch kennen müsstet, nur weil ihr beide asiatische Wurzeln habt, falls du das meinst. Ich frage, weil Caitlin auch in Kunst ist.«

»Ich weiß.« Er sah immer noch sauer aus, mit seinem verkniffenen Mund und den zusammengezogenen Augenbrauen. »Aber ich bin nicht in Kunst. Obwohl ich weiß, wer Caitlin ist.«

Okay, Jenna, bleib einfach cool und lock die Info aus ihm heraus. Höchste Zeit, dass ich meine Fähigkeiten als Investigativ-Reporterin trainierte.

»Zeichnest du jeden Tag? Einfach so aus Spaß?«

»Ja, so ungefähr.« Rin drehte sein Skizzenbuch wieder zu sich um.

»Kann ich noch was sehen?«

Er hielt das Buch hoch – aber so, dass es außerhalb meiner Reichweite blieb – und blätterte ein paar Seiten durch. Seine Zeichnungen waren fantastisch! Gut genug für eine Graphic Novel. Auf der dritten Seite fiel mir etwas auf, und ich gab einen unterdrückten Laut von mir.

»Was?« Rin knallte sein Skizzenbuch zu.

»Hey! Ich war noch nicht fertig.«

»Du hast so komisch geschnalzt.« Rin stopfte das Skizzenbuch in seinen Rucksack und äffte mit finsterer Miene meine unkontrollierte Reaktion nach. »Tz, tz.«

Wow. Empfindlich. »Ich mag deine Zeichnungen«, fing ich an. »Die sind wirklich gut …«

»Aber?«

»Mir ist aufgefallen, dass du nie Mädchen zeichnest.«

Rin starrte mich lange an, dann fing er an zu lachen. Das Geräusch kitzelte meine Ohren und trillerte an meinem Rückgrat hinunter. Es klang fast wie Musik.

Was war sein Problem? Diesmal runzelte ich die Stirn, während ich darauf wartete, dass er zu lachen aufhörte. Es dauerte nicht lange.

»Was ist so komisch?«, fragte ich.

Rin schüttelte den Kopf. »Ich dachte, du wolltest was anderes sagen.«

»Ach ja? Was denn?«

Sofort verschloss sich sein Gesicht wieder. Mir gefiel er besser, wenn er lächelte oder lachte. Er hatte ein sehr nettes Lachen. »Komm schon«, sagte ich. »Ich bin neugierig.«

Rin zuckte die Schultern. Das machte er ziemlich oft. »Also gut«, sagte er schließlich. »Ich dachte, du willst mir hinreiben, dass Manga keine richtige Kunst ist.«

»Warum sollte ich so was sagen?«, blaffte ich ihn wütend an. Wie kam er dazu, mir solche dummen Vorurteile zu unterstellen?

Rin verschlang seine restlichen Pommes, statt zu antworten. Ich musste mir eine andere Strategie überlegen. Gute Reporter flößten der Person, die sie interviewten, Vertrauen ein, um an Informationen zu kommen.

Ich hielt also die Gereiztheit aus meiner Stimme heraus und probierte es erneut. »Im Ernst. Wie kommst du darauf, dass ich so was Abfälliges sagen würde? Du hast doch schon mitbekommen, dass ich Manga mag.«

Rin spielte mit seiner Serviette, die er dreimal zusammen- und auseinanderfaltete. Seine Hände waren glatt und geschmeidig, seine Fingernägel sauber und kurz geschnitten. »Weil das ein Lehrer in der Sechsten zu mir gesagt hat, gleich in der ersten Schulwoche.«

»Das ist ja unmöglich! Wie kann ein Lehrer so was Gemeines zu einem Schüler sagen? Gute Lehrer müssen einem doch Mut machen.« Einen Augenblick lang dachte ich an Ms Fontes, verdrängte den Gedanken aber sofort wieder. »Und ist wahrscheinlich rassistisch. Ich meine, nur weil Manga eine japanische Comic-Form ist, muss es noch lange nicht schlecht sein! Hätte der Lehrer das auch zu dir gesagt, wenn du Figuren wie Scarlett Witch oder Wonder Woman zeichnen würdest?«

Rin zuckte die Schultern. »Keine Ahnung. Hab einfach das Fach gewechselt.«

»Aber …«, fing ich an.

Rin winkte ab. »Ja ja, ich hab das mit den Mädchen-Figuren gehört.«

»Und?«

Er zuckte wieder die Schultern. Seine Wangen waren leicht rot geworden.

Okay, jetzt ganz vorsichtig nachfragen. Ich musste es einfach wissen. »Gibt es einen Grund, warum du nur Jungs-Figuren zeichnest?«

Rin schubste seinen leeren Teller von sich weg. »Ich habe angefangen zu zeichnen, als ich sechs oder sieben war.«

»Okay.« Ich hoffte, dass es aufmunternd klang. Freundlich.

Rin faltete jetzt wieder seine Serviette. Seine Finger bewegten sich schnell und geschickt. Ich wartete, bis er fertig war. Wenn es darauf ankam, konnte ich sehr geduldig sein.

»Diese Figuren, das war ich«, sagte er schließlich so leise, dass ich mich vorbeugen musste, um ihn zu verstehen.

»Oh.«

»Na ja, jetzt nicht mehr«, fügte er abwehrend hinzu, während er die Serviette in seiner Hand zerknüllte. »Kinder schaffen sich ihre eigene Fantasiewelt – einfach so tun, als ob, verstehst du? Und statt davon zu träumen, dass ich fliegen könnte wie Superman – oder meine

Schwester in einen Frosch verwandeln –, habe ich es gezeichnet.«

»Hmm. Clever«, sagte ich.

»Jetzt muss ich meine Fantasien natürlich nicht mehr auf diese Art ausleben. Ich zeichne einfach, weil es mir Spaß macht. Aber wahrscheinlich bin ich deshalb nie auf die Idee gekommen, weibliche Figuren zu zeichnen – und nicht, weil ich was gegen Mädchen hätte. Frauen«, verbesserte er sich schnell. Ich warf ihm einen Blick zu, und er fügte hinzu: »Ich habe eine große Schwester. Ihr würden die Sticker auf dem Notizbuch gefallen, in dem du die ganze Zeit herumkritzelst. Wofür ist das überhaupt?«

Ich brachte es nicht fertig, ihm zu sagen, dass er sich gefälligst um seinen eigenen Kram kümmern solle. Das fühlte sich irgendwie falsch an, nachdem ich ihn so lange ausgehorcht hatte. »Das ist mein Notizbuch für den Zeitungsclub.«

»Cool.« Er nickte und beugte sich wieder über sein Skizzenbuch, womit das Gespräch beendet war.

Das irritierte mich. Ich hatte ihm zugehört, als er mir von seiner Kunst erzählt hatte, und er stellte mir keine einzige Frage zu meiner Arbeit? Den Artikeln, die ich schrieb? Ganz schön unhöflich.

Aber gut, wir waren auch nicht befreundet. Es konnte mir egal sein, was er dachte. Und eins musste man ihm lassen: Er hatte meine Kritik viel besser aufgenommen, als ich erwartet hatte.

Ich warf einen Blick auf ihn, betrachtete ihn einen Moment lang, wie er so dasaß, ganz in sein Skizzenbuch vertieft. Nur die Bücherwand hatte er diesmal nicht aufgebaut.

12

»Alter, welche drei Gegenstände hättest du gern bei dir in einer Zombie-Apokalypse?«, fragte Doug mich am nächsten Tag in der Mittagspause. Als er mein Stirnrunzeln sah, räusperte er sich und verbesserte sich schnell: »Ich meine natürlich, Jenna. Okay, Jenna, mit welchen drei Gegenständen würdest du dich auf jeden Fall wappnen?«

Teddy und Conner lachten über ihn.

»Ach, Klappe«, sagte Doug grinsend.

Zumindest gab er sich Mühe, mich nicht mehr »Alter« zu nennen. »Hmm«, überlegte ich. »Ein langes, scharfes Schwert, einen Feuerstein und mein Fahrrad.«

»Warum nicht ein Auto?«, fragte Teddy.

»Weil man natürlich nicht so leicht an Benzin herankommt«, warf Conner ein.

Keiko schüttelte den Kopf. »Ich wäre dann als Erste geliefert. Ich habe null Überlebensfähigkeiten.«

»Wir würden dich beschützen«, versicherte Conner.

Sie lächelten einander an und hielten Händchen. Sie waren ein süßes Paar, wie ich insgeheim zugeben musste.

Während Doug und Teddy weiter ihre Zombie-Apokalypse planten und Conner und Keiko miteinander tuschelten, schaute ich mich um, und da fiel mein Blick auf einen vertrauten schwarzen Rucksack an einer vertrauten Gestalt mit vertrauten Kopfhörern über den Ohren. Meine Augen folgten Rin den ganzen Weg über das Feld. Wo er wohl seine Mittagspause verbrachte? Ja, genau, dachte ich plötzlich: Ich konnte meine Investigativ-Fähigkeiten trainieren, indem ich ihn beschattete.

»Ich muss was aus meinem Schließfach holen«, sagte ich und stand auf.

»Ich komme mit«, sagte Keiko.

»Nein, nicht nötig«, wehrte ich schnell ab. »Wir sehen uns nach der Schule.«

Dann raste ich die Tribüne hinunter, damit Keiko gar nicht erst auf die Idee kam, hinter mir herzulaufen. Ich joggte über das Feld, meine Augen auf Rin, und folgte ihm ins Hauptgebäude hinein, dann die Treppe hinauf, so dicht hinter ihm, wie ich mich traute.

Aber als ich um die Ecke schaute, war er verschwunden. Mist! Ich ging den Flur entlang und spähte in die leeren Klassenzimmer. Plötzlich hörte ich, wie im Musikraum Instrumente gestimmt wurden. Manche Schüler nahmen ihr Essen dorthin mit, so wie die Mitglieder unseres Zeitungsclubs sich oft in Ms Fontes' Zimmer aufhielten. Eine Sekunde lang fragte ich mich, mit wem Elliot jetzt die Mittagspause verbrachte. Wahrscheinlich mit Carlos und Thea. Der Gedanke versetzte mir einen Stich ins Herz. Nicht wegen Elliot, sondern weil er im Gegensatz zu mir einen Platz hatte, wo er hingehörte.

Da ich Rin aus den Augen verloren hatte, konnte ich auch schnell einen Blick in den Musikraum werfen, bevor ich zu meinem Schließfach ging. In der Tür hielt ich inne und sah mich um. Halb gegessene Lunchpakete waren über die leeren Stühle verstreut, und weiter vorne standen ein paar Schüler in einem Halbkreis zusammen und übten ein Lied ein. Ich wollte schon kehrtmachen, als ich Rin entdeckte, der gerade eine Gitarre auspackte.

Schnell wich ich zurück, bevor er mich noch entdeckte, und rannte mit klopfendem Herzen den Flur hinunter. Dann bremste ich mich. Warum sollte ich weglaufen? Es war mein gutes Recht, hier zu sein. Ich war schließlich an dieser Schule. Zufrieden grinste ich vor mich hin. Ich wusste jetzt, wo Rin seine Mittagspause verbrachte und dass er Gitarre spielte, was mir ein prickelndes Machtgefühl verlieh. So, als hätte ich ein dunkles Geheimnis entdeckt.

Bis zum Läuten waren es nur noch wenige Minuten, und ich musste meine Nawi-Hausaufgabe aus dem Schließfach holen. Als ich hinkam, wartete Keiko dort.

»Hey, ich dachte, du wolltest was aus deinem Schließfach holen?« Sie lehnte mit verschränkten Armen an den Schließfächern.

»Wie lange wartest du schon hier?«

»Eine ganze Weile! Ich bin nur ein paar Minuten nach dir gegangen.«

»Ich musste erst noch was für den Zeitungsclub erledigen«, sagte ich, was nicht komplett gelogen war. Rin zu beobachten war schließlich eine gute Übung für meine künftige Reporter-Laufbahn. Ich gab meine Schließfachnummer ein und fragte sie gereizt: »Und warum folgst du mir überhaupt?«

Keikos Augen weiteten sich, dann blinzelte sie hektisch. Ich hatte in letzter Zeit ein bisschen zu oft ihre Gefühle verletzt.

»Du brauchst mich nicht wegzustoßen, Jenna. Ich hab's verstanden – ich werde dich nicht mehr nach Elliot fragen, okay?«

Ich wechselte meine Bücher aus, während sich das Schweigen zwischen uns immer weiter ausdehnte. Schließlich klappte ich mein Schließfach zu und zwang mich zu einem Lächeln. »Was wollen wir heute nach der Schule machen?«, fragte ich sie. »Wieder backen?«

»Tut mir leid, Jenna, deshalb hab ich dich ja gesucht. Ich hatte ganz vergessen, dass ich heute schon was anderes vorhabe.«

»Oh.« Okay, das hatte ich verdient. War ja klar, dass sie nicht mehr mit mir zusammen sein wollte, wenn ich sie so oft anschnauzte.

»Ja. Conner hat Karten für eine Sondervorstellung von *Chihiros Reise ins Zauberland* besorgt. Und das ist heute. Wir machen nachher zusammen unsere Hausaufgaben, und dann essen wir zu Abend. Ich hätte es dir schon früher sagen sollen.«

»Kein Problem.« Ich winkte ab. Miyazaki-Filme waren bisher immer unser Ding gewesen. Von dieser Sondervorstellung hatte ich nichts gewusst. »Ich muss sowieso an meinem Artikel für den Wettbewerb arbeiten.«

»Dann sehen wir uns aber am Samstag zu unserem Spieleabend, oder?«

»Ist schon okay. Ich muss nicht dabei sein. Wahrscheinlich hast du sowieso mehr Spaß mit den Jungs.«

»Jenna, was redest du da? Ich hab dich doch gern dabei!«

»Okay. Wenn du wirklich willst.«

»Natürlich will ich, Jenna!«

Dann läutete es. Keiko strich sich eine Haarsträhne hinter ihr Ohr, warf mir einen langen Blick zu und ging in ihre Algebra-Klasse. Diese seltsame Steifheit zwischen uns ging mir noch den ganzen restlichen Tag nach, und es wurde auch nicht besser, als ich Keiko in Sport sah. Wir kamen nicht dazu, uns zu unterhalten – seit Coach Yang mitbekommen hatte, dass wir beste Freundinnen waren, teilte sie uns in verschiedene Mannschaften ein, damit wir nicht so viel quasseln konnten. Wir spielten nicht einmal auf demselben Platz, worüber ich irgendwie froh war. Keiko war sicher noch sauer, und dann hätte ich ein schlechtes Gewissen gehabt. Besser, wir gingen uns eine Weile aus dem Weg.

Nach der Sportstunde war ich die Erste bei den Mädchen-Schließfächern, und ich rannte – RANNTE! – zum

Diner. Triumphierend riss ich die Tür auf, stürzte hinein – und schnappte nach Luft.

»Hast du die letzte Stunde geschwänzt, oder was?«, keuchte ich, während ich zu Rin hinüberging, der wie immer schon in meiner Nische saß.

Er warf mir ein triumphierendes Lächeln zu, als hätte er ein Wettrennen gewonnen. Aber er hatte seine Kopfhörer noch nicht auf und öffnete gerade erst seinen Rucksack, sodass er nicht lange vor mir gekommen sein konnte.

Ich warf mich auf die Bank, und im selben Moment kam Leigh mit zwei Gläsern Eiswasser herüber. »Das könnt ihr bestimmt gebrauchen, so wie ihr beide hier reingestürmt seid.«

»Aha!«, rief ich und zeigte auf Rin. Er hatte zumindest den Anstand, leicht ertappt zu wirken. Aber das Grinsen blieb in seinem Gesicht.

»Shakes heute?«, fragte Leigh lächelnd. »Das Übliche?«

»Ja, bitte«, sagte ich, nachdem ich einen großen Schluck Wasser getrunken hatte.

Rin schaute auf die Tafel mit den Specials. »Für mich bitte den Hamilton-Schokoshake«, sagte er.

»Gebongt«, sagte Leigh. »Fritten?«

»Ja, doppelte Portion.« Rin warf mir einen Blick zu. »Wir teilen.«

Ich erhob keine Einwände, aber ich würde meine Hälfte selbst bezahlen. Ich hatte einen Bärenhunger nach dem anstrengenden Volleyballspiel und meinem Sprint hierher.

»Okay, raus mit der Sprache«, sagte ich, sobald Leigh uns den Rücken kehrte. »Du bist gerannt, um vor mir herzukommen. Extra.«

Rin hob die Hände. »Okay, ich geb's zu.« Dann warf er mir wieder dieses unverschämte Lächeln zu. »Und ich habe gewonnen.«

»Wie du meinst«, sagte ich. »Aber es ist unfair. Ich wusste nicht, dass es ein Wettrennen war.«

»Schlechte Verliererin, was?« Rin zog ein Schulbuch hervor, aber statt seine übliche Mauer damit zu bauen, schlug er es auf.

Ich schnappte laut nach Luft und griff mir an die Brust. »Wahnsinn – du hast gerade ein Schulbuch aufgeschlagen!«

»Sehr witzig, Sakai«, sagte Rin.

Leigh sang ein paar Zeilen aus *The Room Where It Happens* und stellte unsere Shakes ab, zusammen mit einem Teller Käsepommes, die viel höher aufgetürmt waren als sonst.

Nachdem wir Leigh ausgiebig beklatscht hatten, nickte Rin zu dem Notizbuch auf meiner Seite des Tischs. »Ist das für den Zeitungsclub?«

»Ja.«

»Woran arbeitest du?«

Ich schnappte mir eine Gabel und spießte ein paar Pommes auf. Dann blies ich darauf und stopfte sie in den Mund, um Zeit zu gewinnen. Ich wollte nicht mit Rin über meine Pläne reden. Mein Leben ging ihn nichts an.

»Also?«, hakte Rin nach und zog den Teller zu sich her.

Ich streckte die Hand aus, um noch eine Gabelvoll aufzuspießen. Ich dachte an Keiko und wie wütend sie auf mich sein musste. Mit ihr hätte ich gern geredet. Schließlich *wollte* ich ja reden. Und Rin war hier. Also warum nicht? »Ich recherchiere die Renovierung der Cafeteria.«

»Klingt langweilig. Wen interessiert das schon?«

»Mich!« Ich packte mein Notizbuch. »Ich meine, da spendet ein Unbekannter tonnenweise Geld, um die Cafeteria zu renovieren. Warum? Und warum so viel Geld für die Cafeteria verschwenden, wenn es viel wichtigere Dinge gibt, die in Ordnung gebracht werden müssten?«

»Was? Jemand hat Geld für die Cafeteria gespendet?«

»Ja, genau. Das ist doch idiotisch, oder? Unsere Computer sind uralt und viel zu langsam. Unsere Bücherei ist dunkel und schäbig. Der anonyme Spender hat anscheinend zu viel Geld und weiß nicht, was er damit anfangen soll. Einfach lächerlich, diese Superreichen.«

»Was? Wieso denn?«

»Ich meine, je mehr Geld sie haben, desto ahnungsloser sind sie offenbar. Die Spende hätte in außerschulische Aktivitäten fließen können.« Zum Beispiel in die Finanzierung einer Schülerzeitung – das hätte mir gefallen. »Also jedenfalls macht es Spaß, eine Enthüllungsgeschichte zu schreiben.«

»Wow, Sakai, du bist der ultimative Nerd.«

Ich trank meinen restlichen Shake so schnell aus, dass

mir fast das Gehirn einfror. »Wenn du glaubst, dass mich das beleidigt, hast du dich getäuscht.« Ich rieb mir die Schläfen mit den Fingern. »Nerd ist nur ein anderes Wort für klug.«

Rin zuckte die Schultern. »Gut. Wie du meinst. Und wie löst du jetzt das große Rätsel?«

Ich konnte nicht sagen, ob die Frage ernst gemeint war oder ob er sich über mich lustig machte. »Ich habe so meine Tricks«, sagte ich vage.

»Hmm. Okay. Und was machen wir jetzt? Ins Schulsekretariat einbrechen und Akten wälzen?«

»Erstens mal gibt es kein ›Wir‹. Und zweitens breche ich nirgends ein – ich mache nichts Illegales.« Isabella hatte kein Glück bei der Schulverwaltung gehabt, aber es gab andere Wege, an die Informationen zu kommen, die ich brauchte.

»Ach komm schon, lass mich helfen.«

»Ich brauche deine Hilfe nicht. Ich arbeite auf eigene Faust.« Diese Lektion hatte ich durch Elliot gelernt. Immer wenn wir zusammengearbeitet hatten, hatte er alles an sich gerissen, als wären seine Ideen besser als meine. Unseren ersten gemeinsamen Artikel hatte er mit nach Hause genommen und überarbeitet, ohne mich miteinzubeziehen. Er hatte fast alles herausgestrichen, was von mir war. Ein anderes Mal hatte ich ihn auf eine Idee gebracht, die er vor Ms Fontes als seine ausgab, nur um die ganze Anerkennung alleine einstecken zu können. Als ich ihn deswegen zur Rede gestellt hatte, war es zu einem Riesenkrach gekommen.

Allein recherchieren war die klügere Methode.

Ich öffnete demonstrativ mein Notizbuch. Zum Glück verstand Rin den Wink und vertiefte sich in sein Buch. Es war ungewohnt, ihn nicht zeichnen zu sehen. Ich zwirbelte meinen Stift zwischen den Fingern herum und überlegte mir die nächsten Schritte. In Gedanken ging ich die Liste des Schulpersonals durch, und plötzlich hatte ich eine geniale Idee – ich würde mit Mr Kim sprechen! Der stellvertretende Direktor musste den Namen des Spenders kennen. Und da er in der Jury saß, die unsere Beiträge beurteilen würde, konnte es nicht schaden, ihm zu zeigen, wie engagiert ich war.

Ich hörte Rin vor sich hin grummeln. Als ich aufschaute, zwirbelte auch er seinen Stift herum und starrte finster auf sein Buch hinunter.

»Was lernst du da?«, fragte ich.

Der Stift erstarrte in seinen Fingern. »Pflanzenkunde.«

»Toll! Ich liebe Bio!«

Er warf mir einen Blick zu. »Ja, klar.«

Ich verdrehte die Augen, packte sein Arbeitsblatt und zog es zu mir herüber. Rin protestierte nicht, also las ich die erste Frage laut vor. »Welchen Zweck hat eine Blüte?«

»Das ist eine sinnlose Frage.« Rin zwirbelte wieder seinen Stift herum, so schnell, dass er fast zwischen seinen Fingern verschwamm.

Elliot war immer sauer geworden, wenn ich meinen Stift herumzwirbelte, aber wahrscheinlich nur, weil er selbst es nicht konnte. Ich hatte einmal im Spaß gesagt, dass ich als Asiatin ein spezielles Zwirbel-Gen besäße. Das brachte ihn noch mehr auf die Palme.

Rin riss mich aus meinen Gedanken. »Warum runzelst du so die Stirn?«, fragte er.

»Das ist keine sinnlose Frage. Das ist Wissenschaft.«

»Na und? Dadurch wird es auch nicht interessanter. Und außerdem werde ich so was nie brauchen.«

»Woher weißt du das? Oder hast du deine berufliche Karriere schon so genau vorausgeplant?« Ich schob das Arbeitsblatt zu ihm zurück und griff nach seinem Nawi-Buch.

»So ziemlich. Und Blüten gehören nicht dazu.«

Das war komisch. Und warum hörte er sich so finster an? Ich blätterte das Buch durch. »Hier!« Ich tippte mit dem Finger auf die Seite. »Hier ist die Antwort.« Dann ließ ich es zu ihm zurückschnellen.

Rin schob seine Brille mit den Fingern hoch und schaute auf das Buch. »Ich kann lesen, okay?«

»Hab ich auch nie bezweifelt. Ich will dir nur helfen.« Ich verkniff mir die Bemerkung, wie schlecht er damals im Gesundheitskurs gewesen war. Wahrscheinlich erinnerte er sich sowieso nicht daran.

»Danke, Ms Oberstreberin, aber ich brauche deine Hilfe nicht.« Oder vielleicht erinnerte er sich doch daran.

Rin nahm sein Arbeitsblatt wieder an sich und trug die Antwort ein. Ich schob meine Tasche beiseite und huschte neben ihn, damit ich auf sein Blatt sehen konnte. Dabei berührte ich mit der Schulter seinen Arm, der fest und muskulös und warm war. Ich zuckte zurück, als hätte ich einen Stromschlag erhalten.

»Dir macht das Spaß, oder?«, fragte er und schrieb weiter.

»Keine Ahnung, wovon du redest.« Meine Stimme klang irgendwie piepsig. Ich spürte noch die Wärme von seinem Arm auf meiner Haut.

Rin warf mir einen flüchtigen Blick zu. »Hausaufgaben? Dir machen Hausaufgaben Spaß.«

»Ach so, ja. Stimmt«, stotterte ich. Ich zog mich in meine Hälfte der Nische zurück und beobachtete ihn aus sicherem Abstand. Rin schrieb schnell und flüssig. Fast so, wie wenn er zeichnete.

Zwanzig Minuten später war er fertig, und soweit ich sehen konnte, hatte er alles richtig beantwortet, ohne in sein Buch zu schauen. Ich war sprachlos.

»Mann, das war die reinste Folter«, sagte er, als er fertig war, und stopfte sein Buch in den Rucksack zurück. »Du solltest mal lernen, Spaß zu haben, Sakai. Relaxen.«

Er hatte alle Antworten gewusst! Vielleicht war er gar nicht so hoffnungslos, wie ich dachte.

»Warum? Lernen macht doch Spaß«, sagte ich. »Und du? Was machst du einfach so aus Spaß? Außer zeichnen?«

Rin zuckte die Schultern. »Ich spiele Gitarre, aber das weißt du ja schon.«

Meine Ohren wurden flammend rot, und nicht nur meine Ohren, sondern mein ganzes Gesicht. »Was?«

»Ich hab dich in der Mittagspause in der Tür zum Musikraum gesehen.«

»Oh. Ähm, ich …« Mehr brachte ich nicht heraus. Ich verfluchte mein Gehirn. Schreiben fiel mir immer leichter als reden. »Ich muss jetzt gehen.«

»Ich bezahle.«

»Nein, vergiss es. Ich bezahle selbst für mein Essen.«

Rin stand auf, aber ich war schneller. Ich hatte keine Zweifel daran, dass seine japanische Familie nicht anders als meine war und sich bei jedem Treffen mit Freunden oder Verwandten um die Rechnung stritt. Und das waren nicht etwa lahme Höflichkeitsgesten, oh nein, sondern geradezu bühnenreife Szenen, bei denen erbittert gezankt und gegrapscht und nach der Rechnung geschrien wurde.

Rin hatte keine Chance gegen mich, weil ich bei den Besten des Fachs gelernt hatte: Meine Mom war der absolute Champion. Ich schaffte es als Erste zur Kasse, knallte die Hälfte der Summe auf die Theke und stürmte hinaus, bevor Rin mich einholen konnte.

Ich hätte mich gern in der Genugtuung über diesen kleinen Sieg gesonnt, aber Rin saß immer noch in meiner Nische, was sich eher nach einer Niederlage anfühlte. Als hätte er gewonnen und nicht ich.

13

Am nächsten Morgen marschierte ich als Erstes ins Hauptsekretariat der PV Middle.

»Jenna Sakai, wie schön, dich zu sehen!« Mrs Bauer, die Schulsekretärin, lächelte mich an. Ich hatte ihr in der Sechsten einmal in der Woche im Büro ausgeholfen, um Punkte für gemeinnützige Tätigkeiten zu sammeln.

Ich lächelte zurück. »Hi! Ist Mr Kim schon da?«

»Lass mich mal nachsehen.«

Nach ein paar Minuten kam Mrs Bauer zurück. »Du hast Glück. Er hat Zeit. Geh nur rein.«

»Guten Morgen, Jenna«, sagte Mr Kim, als ich in sein Büro kam.

Ich nahm mein Notizbuch und meinen Stift auf den Schoß, nachdem ich mich ihm gegenüber an seinen Schreibtisch gesetzt hatte.

»Ist alles in Ordnung?«, fragte er.

»Ja. Ich arbeite an einem Artikel für den Journalismus-Wettbewerb der *Orange County News*. Und ich habe ein paar Fragen an Sie.«

»Ms Fontes kennt sich mit den Teilnahmebedingungen bestimmt besser aus als ich, aber ich kann versuchen, dir auf deine Fragen zu antworten.«

»Oh nein, deswegen bin ich nicht hier. Es geht um den Artikel, den ich über die Renovierung der Cafeteria schreiben will.«

Mr Kim lächelte. »Ah ja! Das war ein großartiges Projekt!«

Großartig? Nicht wirklich. Ich schlug mein Notizbuch auf. »Warum sagen Sie, dass es ein großartiges Projekt war?«

»Nun, die Küchenausstattung war völlig veraltet. Der Herd war kaputt, und wir mussten die Kühltruhe mindestens dreimal in den letzten anderthalb Jahren reparieren lassen. Zum Glück kam dieser großzügige Wohltäter um die Ecke und hat uns gewissermaßen den Tag gerettet.«

»Ich habe gehört, dass es eine Spende von einer Million Dollar war«, sagte ich.

Mr Kim sah mich überrascht an. »Du bist ja schon eine richtige Investigativ-Reporterin, Jenna Sakai.«

»Danke.« In Wahrheit verdankte ich diese Entdeckung natürlich Isabella, die ihr Wissen freundlicherweise mit mir geteilt hatte. »Wer war der Spender?«

Mr Kim schüttelte den Kopf. »Das darf ich dir leider nicht sagen.«

Hmm. Solche kleinen Hindernisse schreckten mich nicht ab. »Also jedenfalls war das eine Menge Geld.« Ich notierte mir, dass ich noch im Internet recherchieren musste, was eine Cafeteria-Renovierung normalerweise kostete. »Waren irgendwelche Bedingungen an die Spende geknüpft? Oder hätte das Geld auch für andere Projekte verwendet werden können, zum Beispiel für verschiedene Clubs und andere außerschulische Aktivitäten?«

Mr Kim lehnte sich in seinem Sessel zurück. »Ich weiß nicht recht, worauf du mit deinem Artikel hinauswillst, aber sei versichert, dass diese Spende nicht nur sehr großzügig, sondern auch dringend notwendig war.«

Mir gefiel sein Ton nicht. Er behandelte mich wie ein Kind, obwohl ich doch eine ernsthafte Reporterin war! Aber ich würde nicht lockerlassen. Ich musste ihm die Information aus der Nase ziehen, und zwar jetzt gleich.

»Warum will der Spender anonym bleiben?«

»Das kann ich nicht beantworten. Vielleicht will er einfach kein Aufsehen wegen seiner Großzügigkeit.« Mr Kim schaute auf die Uhr an der Wand. »Es läutet bald. Du musst in deine erste Stunde.«

Ich steckte mein Notizbuch ein und stand auf. »Danke für Ihre Hilfe.« Das war nicht ehrlich gemeint, aber ich musste ihn mir warmhalten. Schließlich würde er meinen Artikel beurteilen.

Mr Kim lächelte. »Viel Glück für deine Bewerbung, Jenna. Ich bin froh, dass jemand über dieses Projekt schreibt.«

Ha! Wenn das wahr wäre, hätte er mir auch die Informationen geben können, die ich brauchte. Hoffentlich konnte ich etwas Sensationelles ausgraben, das meinen Artikel zu einem Spitzenbeitrag machen würde. Dann wäre Mr Kim von meiner Hartnäckigkeit beeindruckt und Ms Fontes ebenfalls. Ich musste nur einfach den Namen dieses Spenders herausbekommen.

Am Nachmittag zog ich mich nach Sport gar nicht erst um, sondern stürzte sofort aus der Halle. Es war Freitag, und ich musste sowieso meine Trainingsklamotten zum Waschen nach Hause bringen. Ich zog eine Jogginghose über meine Shorts und warf mich in meine Jacke. Dann rannte ich los.

Mist! Irgendwie schaffte dieser Rin es immer, vor mir im Diner zu sein.

»Wie machst du das?«, keuchte ich, warf mich auf meinen Platz und streifte meine Jacke ab. Ich war völlig verschwitzt. »Du bist ja noch nicht mal außer Atem.«

Er grinste, sagte aber nichts.

Dann ertönte Leighs klare Stimme. Sie sang das Butter-Zucker-Mehl-Lied und blieb an unserem Tisch stehen. »Hier, bitte schön. Ein Hamilton-Schokoshake und ein Waitress-Shake.«

»Ich habe ja noch gar nicht bestellt«, sagte ich. »Aber danke.«

Leigh nickte Rin zu. »Er hat für dich bestellt.«

Das Lächeln fiel von meinem Gesicht ab. »Woher weißt du, dass ich nicht lieber den Hamilton-Shake will?«, fragte ich ihn.

»Weil das Schokolade ist«, antwortete er. »Und du hast

neulich gesagt, das sei zu schokoladig für deinen Geschmack.«

»Ja, aber das war damals! Vielleicht mag ich heute mal was Super-Schokoladiges.«

Rin verdrehte die Augen. »Dann nimm doch den schokoladigen.«

Leigh gab mir den Schokoshake und nahm den mit dem Erdbeerröster wieder an sich.

»Wo wollen Sie damit hin?«, fragte ich.

»Ich mache einen zweiten Schoko-Shake«, sagte Leigh.

»Nein, nein, ich nehm ihn schon.« Ich griff nach dem Erdbeer-Shake und schob den schokoladigen zu Rin hinüber.

»Du musst ihn nicht bezahlen, Jenna«, sagte Leigh. »Rin hat letztes Mal die ganze Rechnung beglichen, also hast du jetzt einen gut.«

Ich funkelte Rin an. »Dann bezahle *ich* heute die Rechnung.«

»Ihr beide seid ganz schön anstrengend«, sagte Leigh lachend.

Rin zuckte die Schultern und grinste. Dann nahm er sein Skizzenbuch heraus, baute aber keine Bücherwand auf.

»Fertig mit deinen ganzen Hausaufgaben?«, fragte ich.

»Ich brauche keine Ersatzmom, danke.«

Ich unterdrückte ein Grinsen und nahm mein Notizbuch heraus. Ich hatte heute nur Mathe-Hausaufgaben, die ich bereits im Unterricht gemacht hatte. Keiko und ich wollten am Sonntag zusammen lernen. Ich war froh, dass ich endlich mal wieder mit ihr allein sein konnte. Und ich nahm mir vor, supernett zu ihr zu sein.

Das Geräusch von Rins Stift, der sich über das Papier bewegte, war wie eine beruhigende Hintergrundmusik, während ich mir den Kopf zerbrach, wie ich an den Namen des anonymen Spenders herankommen sollte.

»Und? Wie läuft es mit deinen Nachforschungen?«, fragte Rin, als hätte er meine Gedanken gelesen.

»Gut.«

»Hast du herausgefunden, wer das Geld gespendet hat?«

»Von mir erfährst du nichts.« Mein Telefon summte – eine Textnachricht. Mom schrieb, dass sie etwas aus dem Thai-Imbiss zum Abendessen mitbringen würde.

»Wer ist das?«, fragte Rin.

»Du bist ja vielleicht neugierig.«

»Siehst du? Ich wäre ein hervorragender Partner bei der Aufklärung deines großen Rätsels. Ich könnte zum Beispiel ins Schulsekretariat einbrechen und die Akten durchwühlen.«

»Ich hab dir doch gesagt, dass ich keine Hilfe brauche, erst recht nicht von einem Kriminellen.«

Rin sah kein bisschen beleidigt aus. »Okay, und was ist dein Plan? Willst du dich ins Computersystem der Schule einhacken?«

»Bist du ein Hacker?«

»Nein. Warum? Würdest du dir dann von mir helfen lassen? Ich könnte einen auftreiben.«

»Nein!«, zischte ich. Musste er immer so unmöglich sein?

Rin zuckte die Schultern, dann baute er ganz langsam und demonstrativ seine Bücherwand wieder um sein Skizzenbuch herum auf. Lächerlich. Als ob es mich interessierte, was er da machte. Außerdem hatte ich meinen Milchshake bereits leer getrunken, und mit meinem Artikel kam ich im Moment auch nicht weiter. Es gab also keinen Grund für mich, noch länger hierzubleiben.

Ich schlüpfte hinter dem Tisch hervor, bezahlte bei Leigh Rins Bestellung, um quitt mit ihm zu sein, und ging nach Hause.

Aber dort war niemand. Als ich den Tisch deckte, summte mein Handy. Ich dachte zuerst, Mom wolle mir mitteilen, dass sie auf dem Weg hierher sei, aber es war Dad. Ich hatte ihm in dieser Woche ein paarmal geschrieben, ohne eine Antwort zu bekommen. Das war seltsam, denn selbst wenn er gerade viel zu tun hatte, schickte er mir schnell ein Emoji, damit ich wusste, dass er meine Nachricht gelesen hatte. Und diesmal hatte er eine ganze Woche nichts von sich hören lassen. Ich setzte mich auf die Couch und fragte mich, welche Ausrede ich auf meinem Handy vorfinden würde. Zu müde? Zu viele Meetings? Verabredungen in schicken Restaurants?

Hey, Kleines! Tut mir leid, dass ich mich nicht gemeldet habe. War verreist.

Komm gerade vom Flieger.

Das war neu. Dad reiste nicht viel für seine Arbeit.

Wo warst du?

Japan.

Ich richtete mich so abrupt auf, dass mir das Smartphone aus der Hand rutschte. Ich fing es mitten in der Luft auf, und meine Finger flogen nur so über das Display. Vor lauter Begeisterung hatte ich ganz vergessen, sauer auf Dad zu sein.

WAS?! Das gibt's doch nicht! Ich will auch nach Japan!

Wie lange warst du dort? Wo warst du? Was hast du gegessen?

Dann klingelte mein Telefon. »Hey, Dad.«

»Ich kann nicht mit deinem Tempo mithalten. So schnell kann ich nicht tippen.« Dad lachte.

Meine Wut verflog. Es war schön, ihn lachen zu hören. In den Weihnachtsferien hatten wir auch viel gelacht. Nicht wie im Sommer, als ich die meiste Zeit allein in der winzigen Wohnung mit den hässlichen Mietmöbeln gesessen hatte. Dad hatte sich die ganze Woche freigenommen. Wir waren eislaufen gegangen und minigolfen, und er hatte mir ein cooles Druckerei-Museum gezeigt. Es waren schöne Weihnachtstage gewesen, auch wenn es traurig und seltsam war, ohne Mom zu feiern. Sie war über Weihnachten nach Oregon zu Tante Kelly gefahren.

»Dad! Japan!«, drängte ich. »Wie war's?«

Dad erzählte mir alles über seine Geschäftsreise. Er war eine ganze Woche in Tokio gewesen. Ich platzte fast vor Neid!

»Wir fahren bald mal zusammen hin, versprochen«, sagte Dad. »Ich habe auch ein paar Mitbringsel für dich. Ich schicke sie dir in den nächsten Tagen.«

»Wahnsinn. Danke, Dad!«

Das Garagentor rumpelte auf.

»Hey, Dad, ich muss Schluss machen.«

»Ah, deine Mom ist nach Hause gekommen.« Dads Stimme wurde leise. »Okay, wir reden später, Kleines.«

Ich ließ mein Handy auf den Couchtisch fallen, gerade als Mom zur Hintertür hereinkam.

»Essen ist da«, verkündete sie und zog ihre Schuhe aus. »Uff. Was für ein langer Tag. Ich bin todmüde.«

»Filmabend?«, fragte ich hoffnungsvoll.

»Tut mir leid, Jenna. Ich habe mir Arbeit mitgebracht. Warum rufst du nicht Keiko an?«

Ich nahm Mom die Tüte mit dem Thai-Essen aus der Hand und ging in die Küche. »Ist schon gut. Ich muss sowieso noch Hausaufgaben machen. Und Keiko sehe ich morgen beim Spieleabend.«

Außerdem hatte ich mir auch Arbeit mit nach Hause gebracht. Ich musste noch etwas tiefer graben. Eine Person auftreiben, die mir die nötigen Informationen für meinen Artikel geben konnte.

14

Nach einer Woche war ich immer noch nicht weiter. Mir fiel einfach nichts ein, wie ich die Identität des Spenders herausfinden konnte. Es war zum Haareraufen.

»Ist das Schokoladen-Fudge?«, fragte Teddy.

Keiko nahm einen kleinen Plastikbehälter aus ihrem Lunchbeutel. Lächelnd ließ sie ihn unter den Jungs herumgehen. Dann drehte sie sich zu mir um. »Für dich habe ich was anderes gemacht.«

»Wirklich?«

Keiko reichte mir einen Muffin. »Ich hab unser Bananenmuffin-Rezept verfeinert. Jetzt ist es ein Bananen-Erdbeer-Muffin mit Frischkäseglasur.«

Ich nahm einen großen Bissen. »Lecker«, sagte ich und wischte mir die Glasur vom Mund ab.

Teddy stieß mein Bein mit seinem Fuß an. Ah ja, das hätte ich doch fast vergessen. »Also, Keiko, können wir dann morgen Abend Yantzee spielen?«

Es war mein zweiter Versuch. Letzten Samstag hatten wir wieder Scrabble gespielt. Aber da war ich zumindest mit Mrs Carter im Siegerteam gewesen.

»Klar«, sagte Keiko lachend. »Wir müssen diesmal sowieso was anderes als Scrabble spielen.«

»Warum das denn?«

»Macy hat es versteckt.«

»Deine Schwester rockt!«, brüllte Doug und boxte in die Luft.

»Wie geht's deiner Mom?«, fragte Keiko, als ich den Muffin aufgegessen hatte.

»Gut.«

Keiko wartete auf mehr, und als nichts kam, seufzte sie leise. Anscheinend konnte ich sie in letzter Zeit nur noch verletzen oder enttäuschen.

»Willst du nächsten Samstag auch zum Abendessen kommen?«, fragte sie noch.

Ich hätte gern abgewartet, ob Mom abends zu Hause sein würde, aber ich wollte Keiko nicht schon wieder vor den Kopf stoßen. Sie war die einzige Freundin, die ich noch hatte. »Ja, gern.«

Keiko lächelte, und das machte mich glücklich. Jetzt musste ich nur noch den Durchbruch bei meinem Wettbewerbsbeitrag schaffen. Die Uhr tickte.

Nach der Schule drückte ich mich in dem Flur herum, der zu Ms Fontes' Zimmer führte. Als Isabella auftauchte, winkte ich sie zu mir herüber.

»Da bist du ja«, sagte sie. »Was war denn los mit dir?«

»Bin beschäftigt«, sagte ich.

»Womit?«

Ich schüttelte den Kopf. »Ehrlich gesagt wollte ich dich

fragen, mit wem du gesprochen hast, um den Namen dieses anonymen Geldgebers herauszufinden.«

»Mit dem ganzen Verwaltungspersonal«, sagte Isabella. »Aber niemand wusste es, obwohl die meisten sehr positiv darüber redeten. Ich hatte den Eindruck, dass dieses Projekt zumindest bei der Schulverwaltung extrem gut angekommen ist.«

»Ja, das Gefühl habe ich auch«, seufzte ich. »Und wie läuft es so bei dir?«

»Gut. Ms Fontes hat mir grünes Licht für meinen nächsten Artikel gegeben.« Isabella warf einen Blick über ihre Schulter. »Kommst du mit rein?«

»Nein, jetzt nicht.« Ich wollte Ms Fontes erst wieder unter die Augen treten, wenn ich einen konkreten Plan für meinen Artikel ausgearbeitet hatte.

Isabella drehte sich um und ging in Richtung Klassenzimmer davon. »Hoffentlich machst du bald wieder mit, Jenna. Ohne dich ist es nur halb so schön.«

Ich nickte, während ich mir meinen nächsten Zug überlegte. Ich brauchte einen Computer.

Elliot streckte seinen Kopf aus dem Klassenzimmer, sah mich und lächelte. Ich stählte mich für den unvermeidlichen Schlagabtausch, als er mit schwungvollen Schritten auf mich zukam.

»Hey«, sagte er. »Was ist los? Warum warst du nicht da?«

Wahrscheinlich war er deshalb so aufgekratzt. Ihm

konnte es nur recht sein, wenn er weniger Konkurrenz hatte. Ich hätte ihm gern hingerieben, dass er sich nicht zu früh freuen solle, aber ich wollte mir nicht in die Karten schauen lassen.

»Was willst du?«

»Nichts. Hab mich nur gefragt, wo du abgeblieben bist.«

»Das geht dich nichts an.« Jedenfalls jetzt nicht mehr.

»Warum hast du mit Isabella geredet?«

»Ich wiederhole mich ungern, aber Das. Geht. Dich. Nichts. An.« Ich fegte an Elliot vorbei in Richtung Bibliothek, wo ich einen der Computer benutzen konnte. Ich hätte natürlich auch nach Hause gehen und an meinem eigenen Laptop arbeiten können, aber ich wollte nicht allein in unserem leeren Haus sitzen und stundenlang auf meine Mom warten. Das Diner musste dann eben ausfallen. Ich würde es sowieso nicht schaffen, als Erste hinzukommen. Und Rin wurde auch immer ausgefuchster beim Bezahlen. Ich musste unbedingt mit Leigh sprechen und klarstellen, dass ich meine Rechnung selber bezahlen wollte. Ich durfte auf keinen Fall zulassen, dass Rin in irgendeiner Hinsicht Macht über mich erlangte.

Einer der Computer war frei. Ich stürzte hinüber, zog mein neues Notizbuch für den Zeitungsclub heraus und öffnete eine Suchmaschine. Es musste doch auch irgendwelche Leute außerhalb der Schule geben, die über die Spende Bescheid wussten.

»Was machst du da?«, ertönte Elliots Stimme hinter meiner Schulter.

Ich wirbelte herum. »Warum spionierst du mir nach?«, fragte ich empört. Der Schüler, der mir gegenüber am Computer saß, warf mir einen vorwurfsvollen Blick zu. Ich senkte die Stimme. »Im Ernst, Elliot, hör auf, mich zu stalken.«

»Ich stalke dich nicht. Ich bin nur neugierig. Woran arbeitest du?«

»Hausaufgaben. Und jetzt sei nett und verschwinde.«

Ich wartete, bis Elliot den Bibliothekssaal verlassen hatte, dann drehte ich mich wieder zu meinem Bildschirm um. Er wollte natürlich wissen, woran ich für den Wettbewerb arbeitete. Wären wir noch zusammen gewesen, hätten wir uns wahrscheinlich über unsere Artikel ausgetauscht und unsere Informationen miteinander geteilt.

Elliot und ich waren unzertrennlich gewesen, aber nicht wie diese grässlichen Pärchen, die sich die ganze Zeit anschmachteten und praktisch an der Hüfte zusammengewachsen waren. Wir interessierten uns einfach für dieselben Dinge. Wir redeten über aktuelle politische Ereignisse und schauten uns Dokumentarfilme an. Elliot war mein Ansprechpartner gewesen. Ich liebte Keiko, und sie war meine allerbeste Freundin, aber meine Leidenschaft für das Schreiben teilte sie nicht wirklich. Okay, sie hörte mir geduldig zu, wenn ich stundenlang darüber redete, aber mit Elliot konnte ich richtig gute Gespräche über die Welt jenseits von Pacific Vista führen.

Aber das war vorbei. Er hatte kein Recht mehr, etwas über mein Leben zu erfahren, nachdem wir uns getrennt hatten. Plötzlich schwirrten mir tausend Erinnerungen an das letzte Halbjahr im Kopf herum.

Unser erster Krach. Wir hatten über die *Big Wave* gesprochen, die Schülerzeitung der PV Highschool. Elliot hatte behauptet, die Artikel von Olivia Rose seien nicht so gut wie die von David Wang und dass eigentlich David der Chefredakteur sein müsse. Ich war komplett anderer Meinung, und Elliot warf mir vor, ich sei nicht objektiv, weil ich Olivia persönlich kannte, obwohl das gar nichts damit zu tun hatte. Ich wollte es ihm erklären, aber er hörte mir einfach nicht zu.

Als Ms Fontes uns im Team arbeiten ließ, stritten wir nur noch mehr.

Elliot bestand darauf, dass sein Name immer an erster Stelle genannt wurde.

»Das geht nach Alphabet«, behauptete er. »Also ganz klar: E vor J und O vor S.«

»Aber dein Name stand schon bei unserem ersten gemeinsamen Artikel an erster Stelle«, protestierte ich. »Und das hier war meine Idee, also muss ich auch als Erste erwähnt werden.«

Elliot verzog sein Gesicht. »Ich will mich ja nicht mit dir streiten, Jenna, aber das hier war definitiv meine Idee.«

»War es nicht.«

Elliot schaute mich kopfschüttelnd an, behandelte mich wie ein bockiges kleines Kind. »Also gut, meinetwegen kannst du deinen Namen als Erstes hinschreiben. Mann, Jenna!«

»Es war ja auch meine Idee«, beharrte ich.

Elliot sagte nichts darauf, und ich gab mich damit zufrieden. Schwamm drüber. Dachte ich zumindest.

Bei unserem letzten Zeitungstreffen vor Weihnachten lobte Ms Fontes uns beide für diesen Artikel. Sie fand ihn sehr originell.

Elliot und ich blieben hinterher noch da, nachdem alle anderen bereits nach Hause gegangen waren. Wir wollten unsere Geschenke austauschen und noch eine Weile allein sein, bevor ich zu Dad nach Texas abreisen musste.

»Du strahlst ja richtig«, sagte Elliot. Er nahm meine Hand und drückte sie.

»Ja, weil ich mich freue, dass Ms Fontes meine Idee so originell fand.«

Elliot ließ meine Hand fallen. »*Deine* Idee? Das war meine.«

In diesem Moment war ich viel zu glücklich, um mich darüber aufzuregen. »Ist doch egal«, sagte ich zu ihm. »Ich bin einfach froh, dass Ms Fontes uns gelobt hat.«

Dann wandte ich mich ab, um Elliots Geschenk aus meiner Tasche zu nehmen.

Plötzlich stieß er hervor: »Was ist dein Problem?«

»Wieso? Wie meinst du das?«, sagte ich langsam, denn die Gereiztheit in seiner Stimme sträubte mir die Nackenhärchen.

»Du tust immer noch so, als wäre es deine Idee gewesen!«

»War es ja auch.«

Elliot verdrehte die Augen. »Mal ganz ehrlich, Jenna, du bist klug und begabt, aber du wirst es nicht weit bringen, wenn du dich weiter so von deinem extremen Konkurrenzdenken beherrschen lässt.«

Ich hätte fast laut herausgelacht. »Konkurrenzdenken? Und das sagst ausgerechnet du? Du bist doch viel schlimmer als ich. Du stiehlst mir meine Ideen, meine Arbeit.«

»Oh, Jenna«, sagte Elliot wieder in diesem gönnerhaften Ton, der mich so langsam wirklich auf die Palme brachte. Wir waren beide ziemlich laut geworden, und wenn jemand im Flur draußen vorbeiging, würde er uns mit Sicherheit hören. So wie ich jedes böse Wort mit angehört hatte, das meine Eltern sich vor ihrer Scheidung an den Kopf geworfen hatten.

»Du glaubst, du wärst besser als alle anderen.«

»Bin ich ja auch!«

Mir verschlug es die Sprache. Hatte er das wirklich gerade gesagt?

»Ehrlich, wir streiten uns nur noch die ganze Zeit«, fing Elliot wieder an. »Und wie man sieht, hast du keinerlei Respekt vor mir.«

»Nein, du hast keinen Respekt vor *mir*!«

Danach herrschte feindseliges Schweigen zwischen uns. Schließlich packte Elliot seine Sachen zusammen. »Dann sollten wir vielleicht nicht länger zusammenbleiben.«

»Da hast du ausnahmsweise recht. Wir sollten vielleicht wirklich nicht zusammenbleiben!«

»Gut.« Elliot stand auf.

»Du gehst?«, fragte ich ungläubig.

»Warum nicht? Ist doch alles gesagt.«

Ich schlang verzweifelt meine Arme um mich selbst. »Und was ist jetzt? Sind wir auseinander?«

Elliot hatte sich schon halb zur Tür umgedreht, wirbelte aber dann so abrupt zu mir herum, dass er fast ins Stolpern geriet. »Heißt das, du machst Schluss mit mir?«

»Nein, du machst doch Schluss mit mir!«

»Na toll, Jenna, wirklich – sogar daraus machst du noch einen Wettbewerb.« Kopfschüttelnd stürmte er aus dem Zimmer.

Ich blinzelte mich in die Gegenwart zurück. Mir ging es viel besser, seit wir getrennt waren. Alleinsein hatte auch Vorteile. Zum Beispiel, dass man sich nicht mehr wegen jeder Lappalie herumstreiten musste. Dass andere keine Macht über einen gewinnen konnten.

Und vor allem, dass man nicht mehr verletzt wurde.

15

»Da bist du ja!«

Ich fuhr zusammen, als Isabella hinter mir am Computer auftauchte und sich auf den leeren Platz neben mir setzte. Ich warf einen Blick auf die Bibliotheksuhr und stellte überrascht fest, dass eine ganze Stunde vergangen war, während ich im Internet recherchiert und mich in meinen Gedanken verloren hatte.

»Gut, dass ich dich gefunden habe, Jenna. Ich habe keine Telefonnummer von dir, konnte dir also auch nicht schreiben.«

Wow! Ich gab ihr lächelnd meine Nummer.

»Und wie läuft es?«, fragte Isabella und nickte zum Computer-Bildschirm.

»Ich lande immer nur in irgendwelchen Sackgassen.« Und das nicht nur bei meinen Nachforschungen, sondern in meinem ganzen Leben. »Und du? Worüber schreibst du in deinem neuen Artikel?«

»Genau deshalb bin ich hier«, sagte Isabella grinsend. »Hast du heute Abend schon was vor?«

»Warum?«

»Ich will zu diesem Open-Mic-Abend gehen, von dem ich dir neulich erzählt habe. Darüber will ich schreiben. Hast du Lust mitzukommen?«

Mir fiel praktisch die Kinnlade herunter. Isabella und ich hatten uns noch nie außerhalb des Zeitungsclubs getroffen. Aber okay, Mom arbeitete heute länger, und Keiko hatte ihren Filmabend mit den Jungs. Und ich hatte es satt, immer mit leeren Händen für diesen Artikel dazustehen. Vielleicht brauchte mein Gehirn mal eine Pause.

»Klar. Klingt gut.«

»Cool! Es ist in der *Dune Street Roasting Company* und fängt um siebzehn Uhr dreißig an. Meine Mom fährt mich – sollen wir dich mitnehmen?«

Ich nickte. Mom würde mit Sicherheit nicht rechtzeitig nach Hause kommen, und der Coffeeshop war zu weit entfernt, als dass ich zu Fuß hingehen konnte, besonders abends.

»Okay, dann holen wir dich in einer Stunde ab. Oder ist das zu knapp für dich?«

»Nein, nein, kein Problem. Danke!«

Ich raste nach Hause, um meine Bücher abzustellen, eine Nachricht an Mom zu schreiben und ein Hoodie zu schnappen, dann fuhr auch schon Isabellas Mom draußen vor. Als ich auf den Rücksitz des Prius kletterte, drehte Isabella sich lächelnd zu mir um. Ihre Mom streckte die Hand zwischen den Sitzen durch.

»Schön, dass du mitkommst, Jenna.« Sie trug blaugelbe Perlohrringe, die wild herumschwangen, als wir uns die Hand gaben. Ihr warmes Lächeln erinnerte mich an Isabellas.

»Danke fürs Mitnehmen, Mrs Baker«, sagte ich und schnallte mich an.

»Gerne, Jenna. Ich freue mich immer, Isabellas Freunde kennenzulernen.«

Mrs Baker fuhr los, und wir redeten über unsere Lieblingssongs. Wie sich herausstellte, waren Mrs Baker und Isabella auch *Hamilton*-Fans. Mrs Baker ließ *My Shot* laufen, und wir sangen lauthals mit. Zum ersten Mal seit langer Zeit machte die Musik mich glücklich, statt mir nur in Erinnerung zu bringen, wie sehr ich meinen Dad vermisste.

Als Mrs Baker uns vor dem Coffeeshop absetzte, wartete bereits eine Schlange vor der Tür.

»Ist das immer so?«, fragte ich.

»Keine Ahnung«, sagte Isabella. »Aber es ist ein gutes Zeichen, oder?«

Wir stellten uns hinter einer Gruppe von kichernden Mädchen ungefähr in unserem Alter an. Ich kannte sie nicht, aber unsere Schule war ja auch riesig.

»Deine Mom ist supernett«, sagte ich zu Isabella.

»Danke, ich mag sie auch«, erwiderte sie lachend.

»Also, erzähl mal. Was ist das für eine Veranstaltung?«, fragte ich und nickte zum Coffeeshop.

»Open Mic, wie gesagt. Jeder, der will, kann mitmachen. Singen, Rappen, jede Art von Performance. Letztes Mal sollen drei Stand-up-Comedians hintereinander aufgetreten sein und den Laden total gerockt haben.«

Oh nein. Das klang ja grauenhaft. Ich konnte nur hoffen, dass es wenigstens ein bisschen witzig war. Aber egal, immer noch besser, als alleine zu Hause herumzusitzen.

»Hey, Jenna Sakai!« Als ich hochschaute, winkte mir Olivia von ziemlich weit vorne in der Schlange zu.

Ich grinste und winkte zurück.

»Wer ist das?«, fragte Isabella.

»Olivia Rose, die Chefredakteurin der *Big Wave* in der PV High.«

»Sie ist doch in der Abschlussklasse, oder?«

Ich nickte. »Sie war mal meine Babysitterin, als ich in der Dritten war.«

»Gute Connection, Jenna! Geh hin und rede mit ihr.« Isabella stieß mich an.

»Was, jetzt?«

»Ich halte hier die Stellung.«

Die Mädchen vor uns fingen an zu murren, als ich mich nach vorne durchschlängelte.

»Ich dränge mich nicht vor«, stellte ich klar. »Ich will nur eine Freundin begrüßen.«

»Hey, Jenna, lange nicht gesehen!« Olivia trug einen süßen Blümchen-Minirock, dazu ein schwarzes T-Shirt. »Das ist meine Freundin, Marina.«

»Hi«, sagte Marina, die ihr langes braunes Haar zu einem hohen Pferdeschwanz zusammengebunden hatte.

»Hi, Marina«, sagte ich lächelnd.

»Und wie geht's dir so?«, fragte Olivia.

»Gut. Ich bin im Zeitungsclub.«

»Oh, super!«

»Ich habe alle deine Artikel in der *Big Wave* gelesen. Die sind wirklich gut.«

»Hey, noch ein Groupie«, zog Marina ihre Freundin auf.

»Ha-ha«, sagte Olivia, bevor sie sich wieder zu mir umdrehte. »Bewirbst du dich für das Stipendium?«

Ich nickte. »Und du?«

»Na klar. Ich arbeite an einem Artikel über die Ölpest im letzten Monat.«

»Wow! Das klingt spannend – eine richtig große Sache«, sagte ich, obwohl ich überrascht war, dass Olivia mir so bereitwillig davon erzählte. Nicht, dass ich ihr die Idee stehlen wollte, aber ich fühlte mich trotzdem geschmeichelt, dass sie so offen war. Jedenfalls zu mir. Und es bestärkte mich darin, dass ich ihr ebenfalls vertrauen konnte. »Ich arbeite an einem Artikel über die anonyme Spende für unsere Cafeteria. Ich will herausfinden, wer dahintersteckt.«

»Was? Die PV Middle hat eine neue Cafeteria bekommen?«, sagte Olivia.

»Ja. Sie wurde komplett renoviert und sieht jetzt richtig edel aus, mehr wie ein Food Court, alles total aufgestylt. Ich will den Namen des Spenders aufdecken und herausfinden, warum er so viel Geld in die Cafeteria gesteckt hat, statt wichtigere Projekte damit zu finanzieren.«

Olivia nickte. »Das klingt gut, wird sicher ein spannender Artikel.«

»Ja, aber ich stecke fest. Ich komme einfach nicht dahinter, wer der Spender war.«

»Lass nicht locker«, sagte Olivia, als die Tür zum Coffeeshop aufging.

»Danke.« Ich schlängelte mich wieder nach hinten zu Isabella durch.

»Und? Gutes Gespräch?«, fragte sie.

Ich nickte. Olivia war mein großes Vorbild – bis ich in die Highschool kam, wollte ich genauso gut schreiben können wie sie. Und vor allen Dingen wollte ich Chefredakteurin der *Big Wave* werden. Olivia hatte es als erste Elftklässlerin auf diesen Posten geschafft, und sie war auch die Erste, die zwei Jahre hintereinander Chefredakteurin geblieben war. Ich wollte die Nächste sein. Ich musste also noch hart an meinen Fähigkeiten arbeiten.

Als wir endlich in den Coffeeshop kamen, war alles gerammelt voll, ohne einen einzigen freien Tisch. An der Rückwand und an den Seiten des Raums waren Stühle aufgestellt. Isabella stürzte auf zwei Plätze zu, die uns aber weggeschnappt wurden, bevor wir hinkamen.

»Jenna!«

Olivia stand auf und zeigte auf zwei freie Plätze an ihrem Tisch.

»Volltreffer!«, sagte Isabella. »Wir sind ganz vorn an der Bühne.«

Es war tatsächlich ein Volltreffer. Nicht, dass ich Wert darauf legte, ganz vorn an der Bühne zu sitzen, aber so konnte ich noch länger mit Olivia reden.

Während Isabella ihr Notizbuch und ihren Stift hervorkramte, machte ich alle miteinander bekannt.

»Auch im Zeitungsclub?«, fragte Olivia.

Isabella nickte.

»Isabella schreibt tolle Artikel über Musik und Mode«, sagte ich.

Marina zog einen Schmollmund. »Dann bin ich also die Einzige hier, die nicht schreibt.«

»Oooch, ich mag dich trotzdem«, sagte Olivia und dann zu mir: »Marinas Cousin tritt heute Abend auf. Er rappt.«

Die Lichter erloschen, und die Menge verstummte. Ein schlaksiger Typ mit einem Ziegenbärtchen betrat die improvisierte Bühne, die in Wahrheit nur der hintere Teil des Lokals war, durch ein blaues Band und ein Mikrofon abgetrennt.

»Willkommen zum dritten Jugend-Open-Mic! Ich bin Avi, Geschäftsleiter der *Dune Street Roasting Company*. Unser Special Offer heute Abend: Den zweiten Kaffee bekommt ihr zum halben Preis.«

Ein paar Leute standen auf, um Getränke zu kaufen.

»Wir haben heute ein ziemlich volles Programm, lasst uns also direkt anfangen. Bühne frei für die Lindström Sisters!«

Ein fröhliches Lied ertönte aus den Lautsprechern, und zwei Mädchen sprangen auf die Bühne und fingen an zu singen. Sie waren gar nicht schlecht. Danach kam Marinas Cousin, von dem ich begeistert war. Er bekam auch tonnenweise Applaus. Dann trat ein Bekannter von Olivia und Marina mit einer Comedy-Nummer auf, gefolgt von zwei mittelmäßigen Highschool-Bands.

Die Lichter gingen wieder an, und Avi betrat erneut die Bühne, um eine kurze Pause anzukündigen.

Ich beugte mich zu Isabella vor. »Meinst du, dass jemand aus unserer Schule auftritt?«

»Ich hoffe es.« Isabella tippte mit ihrem Stift auf den Tisch. »Ich schreibe über den Open-Mic-Abend zwar ganz allgemein, aber ich würde natürlich gern ein Feature über jemanden aus unserer Schule machen.«

»Dann drück ich dir die Daumen«, sagte ich.

Wir lächelten einander zu.

»Hey, Jenna, mir ist gerade was eingefallen«, sagte Olivia.

»Was?«

»Meine Tante ist die Vorsitzende unseres Schuldistrikts.«

»Cool.«

Olivia wartete einen Augenblick, und ein verschmitztes Lächeln huschte über ihr Gesicht. Meine Ohren brannten, als endlich der Groschen bei mir fiel. »Ach ja?«, fragte ich. »Meinst du, sie würde es dir verraten?«

»Ich denke schon.«

»Aber darfst du es mir dann auch weitersagen?« Ich hatte keine Ahnung, wie so etwas funktionierte.

»Solange sie nicht sagt, dass es unter uns bleiben muss, ist es okay.«

»Findet ihr nicht, dass das ein bisschen hintenherum ist?«, fragte Marina.

Olivia zuckte die Schultern. »Man muss doch irgendwie an die Fakten herankommen, wenn man eine Geschichte schreiben will«, sagte sie und zwinkerte mir dabei zu. »Gib mir deine Nummer, dann schreibe ich dir, wenn ich was rausgefunden habe.«

Als die Lichter wieder angingen, lehnte ich mich zurück, zufrieden und voll neuer Zuversicht. Das war der beste Abend, den ich je erlebt hatte! Nicht nur, dass Isabella mich ins Open Mic mitgenommen hatte, ich war auch noch Olivia begegnet, und vielleicht konnte sie mir die Information beschaffen, die ich für meinen Artikel brauchte. Ja, vielleicht schrieb sie mir sogar eine Empfehlung für die Highschool-Zeitung oder was auch immer. Falls so was überhaupt üblich war.

Isabellas Wunsch ging in Erfüllung. Als Nächstes traten ein paar Schüler aus dem Theaterclub der PV Middle mit einer szenischen Lesung der Little-Woman-Aufführung im letzten Herbst auf. Isabella und ich wechselten einen Blick. Die Lesung war gut, aber nichts, worüber es sich zu schreiben lohnte.

Drei Nummern später kündigte Avi den letzten Auftritt an.

»Wer von euch beim letzten Open Mic war und die beste Performance des Monats erlebt hat, kann sich jetzt auf eine Wiederholung freuen.«

Hysterisches Kreischen ertönte hinter uns. Ich wirbelte auf meinem Stuhl herum und funkelte ein paar Mädchen aus unserer Schule an, die ich draußen schon gesehen hatte und die jetzt feuerrot wurden. Du liebe Güte. Aber zumindest hatte es den Anschein, als wäre das hier genau das Richtige für Isabellas Artikel.

»Applaus für Rin Watanabe!«

Wieder ertönte Geschrei und Gejohle hinter mir, während mir einen Augenblick der Atem stockte. »Hey, Moment mal, *was* hat der gerade gesagt?«, fragte ich laut, aber im selben Moment betrat Rin die Bühne, eine akustische Gitarre auf den Rücken geschnallt, wo sonst immer sein schwarzer Rucksack hing.

Er ging in die Mitte und setzte sich auf einen Barhocker. Sein schwarzes Haar war ordentlich über die Stirn gekämmt, nicht komplett verwuschelt wie sonst immer. Er trug ein schlichtes dunkelgraues T-Shirt und dunkle Jeans. Mein Herz hämmerte, und ich verkroch mich in meinem Stuhl, als könnte ich mich damit unsichtbar machen. Er durfte mich auf keinen Fall sehen.

Rin rückte seine Gitarre zurecht und stimmte einen Akkord an. Ein anderes Mädchen in der Nähe quiekte unterdrückt, wurde aber sofort von ihrer kichernden Clique zum Schweigen gebracht. Einfach lächerlich, dieses Getue. Rin war schließlich kein Rockstar!

Dann versank alles um mich herum, als Rin zu singen anfing. Seine Stimme war warm und melodiös und erinnerte mich ein bisschen an sein Lachen. Ich starrte auf seine Hände, die über die Saiten flogen. Ich kannte das Lied nicht, aber es war folkig und eingängig. Er sang von Lügen und Geheimnissen, an denen man zerbrechen konnte. Das kannte ich nur zu gut. Ich dachte an meine Eltern, die alles vor mir geheim gehalten hatten, dann der Schock, als die Scheidung kam und Dad auszog, ohne dass auch nur einer von ihnen mir jemals etwas erklärt hätte. Ja, Lügen und Geheimnisse konnten einem das Herz brechen, wenn man es zuließ. Aber zum Glück war ich stark genug, um damit fertigzuwerden.

Rin spielte eine Überleitung mit ein paar raffinierten Akkorden, dann sang er eine Strophe, in der es um Verzeihung ging. Ich war nicht wirklich der gefühlvolle Typ, sonst wäre ich wahrscheinlich dahingeschmolzen. Mein Urteil über die kichernden Mädchen fiel jedenfalls ein bisschen nachsichtiger aus.

Das Lied ging zu Ende, und ich atmete auf. Bald konnte ich in der Menge untertauchen, um einer Begegnung mit Rin zu entgehen. Ich riskierte einen kurzen Blick auf ihn, als er den letzten Akkord anschlug, und prompt schaute er mich an. Mir stockte der Atem, ein Gefühl, als wäre ich auf der Achterbahn. Rin warf mir ein flüchtiges Lächeln zu, und Isabellas Kopf wirbelte so heftig herum, dass ich den Luftzug in meinem Gesicht spürte.

»Kennst du ihn?«

Rin stand auf, und die Menge brach in Applaus aus. Als das Licht wieder anging, war er in null Komma nichts von einem Schwarm von Mädchen umringt.

Ich verabschiedete mich schnell von Olivia und Marina, dann fasste ich Isabella am Arm und zog sie in Richtung Tür.

»Ja, ich kenne ihn«, sagte ich schließlich. »Aber nicht so gut, wie ich dachte.«

16

Am Montag nach der Schule ging ich direkt zu *Leighs Stage Diner,* mit einer Liste von Fragen bewaffnet, die ich Rin in Isabellas Auftrag stellen sollte. Wie üblich saß Rin bereits in meiner Nische, die Bücherwand vor sich aufgebaut und Kopfhörer über den Ohren. Ich blieb an der Theke stehen.

»Hallo, Jenna«, sagte Leigh. »Wie geht's?«

»Gut. Ich wollte Ihnen sagen, dass ich mein Essen gern selbst bezahlen möchte.«

Leigh lächelte. »Ach, Jenna … lass dich doch mal von Rin verwöhnen. Ihm scheint es wirklich wichtig zu sein.«

Ja, aber nur, weil er mir beweisen wollte, dass er besser war als ich. Und ich würde ihm nichts schuldig bleiben, so viel stand für mich fest. »Ich möchte aber lieber selbst bezahlen.«

»Wie du meinst.«

Nachdem das geklärt war, bestellte ich das Übliche, bezahlte im Voraus und wartete, bis alles fertig war. Dann trug ich mein Essen selbst an meinen Platz.

Rin zog seine Kopfhörer ab. »Jetzt musst du selber singen, wenn Leigh dich nicht bedient.«

»Ha! Wohl kaum!«

Ich schlürfte meinen Erdbeer-Shake und wartete darauf, dass Rin sich wieder über seine Zeichnung beugte. Aber er schaute mich einfach nur an. Mist. Mir blieb also nichts anderes übrig, als mit ihm über den Freitagabend zu reden. Was ich ja sowieso tun musste, weil ich es Isabella versprochen hatte.

»Meine Freundin schreibt Musikrezensionen für den Zeitungsclub«, fing ich an. »Deshalb waren wir am Freitag im Coffeeshop.« Gut. Damit hatte ich klargestellt, dass ich nichts von seinem Auftritt gewusst hatte. »Machst du das öfter?«

»Open Mic?« Rin zuckte die Schultern. »Bisher nur zweimal.«

»Aber du hast das auch schon früher gemacht? Vor Publikum auftreten, meine ich?«

Er zuckte wieder die Schultern.

Ich hatte Isabellas kurze Fragenliste auswendig gelernt. Und ein Schulterzucken würde sie mit Sicherheit nicht als Antwort akzeptieren. »Schreibst du deine Songs selber?«

»Ja.«

»Wirklich?« Ich blinzelte. »Auch den Song, den du am Freitagabend gespielt hast?«

Er zuckte die Schultern.

»Dann bist du offenbar kein Fan von Geheimnissen und Lügen«, bohrte ich nach.

Er lächelte. »Du hast also auf den Text geachtet.«

»Ja, natürlich. Das macht doch jeder.« Worte waren schließlich wichtig.

Rin beugte sich vor. Ich konnte seine Hände hinter der Bücherwand nicht sehen, hatte aber auf einmal ein Bild vor Augen, wie seine Finger über die Gitarrensaiten geflogen waren. »Warum interessierst du dich plötzlich so für mich?«

Ich hätte fast die Augen verdreht, beherrschte mich aber. »Meine Freundin Isabella will einen Artikel über dich schreiben. Und über den Open-Mic-Abend.« Am Nachmittag hatte sie einen Interview-Termin mit Avi.

»Warum fragt sie mich dann nicht selbst?«

Gute Frage. Ich wusste, dass Isabella sehr romantisch war. Hatte sie etwa Hintergedanken gehabt, oder wollte sie nur meine Bekanntschaft mit Rin für ihren Artikel ausnutzen? »Das würde sie bestimmt gerne tun.«

»Cool. Hast du ihre Nummer?« Rin zog sein Handy heraus, und ich gab sie ihm.

»Also … Groupies, was?«, fragte ich.

Rin grinste. »Eifersüchtig?«

»Das hättest du wohl gern.« Dieser arrogante Blödmann! Zum Glück hatte er nach Isabellas Nummer gefragt. Jetzt konnte sie ihn selbst interviewen.

Ich nahm meine Hausaufgaben heraus, und Rin fing den Wink mit dem Zaunpfahl auf und beugte sich wieder über seine Zeichnung hinter der idiotischen Bücherwand. Ich hatte Wichtigeres zu tun, als ihm nachzuspionieren. Und ich konnte nur hoffen, dass Olivia sich bald bei mir meldete.

17

Warten ist nie leicht. Eine gute Woche verging ohne ein Wort von Olivia. Ich wollte nicht aufdringlich sein und versuchte mich mit anderen Dingen zu beschäftigen. *Eine* große Ablenkung gab es zumindest: Heute war Dienstag, der Tag, an dem ich offiziell ein Teenager wurde!

»Guten Morgen und herzlichen Glückwunsch zum Geburtstag«, sagte Mom, als ich in die Küche kam. »Wollen wir heute Abend ins Hirai Ramen gehen?«

Mein Magen rumpelte vor Vorfreude. »Klingt super!« Das Hirai Ramen war nicht unser übliches Sushi-Lokal, aber Ramen war genauso gut.

Mom setzte mich vor der Schule ab, und ich musste lachen, als ich mein Schließfach sah. Es war mit einer *New York Times* verhüllt und mit einer türkisblauen Schleife verziert, die farblich genau zu meinem Haar passte. *Happy Birthday, Jenna* stand mit schwarzem Filzstift in Keikos verschnörkelter Schrift darauf.

Ich öffnete das Fach und sprang zurück – eine Wolke von buntem Konfetti rieselte auf den Boden herunter.

»Herzlichen Glückwunsch!« Keiko erschien neben mir, ein strahlendes Lächeln im Gesicht, und wedelte mit einem kleinen Handfeger herum.

»Du denkst aber auch an alles. Danke!« Keiko fegte die Papierkonfetti auf und entsorgte sie im Papiercontainer. Als sie zurückkam, hatte ich bereits eine kleine silberne Tüte aus meinem Schließfach genommen.

»Mach es auf!« Keiko hopste vor Aufregung von einem Fuß auf den anderen.

Ich riss die Tüte auf und nahm etwas Kleines in blauem Krepppapier heraus. Keiko sah aus, als könne sie die Spannung keine Sekunde länger aushalten. Also zögerte ich den Moment bewusst hinaus, kratzte mich am Ohr und legte die leere Tüte gaaaaaaanz langsam in mein Schließfach zurück. Dann strich ich die Tüte glatt, rückte sie umständlich zurecht, immer noch das ungeöffnete blaue Krepppapierpäckchen in der Hand.

»Jenna!«, kreischte Keiko.

Ich lachte. »Okay, okay!« Ich streifte das Papier ab, und ein schwarz-weißes Perlenarmband kam zum Vorschein. »Cool.« Ich hatte nicht viel für Schmuck übrig, aber ich wollte natürlich nicht undankbar sein, obwohl ich nicht verstand, was Keiko so spannend daran fand.

»Ich habe es aus der *New York Times* gebastelt«, verkündete sie strahlend.

»Was?« Ich studierte das Armband genauer. Auf den ersten Blick hatten die Perlen … na ja … wie Perlen ausgesehen, aber jetzt erkannte ich, dass jede einzelne Perle aus Zeitungspapier gedreht und mit etwas Glänzendem besprüht war. Ich blinzelte. »Wow, das ist ja toll.«

»Ja, nicht?«

»Danke.« Ich legte es an und fügte hinzu: »Ich liebe es.«

Keiko war hochzufrieden mit sich. Originelle Geschenke waren ihre Spezialität. Ich war nur froh, dass zwischen uns offenbar alles wieder normal war, nach der merkwürdigen Distanziertheit in den letzten Wochen. Und zum Glück wusste ich auch bereits, was ich ihr am Ende des Monats zu ihrem eigenen Geburtstag schenken würde. Ich hatte mir ein Abo für sie ausgedacht – »Schokolade des Monats« – und würde ihr ein Jahr lang jeden Monat eine neue ausgefallene Schokoladensorte liefern.

In der Mittagspause sangen die Jungs »Happy Birthday« für mich, was zwar kitschig war, aber irgendwie auch cool. Keiko überreichte mir einen riesigen Muffin, den sie für mich gebacken hatte. Es war auf jeden Fall ein viel besserer Geburtstag als der im letzten oder vorletzten Jahr. Ich schob den Gedanken schnell beiseite. Ich wollte mir schließlich nicht den Tag verderben lassen.

Nach der Schule ging ich wie üblich direkt ins Diner. Und zu meiner Überraschung war die Nische diesmal leer. Kein Rin – also wirklich der perfekte Geburtstag. Endlich hatte ich ihn geschlagen. Vielleicht würde ich ihn ein bisschen zappeln lassen, bevor er mir dann wieder Gesellschaft leisten durfte.

Als ich mich an meinen Platz setzte, fiel mein Blick auf einen großen braunen Umschlag. Mein Name stand obendrauf und starrte mich an.

»Herzlichen Glückwunsch!« Leigh kam mit einem pinkfarbenen Milchshake und einem Teller voller Käsepommes an meinen Tisch.

Sie sang ein Lied für mich, wie wunderbar ich doch sei. Leigh hatte wirklich eine schöne Stimme. »Das ist einer meiner Specials – *Glindas und Elphabas Delight*, ein Himbeer-Minze-Shake«, verkündete sie und stellte alles vor mir auf den Tisch. »Aus die *Hexen von* Oz, verstehst du? Himbeer-Minze-Eis mit einem Hauch Schokokaramell. Du weißt doch, Pink und Grün? Geht aufs Haus!«

»Wow«, sagte ich. »Danke! Woher wussten Sie, dass ich Geburtstag habe?«

»Rin hat es mir gesagt.«

»Wirklich?« Und woher wusste *er* das?

Das Telefon neben der Kasse läutete, und Leigh ging hinüber, um den Anruf entgegenzunehmen. Wo war Rin überhaupt? Er kam sonst nie zu spät.

Ich nahm den Umschlag hoch. Noch ein Geschenk von Leigh? Sie war wirklich sehr großzügig. In dem Umschlag steckte ein Blatt Papier, und ich zog es heraus. Erst jetzt begriff ich, dass das nicht von Leigh war. Mein Herz kam einen Augenblick aus dem Takt, als ich Rins Manga-Stil erkannte.

»Wow«, hauchte ich. Er hatte mich perfekt eingefangen. Ich trug meine normalen Kleider, Jeans und ein T-Shirt. Das T-Shirt war mit einer rennenden Gestalt bedruckt, darunter die Worte »Rasende Reporterin«. Ich grinste über diese Anspielung auf meine Berufspläne. Hinter der Zeichnung von mir wehte ein Cape her, und ich hielt ein Schwert in die Luft, das wie ein riesiger Kugelschreiber aussah, und einen Schild, der haargenau meinem Zeitungsclub-Notizbuch glich. Das einzig Farbige an der Zeichnung war mein türkisblaues Haar. Ich war total beeindruckt.

Ich schob das Blatt in den Umschlag zurück und steckte ihn in meine Tasche, um nicht versehentlich mein Essen darüber zu verkleckern. Dann nahm ich einen Schluck von meinem Geburtstagsshake. Er schmeckte köstlich, wie alles hier. Und endlich kam Rin durch den Hintereingang ins Diner geschlendert.

»Hey«, sagte ich, als er vor mir stand. »Wo warst du?«

»Hab Leighs Mann geholfen, ein paar Kisten in die Küche zu tragen«, sagte er und stellte seinen Rucksack auf der Bank ab.

Dann setzte er sich daneben, nahm eine Handvoll Pommes und warf sie sich in den Mund. »Happy Birthday«, sagte er. Sein Blick glitt verstohlen über die Tischplatte.

»Danke! Und danke für die Zeichnung. Sie ist fantastisch!«, sagte ich. »Woher weißt du, dass ich Geburtstag habe?«

»Weil ich dein geschmücktes Schließfach gesehen habe.«

»Hast du die Zeichnung heute gemacht?«

Aus irgendeinem Grund wurde er feuerrot. Er schüttelte zuerst den Kopf, dann nickte er, dann schüttelte er wieder den Kopf.

»He, warte mal – hast du oder hast du nicht?«

Und da war es wieder, dieses typische Schulterzucken. »Ich habe geübt, verstehst du – weibliche Figuren zeichnen. Aber es stimmt, das hier habe ich heute in der Mittagspause gemacht.«

Er hatte weibliche Figuren gezeichnet? Wegen der Bemerkung, die ich neulich gemacht hatte?

Mir gefiel mein Manga-Ich in Gestalt dieser »Rasenden Reporterin«. »Also jedenfalls danke«, wiederholte ich, weil mir die Worte ausgingen.

Leigh stimmte ihren üblichen *Hamilton*-Song an, als sie Rins Schokoshake brachte. Keiko wäre begeistert gewesen – ich musste sie unbedingt mal ins Diner mitnehmen. Vielleicht gegen Ende der Woche.

Und dann traf ich eine spontane Entscheidung. Ich hatte Geburtstag. Es war der beste Tag seit einer Ewigkeit für mich, und ich war rundum glücklich. Aber ich hatte es auch satt, auf eine Nachricht von Olivia zu warten. Ich wollte sie natürlich nicht drängen, weil sie bestimmt sehr beschäftigt mit der Schule und ihren Treffen mit Marina war. Aber ich musste endlich wissen, ob sie den Namen des anonymen Spenders aus ihrer Tante herausgelockt hatte. Ich würde ihr jetzt einfach schreiben und nachfragen. Was konnte da schon groß passieren?

18

Ich tippte eine schnelle Nachricht in mein Smartphone, und zu meiner Freude schrieb Olivia sofort zurück:

Tut mir leid! Ich war total im Schulstress. Aber ich habe die Antwort auf deine Frage.

Ich umklammerte das Handy und hielt den Atem an, starrte auf die drei Punkte und wartete auf die restliche Nachricht.

FYI, meine Tante wusste Bescheid, will aber nicht als Informationsquelle genannt werden.

Das war spannend! Ich fühlte mich wie eine richtige Reporterin, als ich zurückschrieb:

Verstanden.

Ich glaube nicht, dass sie Ärger bekommt, aber sicher ist sicher.

Oh mein Gott, Olivia. Spuck's einfach aus!

Mein Bein wippte so heftig, dass die ganze Bank wackelte.

Sie wird nicht gefeuert oder irgendwas in der Art, oder?

Nein, glaub nicht. Aber es wäre schlimm, wenn sie oder der Schuldistrikt verklagt würden.

Wow. Diese millionenschweren Wohltäter hatten ganz offensichtlich etwas zu verbergen. Sie waren mächtig, saßen an den richtigen Hebeln und schwammen im Geld. Genau die Sorte, der man nicht über den Weg trauen konnte.

Okay. Ich verspreche dir, dass ich meine Informationsquelle nicht preisgeben werde. Sag es mir.

Sie heißen Kenji und Traci Watanabe.

Mir fiel fast das Smartphone aus der Hand. Watanabe? Mein Blick schnellte zu Rin, der ruhig weiterzeichnete.

Ich tippte Danke ein und startete unverzüglich eine Web-Suche auf meinem Handy, wobei ich die Beine zusammenkniff, damit sie nicht mehr so heftig wippten. Da! Ein Profil von Kenji Watanabe im Ehemaligen-Magazin der USC. Kenji und Traci Watanabe waren die Besitzer und Geschäftsführer eines Familienunternehmens, das mittlerweile an die Börse gegangen war und Maschinenteile verkaufte. Ich scrollte weiter, bis ich fand, was ich suchte. Das Paar hatte zwei Kinder, Sarah und Rin.

Meine Beine erstarrten. Rins Familie war also reich? So reich, dass sie eine Million Dollar ausspucken konnte, nur um unsere Cafeteria ein bisschen aufzustylen? Ich starrte auf mein Handy, und die Worte verschwammen mir vor den Augen.

Rin hatte so getan, als wisse er nichts von der Spende. Er hatte mir sogar seine »Hilfe« angeboten, aber wahrscheinlich nur, um mich von seiner Familie abzulenken, die in Wahrheit dahintersteckte. Er hatte mein Essen hier bezahlt, um mir das Gefühl zu geben, dass ich ihm etwas schuldete. Mom hatte recht. Dad überschüttete mich mit Geschenken, um sein schlechtes Gewissen mir gegenüber zu beruhigen. Und Rin hatte mich eingeladen, um darüber hinwegzutäuschen, dass er mir die Wahrheit verschwieg. Er schrieb Lieder über die schlimmen Folgen von Lügen und dunklen Geheimnissen, und dabei log er selbst, um seine Familie zu beschützen. Der Ärger, der in mir hochbrodelte, wuchs sich zu einer unbändigen Wut aus.

»Du!« Ich zeigte auf ihn. »Du hast die ganze Zeit so getan, als wolltest du mir helfen. Aber in Wahrheit wolltest du nur verhindern, dass ich deiner Familie auf die Schliche komme.«

Rin schaute von seiner Zeichnung auf. »Wovon redest du?«

Er war ein verdammt guter Schauspieler. »Deine Eltern sind die anonymen Spender.«

»Meine was sind was?« Rins Augenbrauen zogen sich zusammen, was ihn eher verwirrt als ertappt aussehen ließ.

»Deine Eltern! Deine blöden Eltern haben der Schule eine Million Dollar für diese hirnrissige Cafeteria-Renovierung gespendet!«

Rins Gesicht verfinsterte sich. »Hast du gerade ›meine blöden Eltern‹ gesagt?«

Bisher hatte Rin mich mit seinem üblichen finsteren Blick nicht besonders beeindrucken können, aber jetzt wurde mir tatsächlich etwas mulmig. Ich konnte beinahe spüren, wie seine Wut in Wellen von ihm abstrahlte. Aber egal. Ich ließ mich nicht einschüchtern. Ich war der Story des Jahrhunderts auf der Spur!

»Lenk nicht ab. Warum hast du mir diese kleine Auskunft verweigert, obwohl du wusstest, dass ich die Information für meinen Artikel brauche?«

»Das wusste ich doch gar nicht!«

»Ach ja?!«, brüllte ich ihn an. »Aber klar, wenn man so viel Geld hat wie deine Familie, ist eine Million natürlich gar nichts! Peanuts!« Ich senkte die Stimme. »Und alles nur für diese dämliche Cafeteria. Als gäbe es nichts Wichtigeres, wofür das Geld hätte verwendet werden können.«

Rins Gesicht wurde immer finsterer, was mich aber nur noch mehr in Rage brachte. Welches Recht hatte er, wütend zu sein? Nur weil ich ihm auf die Schliche gekommen war?

»Warum bist du überhaupt hier?«, zischte ich. »Ich meine, du kannst es dir doch leisten, in irgendwelchen protzigen Fünf-Sterne-Restaurants zu essen.«

Rin packte seinen Rucksack und schoss hinter dem Tisch hervor. Dann beugte er sich kurz zu mir herunter. »Du hast doch keine Ahnung«, knurrte er und stürmte zur Tür hinaus.

Endlich! Endlich hatte ich den Platz für mich allein. Ich breitete mein Notizbuch aus und kritzelte die Fakten nieder. Den Watanabes war es egal, was mit ihrem Geld geschah, und sie machten sich auch keine Gedanken darüber, wie sie wirklich helfen konnten. Sie hätten neue Computer kaufen oder außerschulische Aktivitäten finanzieren können … so wie unsere Zeitung zum Beispiel. Warum gerade die Cafeteria? Es musste einen

Grund dafür geben, und ich würde nicht ruhen, bis ich ihn aufgedeckt hatte. Und dann würde ich den besten Investigativ-Artikel schreiben, den die Welt je gesehen hatte!

Zufrieden lehnte ich mich zurück. Mein Artikel würde den Preis der PV Middle gewinnen, und vielleicht konnte ich dann sogar das College-Stipendium der *Orange County News* absahnen.

»Alles okay?«, fragte Leigh mit einem besorgten Ausdruck im Gesicht.

Mir wurde siedend heiß bewusst, dass wahrscheinlich das ganze Diner mein Geschrei mitbekommen hatte.

»Ähm, ja«, stotterte ich.

»Happy Birthday, Jenna«, sagte Leigh leise und sammelte das gebrauchte Geschirr ein.

Ich zwang mich zu einem Lächeln, das wohl eher einer Grimasse glich. »Danke für den Shake und die Käsepommes.«

»Mach dir noch einen schönen Tag.« Leigh warf mir ein mitfühlendes Lächeln zu. »Hier, das wollte Rin bestimmt nicht dalassen.«

Sie deutete auf sein Skizzenbuch, das verlassen auf dem Tisch lag.

»Willst du's für ihn mitnehmen?«, fragte sie.

Wahrscheinlich wäre es besser gewesen, wenn Leigh es für ihn aufbewahrt hätte, weil Rin und ich uns sowieso nicht mehr treffen würden. Aber mein Reporterinstinkt sagte etwas anderes, und ich ließ das Buch wortlos in meiner Kuriertasche verschwinden, neben dem Umschlag mit Rins Zeichnung. Ich hielt plötzlich inne. Komisch eigentlich – warum hatte er mir ein Geschenk gemacht? Wollte er mich wirklich nur von seiner Familie ablenken? Das ergab keinen Sinn. *Er* ergab keinen Sinn.

Tief in Gedanken ging ich nach Hause. Warum war Rin nicht an einer teuren Privatschule? Warum saß er stundenlang in Leighs Diner? Er brauchte doch keine Stipendien fürs College, wenn seine Familie mit Millionen um sich werfen konnte? Und warum sollte er das verheimlichen?

Eins stand jedenfalls fest – ich würde dieser Geschichte auf den Grund gehen. Nicht nur wegen des Stipendiums, sondern auch meinetwegen. Ich verdiente es, die Wahrheit zu erfahren.

19

Ich kam früher nach Hause als sonst und hatte noch eine gute Stunde Zeit, bis Mom mich zu meinem Geburtstagsessen abholen würde. Also stürzte ich in mein Zimmer und klappte meinen Laptop auf. Ich tippte Kenji und Traci Watanabe in die Suchmaschine ein. Diesmal ging ich es langsamer an, las sorgfältig alles durch, was ich finden konnte, und machte mir eine Menge Notizen.

Die *AkiWata Corporation* fabrizierte und verkaufte Maschinenteile. Der Firmengründer war Akira Watanabe, Rins Großvater. Er hatte eine spezielle hitzebeständige Feder erfunden, die ursprünglich für Kameras verwendet worden war, aber die Firma weitete ihre Produktion auf anderes Zubehör aus. Ich machte mir eine Notiz, so bald wie möglich zu recherchieren, ob diese Geräteteile bei der Einrichtung von Schulcafeterias Verwendung fanden. Vielleicht hatten die Watanabes das Geld für die Cafeteria gespendet, um ihre Produkte an die Schule zu verscherbeln. War das womöglich eine verkappte Förderung für AkiWata-Produkte? Das Unternehmen, das inzwischen von Rins Vater geführt wurde, war ein börsennotiertes Familienunternehmen und äußerst erfolgreich. Mit anderen Worten: Die Watanabes mussten steinreich sein.

Ich klickte einen anderen Artikel an, der jüngeren Datums war. Sarah Watanabe – Rins Schwester – hatte ihren Highschool-Abschluss mit Auszeichnung an einer Privatschule gemacht und studierte Betriebswirtschaft in Harvard. Ich wusste, dass ich keine Chance hatte, jemals an eine Elite-Universität wie Harvard zu kommen. Das konnte Mom sich garantiert nicht leisten.

Ich tippte Rins Namen in meine Suchmaschine ein, fand aber nichts außer den Artikeln, die ich bereits überflogen hatte.

»Hallo, Geburtstagskind!«, rief Mom. »Bist du startklar?«

Ich war so vertieft gewesen, dass ich sie gar nicht hereinkommen gehört hatte. Mit einem Seufzer klappte ich meinen Laptop zu. Wieder einmal saß ich mit mehr Fragen als Antworten da.

Als der Wecker am nächsten Morgen klingelte, knallte ich viermal auf die Schlummertaste.

»Jenna?«, rief Mom und riss meine Tür auf. »Schläfst du noch? Ich muss in zehn Minuten weg.«

Sie scheuchte mich aus dem Bett, und ich zog mich an, schnappte mir mein Asian-American-Girl-Club-T-Shirt. Nachdem ich mir die Zähne geputzt hatte und mit der Bürste durch die Haare gefahren war, blieb mir kaum noch Zeit, eine Pop-Tart zu schnappen, bevor ich in den Honda hüpfte. Mom hatte ihn bereits aus der Garage gefahren.

»Alles gut?«, fragte sie.

»Ich hab noch bis spätnachts an einer Hausaufgabe gesessen«, murmelte ich. Ich konnte kaum die Augen aufhalten.

»An deinem Geburtstag? Wow, ich bin stolz auf dich, Jenna.« Mom strahlte mich an. Ich hatte ihr nichts von dem Stipendiumswettbewerb der *Orange County News* erzählt, weil ich ihr keine falschen Hoffnungen machen wollte.

Obwohl ich sehr zufrieden mit dem Entwurf war, den ich angefertigt hatte, auch wenn mir noch das entscheidende Schlüsselelement fehlte, um die Sache aufzuklären. Ich brauchte einen Beweis dafür, dass die Watanabes unlautere Absichten mit ihrer Spende verfolgten. Es war zwar schlimm genug, Geld für etwas so Überflüssiges wie die Renovierung der Cafeteria zu verschwenden, aber damit würde ich kein Stipendium gewinnen. Ich brauchte Zeit, um weitere Nachforschungen anzustellen. Und ich war mir sicher, dass ich etwas Wichtiges ausgraben würde.

Sobald ich das geschafft hatte, würde ich vielleicht Ms Fontes ins Vertrauen ziehen. Sie hatte uns ja angeboten, unsere Beiträge für den Wettbewerb mit uns durchzugehen. Ich glaubte zwar nicht, dass ich Hilfe brauchte, aber es konnte nichts schaden, wenn Ms Fontes wusste, wie spannend mein Artikel war. Ich war mir meiner Sache so sicher, dass ich bereits eine E-Mail entworfen und abgespeichert hatte, die ich ihr schicken würde, sobald mein Artikel fertig war.

Ich konnte nicht sagen, wann ich endlich ins Bett gegangen war, aber ich hatte bis mindestens drei Uhr morgens recherchiert und geschrieben. Nur gut, dass ich an diesem Tag keine Tests schreiben musste. Ich wäre nicht gerade in Bestform gewesen.

Als es zur Mittagspause läutete, war ich wieder ein bisschen mehr ich selbst.

Während die Jungs sich in eine hitzige Debatte über ein Videospiel stürzten, tauschten Keiko und ich Neuigkeiten aus.

»Wie läuft es mit deinem Artikel?«, fragte Keiko mich schließlich.

»Sehr gut. Ich glaube, ich habe fast alle Informationen, die ich brauche.«

»Das ist super, Jenna«, sagte Keiko. »Ich habe dich vermisst.«

»Ja, tut mir leid, dass ich so wenig Zeit hatte.«

»Mach dir keine Gedanken, ich weiß doch, wie wichtig das Stipendium für dich ist.«

»Wenn ich damit fertig bin, können wir uns wieder jeden Dienstag und Donnerstag treffen.« Ich konnte nur hoffen, dass sie das dann auch noch wollte.

»Kann's kaum erwarten!« Keiko lächelte. »Und Mom hat unser Scrabble immer noch nicht gefunden. Wir können also am Samstag was anderes spielen.«

Die Jungs horchten auf, als sie das hörten, und johlten, als hätten sie eine Trophäe gewonnen. Keiko und ich lachten. Es tat so gut, wieder mit meiner besten Freundin lachen zu können.

»Hey, ist das nicht deine Freundin vom Zeitungsclub?«, fragte Keiko plötzlich.

Isabella stand unten an der Tribüne und winkte mir zu. Ich ging zu ihr hinunter.

»Hey, was gibt's?«, fragte ich.

Isabella grinste. »Ich wollte es dir unbedingt sofort sagen.«

»Was?«

»Ms Fontes hat gerade grünes Licht dafür bekommen, im nächsten Jahr eine digitale Zeitung mit uns zu machen!«

»Wirklich! Das ist ja fantastisch!«

»Ja, oder? Wir wollen in diesem Halbjahr ein paar Spendenaktionen auf die Beine stellen, um die Sache zu finanzieren. Und, Jenna, jetzt kommt das Beste: Wenn wir genug Geld beisammenhaben, gibt es nächstes Jahr eine coole Pressekonferenz, an der wir alle teilnehmen dürfen.«

»Das klingt super!«

»Wir stimmen heute über die Aktionen ab, die wir machen wollen. Komm wieder zurück, Jenna. Ohne dich ist der Zeitungsclub nicht dasselbe. Und du willst doch sicher dabei sein, wenn wir die erste Schülerzeitung der PV Middle ins Leben rufen!«

Isabella hatte hundertprozentig recht. Das konnte ich mir auf keinen Fall entgehen lassen. Aber wie würde Ms Fontes reagieren, wenn ich jetzt einfach wieder auftauchte, als ob nichts gewesen wäre?

»Sie hat nach dir gefragt«, sagte Isabella und sah mich eindringlich an. Natürlich hielt ich ihrem Blick nicht stand – ich wäre die lausigste Pokerspielerin aller Zeiten gewesen, falls ich es je probiert hätte. »Komm einfach zurück, Jenna. Das ist ein Club, der jedem von uns offensteht. Sie kann dir nicht verbieten, wieder mitzumachen.«

Wirklich? Ich war mir da nicht so sicher.

Nach der Schule ging ich nervös vor Ms Fontes' Zimmer auf und ab. Ich war fest entschlossen, wieder mitzumachen. Ich würde reingehen. Wirklich.

Aber dann sah ich Elliot und wich schnell zurück. Er war immer der Erste. Ich zählte bis zehn, bevor ich um die Ecke spähte. Carlos und Thea folgten Elliot, dann Isabella und Caitlin. Sie wirkten ziemlich vertraut miteinander. Vielleicht saßen sie jetzt sogar am selben Tisch? Alle hatten mittlerweile Gruppen gebildet. Ohne mich.

In Gedanken trat ich mich selbst gegen mein Schienbein. Welches Recht hatte ich, eifersüchtig zu sein? Schließlich war *ich* doch gegangen.

Endlich tauchte Ms Fontes auf, ihren Thermobecher mit dem üblichen geeisten Kaffee in der Hand. Ich stürzte ihr entgegen, schnitt ihr schnell den Weg ab, damit wir noch weit genug von ihrem Zimmer entfernt waren, um nicht von den anderen gehört zu werden.

»Jenna!« Ms Fontes wirkte ehrlich erfreut, als sie mich sah. Ich atmete auf, neue Hoffnung durchströmte mich. »Ich habe mir schon Sorgen um dich gemacht. Ist alles in Ordnung mit dir?«

»Ja, ähm, ich hatte nur ein paar Dinge zu erledigen.« Mist. Ich war einfach unfähig, mich zu verstellen. »Also, ehrlich gesagt bin ich mit meinem persönlichen Essay nicht weitergekommen. Ich wollte stattdessen an was anderem arbeiten.«

Ms Fontes sah mich ernst an. »Ich hatte mir fast so was gedacht. Hör mal, Jenna, ich kann dich nicht zwingen, diesen Essay zu schreiben. Das hier ist ein Club, in dem es nicht nur ums Lernen geht – ihr sollt auch Spaß haben. Du bist sehr begabt, wie man an deinem Artikel sehen kann. Willst du ihn als Beitrag für den Wettbewerb einreichen?«

»Was?«

»Na, deinen Bericht über die Cafeteria-Spende. Das ist interessant.«

Meine Ohren wurden heiß, und ich klammerte mich verlegen an meine Kuriertasche. »Ich weiß nicht, was Sie meinen?«

Ms Fontes legte ihren Kopf zur Seite und schaute mich an. »Dann wolltest du mir also deinen Artikel heute Morgen gar nicht senden?«

Ich schloss die Augen und holte tief Luft. »Oh nein, Ms Fontes. Ich meine, ja, ich wollte Ihnen den Artikel natürlich irgendwann zeigen, aber das hier war nur ein Arbeitsentwurf. Ich muss versehentlich auf Senden statt auf Speichern gedrückt haben.« Das war ja megapeinlich! Ich war zwar stolz auf meine bisherige Arbeit, aber der Artikel war noch lange nicht ausgefeilt genug, um ihn vorzuzeigen.

Ms Fontes nickte. »Es ist jedenfalls ein guter Anfang, nur fehlt irgendwie noch der Fokus. Ich würde gern mit dir darüber sprechen, Jenna. Natürlich nur, wenn du ein Feedback von mir möchtest.«

Ms Fontes sollte nicht denken, dass ich keine Kritik ertragen konnte. »Ja, klar, das wäre super«, sagte ich.

»Und falls du es noch nicht gehört hast«, fügte Ms Fontes hinzu. »Wir haben die Erlaubnis bekommen, im nächsten Jahr eine Online-Zeitung zu machen.«

Wie immer war ich unfähig, die Wahrheit ein bisschen zurechtzubiegen. Womöglich würde sie jetzt denken, ich sei nur deswegen zurückgekommen. »Ähm, ja. Isabella hat es mir erzählt.«

»Gut.« Ms Fontes schwenkte ihren Kaffeebecher in Richtung Klassenzimmer. »Wollen wir dann?«

Als wir zur Tür hereinkamen, erstarrten alle.

»Jenna! Du bist wieder da!« Isabella stand auf und winkte mich an unseren Tisch. Caitlin und Laurel saßen auch dort. Ich setzte mich zu ihnen. Ben und Brody riefen mir ein Hallo zu, und beim Anblick des chaotischen Anschlagbretts, des Layout-Beispiels auf Ms Fontes' Schreibtisch und unserer Uralt-Computer wurde mir richtig warm ums Herz. Es war wie nach Hause kommen.

»Hallo, Zeitungsteam«, sagte Ms Fontes. Sie lächelte in meine Richtung, und ich war froh, dass sie kein großes Aufsehen um meine Rückkehr machte.

»Wie ihr wisst, verteile ich am Ende des Halbjahrs die Aufgaben, die ihr in der Online-Zeitung im nächsten Jahr übernehmen werdet. Ihr müsst allerdings flexibel sein und jederzeit dort einspringen, wo ihr gebraucht werdet, weil wir nicht genügend Teilnehmer haben. Mit anderen Worten: Auch wenn ihr als Nachrichtenredakteur eingeteilt seid, müsst ihr unter Umständen auch mal eine Filmrezension schreiben. Obwohl ich damit rechne, dass wir nächstes Jahr mehr Mitglieder haben werden.«

Entrüstete Rufe stiegen von den Bänken auf.

»Das ist unfair«, sagte Thea. »Wir haben das ganze Jahr über hart gearbeitet, und jetzt kommen einfach Neue daher und sahnen die tollen Jobs ab?«

Ms Fontes setzte eine strenge Miene auf. »Das ist ein Club, in dem es um Lernen, Teamarbeit und Inklusion geht.«

Daraufhin verstummten alle.

»Und gibt es auch einen Chefredakteur?« Elliot stellte die Frage, die auch mich brennend interessierte.

»Wir werden sehen«, sagte Ms Fontes. »Aber vorerst

konzentrieren wir uns darauf, dieses spannende Unternehmen so gut wie möglich vorzubereiten.«

Ms Fontes hatte beim letzten Treffen bereits Vorschläge für mögliche Spendenaktionen notiert und an die Tafel geschrieben, damit wir darüber abstimmen konnten. Der Sponsorenlauf, den jemand vorgeschlagen hatte, wurde zum Glück sofort abgewählt. Ein Spaß wäre das mit Sicherheit nicht gewesen. Und die Jahrmarktsidee, die als Nächstes kam, klang zwar verlockend, aber wir hatten weder die Zeit noch die Teilnehmer, um etwas Derartiges auf die Beine zu stellen. Wir brauchten etwas, das ohne viel Aufwand schnelle Ergebnisse bringen würde.

»Also gut, dann eben der wöchentliche Kuchenbasar«, sagte Ms Fontes schließlich. »Gibt es einen Tag, der für euch alle machbar ist?«

»Wir wär's mit Montag?«, schlug Isabella vor. »Dann könnten wir sonntags backen. Und es gibt sicher viele Leute, die sich zum Wochenbeginn gern was Leckeres kaufen möchten. Außerdem ist am kommenden Montag Valentinstag! Der perfekte Anlass, um ein paar süße kleine Aufmerksamkeiten zu verkaufen.«

Ich musste meine ganze Willenskraft aufbieten, um nicht zu Elliot hinüberzuschauen. Wir hatten einmal lange darüber geredet, wie lächerlich dieser ganze Valentins-Hype war, und wir hatten einander geschworen, den Tag komplett zu ignorieren. Ein Versprechen, das wir jetzt problemlos halten konnten.

Während alle anderen damit beschäftigt waren, einen Terminplan zu machen, kam Ms Fontes zu mir herüber. »Jenna, du musst natürlich deinen persönlichen Essay nicht schreiben, wenn du nicht willst, aber falls du irgendwann doch noch Lust dazu haben solltest, würde ich ihn sehr gerne lesen.«

Ich nickte. Ich würde den blöden Essay auf keinen Fall schreiben und war froh, auf diese Weise vom Haken zu sein.

»Wollen wir über deinen Wettbewerbsbeitrag sprechen?«

»Ja, gern.«

Ich zog meinen Stuhl an Ms Fontes' Schreibtisch heran. Aus dem Augenwinkel sah ich, wie Elliot mich beobachtete, und konnte eine gewisse Schadenfreude nicht unterdrücken. Wahrscheinlich dachte er, dass ich mich schon mal als künftige Chefredakteurin in Stellung bringen wollte. Sollte er ruhig.

Ausnahmsweise fügten sich die Puzzleteile mühelos zusammen. Alles lief wie am Schnürchen.

20

In der restlichen Woche stürzte ich mich kopfüber in den Recherchemodus. Nach der Schule oder dem Zeitungsclub ging ich direkt nach Hause, damit ich meinen eigenen Laptop mit unserem schnelleren Wlan benutzen konnte. Die Arbeit an diesem Artikel war wichtiger als meine Angst davor, allein zu Hause zu sitzen. Ich war so auf meine Nachforschungen konzentriert, dass ich die Diner-Besuche kaum vermisste, ganz zu schweigen natürlich von Rin. Ich vermisste nichts – weder die Art, wie sein Stift über das Papier glitt, noch, wie er seine Brille mit den Fingern auf die Nase hochschob oder wie ihm manchmal die Haare in die Augen fielen. Ja, ich dachte überhaupt nicht an ihn.

Ich entdeckte tonnenweise Artikel über Kenji Watanabe, Rins Dad, über die Vorträge, die er auf Konferenzen hielt, plus eine Erwähnung im Forbes. Beide Watanabes traten häufig bei Museumspremieren und Restaurant-Eröffnungen in Los Angeles auf, und erst in der letzten Woche war Rins Mom während der Eröffnung eines Sternerestaurants mit dem Chef fotografiert worden.

Elliot versuchte die ganze Zeit herauszufinden, woran ich arbeitete. Er erinnerte mich manchmal an meinen Dad, aber nicht auf eine gute Art. Dad hatte mich verlassen, so wie Elliot. Und beide glaubten, sie könnten einfach in meinem Leben ein und aus gehen, wie es ihnen passte. Zum Glück war es einfacher für mich, Elliot zu ignorieren.

»Willst du heute zu unserem Filmabend kommen?«, fragte Doug mich am Freitag in der Mittagspause.

Keiko schaute von ihrem Sandwich auf. Außer dem Spieleabend hatten wir in den letzten Tagen so gut wie gar nichts zusammen gemacht. Ich vermisste sie, aber ich hatte Wichtigeres zu tun.

»Ich kann nicht.«

Keikos Schultern sackten herunter, aber sie machte keinen Versuch, mich umzustimmen.

Auch gut. Ich hatte kaum einen Monat Zeit, um diesen Artikel in die perfekte Form zu bringen, und das schaffte ich nur, wenn ich die Information bekam, die ich so dringend brauchte. Es gab nur einen Weg, die Frage zu klären, warum Rins Eltern das Geld für die Cafeteria gespendet hatten, und dieses Mal würde ich mich nicht abwimmeln lassen.

»Jenna Sakai! Schön, dass du mich wieder mal besuchst.« Mr Kim schaute von seinem Bildschirm auf, als ich nach dem letzten Läuten meinen Kopf in sein Büro hereinstreckte.

»Hi, Mr Kim.« Ich ließ mich auf den Stuhl ihm gegenüber fallen und zog betont langsam und demonstrativ mein Notizbuch und meinen Stift hervor. Jetzt oder nie.

»Ich habe noch ein paar Fragen zu dem Artikel, den ich schreibe.«

Mr Kims Lächeln geriet etwas ins Wanken. Gut. Wenn er sich in die Ecke gedrängt fühlte, musste ich auf der richtigen Spur sein.

»Ich weiß, dass Kenji und Traci Watanabe die Renovierung der Cafeteria bezahlt haben«, fing ich an.

»Ich bin beeindruckt.«

Du wirst noch viel beeindruckter sein, wenn ich erst die Katze aus dem Sack lasse, dachte ich. »Danke, Mr Kim. Und da Sie sich wegen der Identität der Spender keine Sorgen mehr machen müssen, können Sie mir auch die Wahrheit über ein paar andere Dinge verraten.«

Mr Kims Lächeln verschwand jetzt komplett aus seinem Gesicht. »Jenna, ich glaube nicht, dass du verstehst, worum es bei dieser Spende in Wahrheit ging.«

»Stimmt«, sagte ich. »Deshalb bin ich ja zu Ihnen gekommen.«

Mr Kim hielt einen Augenblick inne. »Ja, aber es geht hier um deinen Beitrag für den Wettbewerb, und deshalb halte ich es für besser, wenn du dir deine Informationen ohne meine Hilfe beschaffst. Ich sitze in der Jury, wie du weißt, und es könnte als Bevorzugung aufgefasst werden.«

Richtig. Er wollte mich wieder loswerden. Aber so leicht gab ich mich nicht geschlagen. »Das verstehe ich, aber …«

»Aber ich gebe dir einen kleinen Hinweis«, unterbrach mich Mr Kim. »Vielleicht schaust du dir Traci Watanabe einmal genauer an. Und wenn ich genauer sage, meine ich, *sehr* genau.«

Interessant! Ich kritzelte ihren Namen in mein Notizbuch und kreiste ihn dreimal ein. Das war ein guter Tipp. Und viel mehr würde ich vermutlich nicht aus ihm herausbekommen. »Vielen Dank, Mr Kim.«

Als ich nach Hause kam, wartete dort Keiko auf mich. Überrascht checkte ich mein Handy, und tatsächlich hatte sie mir geschrieben, dass sie kommen wollte.

»Hey«, sagte ich, während ich meinen Hausschlüssel hervorkramte. »Tut mir leid! Ich habe deine Nachricht gerade erst gesehen.«

»Oh.« Keiko sah erleichtert aus. »Ich dachte, du ignorierst mich vielleicht absichtlich.«

»Was? Nein!«

»Okay.« Keiko folgte mir ins Haus. Nachdem wir unsere Schuhe ausgezogen hatten, gingen wir in mein Zimmer und setzten uns auf mein Bett, den Rücken an die Wand gelehnt. »Was gibt's Neues? Ich habe das Gefühl, dass wir eine Ewigkeit nicht mehr miteinander geredet haben.«

Ich wollte schon die Schultern zucken, konnte mich aber gerade noch beherrschen. Diese Geste gehörte zu Rin, und ich wollte nicht an ihn denken. Ich war so wütend und enttäuscht darüber, wie er mich ausgetrickst hatte, dass die Worte plötzlich aus mir herauspurzelten, ohne dass ich etwas dagegen machen konnte.

Ich erzählte Keiko einfach alles – was ich von Olivia und Mr Kim für meinen Artikel erfahren hatte, dass wir im nächsten Jahr eine Online-Zeitung machen würden, dass ich Elliot unbedingt den Posten als Chefredakteur wegschnappen wollte und wie Rin mich angelogen hatte.

»So ein Blödmann!« Keiko ballte die Fäuste. »Hat er es denn zugegeben?«

»Nein«, sagte ich. »Aber er muss doch von der Spende wissen, die seine Eltern der Schule gemacht haben!«

Keiko legte den Kopf schief und sah mich an.

»Was?«

»Hast du ihm eine Chance gegeben, alles zu erklären? Oder sich zu verteidigen?«

Auf wessen Seite stand sie eigentlich? »Wie denn? Er ist abgehauen. Das zeugt von schlechtem Gewissen.«

Keiko nickte. Sie hasste Streit – eine der Eigenschaften, die ich an ihr schätzte. Sie stand auf, streckte sich und wechselte das Thema. »Was ist das?«

Sie zeigte auf die Manga-Zeichnung von mir. Ich hatte sie auf meinem Schreibtisch aufgestellt.

»Oh. Das hat Rin gemacht.«

Keiko setzte sich an meinen Schreibtisch und nahm behutsam die Zeichnung in ihre Hand. »Das bist du! Und es ist toll! Du hast mir gar nicht gesagt, dass Rin so gut zeichnen kann!«

Ich hatte ihr auch sonst nicht viel über ihn erzählt. »Es war ein Geburtstagsgeschenk«, murmelte ich.

»Was?«, kreischte Keiko. »Er hat dir ein Geburtstagsgeschenk gemacht? Jenna! Das ist doch total süß von ihm!«

»Nein, ist es nicht.« Ich stand auf, nahm Keiko die Zeichnung aus der Hand und stopfte sie in eine Schublade. »Er wollte mich nur daran hindern, die Wahrheit über seine Eltern aufzudecken.«

»Warum sollte er das tun, Jenna? Und wenn er so reich ist, wie du sagst, warum hat er dir dann nicht irgendwas Protziges und sündhaft Teures gekauft? Das hier ist doch eher was Persönliches.«

Genau. Weil er dachte, er würde mich mit dieser süßen kleinen Geste herumkriegen, sodass ich ihm die Füße küsste, wie diese kichernden Mädchen im Coffeeshop. Und dass ich dann vor lauter Begeisterung vergessen würde, die schmutzigen Geheimnisse seiner Familie aufzudecken. Genau deshalb durfte man ihm nicht über den Weg trauen.

Aber ich kannte diesen Ausdruck in Keikos Augen. Sie war jetzt nicht mehr wütend auf Rin. Sie wollte das Gute in ihm sehen, den Silberstreifen am Horizont. »Meinst du nicht, dass er einfach nur nett sein wollte?«

»Rin und ich sind nicht befreundet, Keiko«, sagte ich. »Mr Kim hat mir einen Tipp gegeben, und ich werde dieser Spur nachgehen. Was immer auch dahintersteckt, ich werde es herausfinden. Und wenn Rins Familie etwas zu verbergen hat, ist es meine Pflicht, darüber zu berichten.«

»Gut.«

»Keiko, sei nicht sauer auf mich.«

Keiko seufzte. »Bin ich doch gar nicht. Ich will nur, dass du das ein bisschen objektiver siehst.«

»Ich *bin* objektiv! Sonst würde ich doch die Geschichte vertuschen, um Rin zu schützen, oder?«

»Ich dachte, ihr seid nicht befreundet?«

»Sind wir auch nicht! Und ich hab jetzt genug von diesem dummen Gespräch.«

Keiko verstummte. Aber ich brauchte ihre Zustimmung nicht. Sie verstand eben nicht, wie wichtig diese Sache für mich war. Warum es mir so viel bedeutete, die Wahrheit ans Tageslicht zu bringen. Ihre Eltern hatten nicht ständig etwas vor ihr verheimlicht, hatten nicht zugelassen, dass ihre jeweilige Sicht der Dinge einen tiefen Keil zwischen sie trieb, bis nichts mehr zu retten war. Ich hatte genug von verzerrten Sehweisen – Fakten waren das Einzige, woran man sich halten konnte. Deshalb war es wichtig, die Wahrheit zu sagen. In solchen Momenten vermisste ich Elliot am meisten.

Keiko schaute auf ihr Handy. »Ich muss jetzt zu Doug. Willst du wirklich nicht mitkommen? Bei seiner Mom gibt's superleckeres Essen.«

Ich schüttelte den Kopf. »Ich muss arbeiten.«

»Okay. Aber vergiss nicht …« Keiko hielt inne. »Manchmal gibt es nicht nur eine Wahrheit.«

Sie ging und ließ mich mit einem beklommenen Gefühl zurück, aber ich schüttelte es schnell wieder ab. Was Rin Watanabe betraf, würde ich objektiv, beharrlich und herzlos sein.

21

Das ganze Wochenende über war ich mit meinen Recherchen beschäftigt, außer ein paar Stunden am Sonntagnachmittag. Ich hatte Keiko gebeten, mir beim Backen für die Spendenaktion des Zeitungsclubs zu helfen. Zum Glück hatte sie zugesagt, und obwohl unser Gespräch am Telefon ein bisschen distanziert verlaufen war, kam sie zumindest herüber.

Am Sonntagabend nahm ich mir ein Erdnussbutter-Marmeladen-Brot auf mein Zimmer mit, damit ich weiterarbeiten konnte.

»Und du willst wirklich keinen Film mit mir ansehen?«, fragte Mom, als sie zu mir ins Zimmer kam, um meinen leeren Teller mitzunehmen.

»Nein, keine Zeit«, sagte ich, ohne von meinen Notizen aufzuschauen.

»Kann das nicht warten?«, sagte Mom.

Ich wirbelte zu ihr herum. »Also wirklich, Mom! *Du* reitest doch immer darauf herum, dass ich so viel wie möglich lernen und gute Noten bekommen soll.«

Mom lächelte. »Ja, aber du kannst auch ab und zu mal eine Pause machen. Komm, leiste deiner Mom Gesellschaft. Ich habe gerade ein bisschen freie Zeit.«

Ich runzelte die Stirn. »Mom, ich mache dir auch nie

Vorwürfe, wenn du arbeiten musst. Das hier ist wirklich wichtig.«

Mom seufzte, ließ mich dann aber in Ruhe. Ich schloss die Tür hinter ihr ab, damit sie mich nicht wieder stören konnte.

In der ersten Wochenhälfte hatte ich alles über die Kleider gelesen, die Traci Watanabe zu verschiedenen Anlässen getragen oder wo sie ihre Brillanten gekauft hatte und so weiter. Aber dann war ich auf etwas Interessantes gestoßen: Traci Watanabe hatte zwar keinen Titel und keine offizielle Funktion in der *AkiWata Corporation,* aber sie war die Gründerin und alleinige Vorsitzende der *Free Lunch Foundation*. Und sie legte großen Wert darauf, diese Stiftung völlig unabhängig von der *Corporation* und ihrer Familie zu führen. Der Name von Rins Dad tauchte nirgends auf der Website der Stiftung auf. Aber dafür stieß ich auf eine Menge anderer Informationen.

Die Stiftung stellte Gelder zur Verfügung, um das Projekt »Kostenloses Mittagessen« für bedürftige Kinder an kalifornischen Schulen zu unterstützen. Außerdem wurde qualifiziertes Küchenpersonal damit finanziert.

Mir schwirrte der Kopf. Rins Mom leitete eine Stiftung, die kostenloses Essen für bedürftige Kinder mitfinanzierte? Das war ziemlich toll! Aber es bedeutete noch lange nicht, dass die Watanabes nicht in dunkle Geschäfte verstrickt sein konnten. Ich suchte weiter im Netz nach Informationen über die Renovierung unserer Cafeteria, aber diese Spende tauchte nirgends auf. Das war verdächtig. Die Watanabes wollten es geheim halten, wie ich bereits vermutet hatte. Die Frage war nur, warum?

Die PV Middle konnte das Geld natürlich gut gebrauchen, war aber nicht so dringend darauf angewiesen wie die Brennpunktschulen, die normalerweise von der Stiftung unterstützt wurden. War die Spende also eine Art Abschreibungsprojekt? Oder wollten die Watanabes das Geld auf diese Weise verstecken, um keine Steuern bezahlen zu müssen? Ich las weiter, aber alle Artikel, die ich über die Stiftung fand, berichteten nur Gutes. Es war zum Verzweifeln!

Ich rieb mir die Augen und schaute auf die Uhr. Zwei Uhr morgens. Höchste Zeit, noch ein bisschen Schlaf zu kriegen, aber ich hatte das Gefühl, der Lösung des Rätsels ganz nahe zu sein. Die entscheidende Information war praktisch schon in Reichweite.

Ich blinzelte erschöpft und lehnte mich auf meinem Stuhl zurück. Mein Blick fiel auf die Manga-Zeichnung, die Rin von mir gemacht hatte. Ich hatte sie aus der Schublade genommen, sobald Keiko verschwunden war, und wieder auf meinen Schreibtisch gestellt. Nicht, dass mir das Bild etwas bedeutete, weil Rin es gezeichnet hatte. Mir gefiel es einfach, dass ich als künftige Starreporterin dargestellt war. Das beflügelte mich.

Und plötzlich wurde mir siedend heiß bewusst, dass ich in meinem Rechercheeifer die beste Informationsquelle, die ich überhaupt anzapfen konnte, komplett übersehen hatte.

»Das ist es, Jenna!«, rief ich laut und hätte mich am liebsten selbst in den Hintern getreten. »Du brauchst dich nur an ein Mitglied der Watanabe-Familie zu wenden, um dir den entscheidenden Hinweis zu beschaffen!« Warum nur hatte ich Rin angebrüllt, ich dumme Kuh? Ich hätte meinen Ärger runterschlucken müssen. Eine gute Reporterin hätte die unerwartete Information zur Kenntnis genommen und sofort zu ihrem Vorteil genutzt. Statt Rin mit Vorwürfen zu überschütten, hätte ich ihm Fragen stellen müssen.

Aber vielleicht war es noch nicht zu spät. Wenn ich mich für mein Verhalten entschuldigte, würde er mir sicher mehr über seine Eltern erzählen. Und vielleicht hatte Rin tatsächlich nichts von dieser Spende gewusst, das war ja immerhin möglich. Meine Eltern redeten nie mit mir über ihre Finanzen. Der einzige Grund, warum ich überhaupt etwas davon wusste, waren die schrecklichen Streitereien, die ich mir vor der Scheidung hatte anhören müssen.

Ich war seit Tagen nicht mehr im Diner gewesen. Aber ich wollte auch nicht bis nach der Schule warten, um mit Rin zu reden.

Und plötzlich fiel mir sein Skizzenbuch wieder ein, das noch in meiner Tasche lag. Ich war so auf meine Nachforschungen fixiert gewesen, dass ich überhaupt nicht mehr daran gedacht hatte. Aber jetzt kam es mir äußerst gelegen.

Ich hatte keine Ahnung, wie Rins private Mail-Adresse lautete, aber ich kannte seine Schuladresse.

Von: Jenna Sakai reports@memail.com

An: Rin Watanabe rin.watanabe@pvms.org

Betreff: Skizzenbuch

Hi, ich habe Dein Skizzenbuch. Ich habe es nicht angeschaut, falls Du das glaubst. Können wir uns vor der Schule am Haupteingang treffen, damit ich es Dir zurückgeben kann?
Jenna.

Dann drückte ich auf Senden. Jetzt musste ich nur noch abwarten.

22

Als ich am nächsten Morgen aufwachte, war ich gespannt wie ein Flitzbogen. Rin wusste bestimmt etwas – oder konnte zumindest an Informationen herankommen, die meinen Artikel zu einer richtig guten Story machen würden. Und um die zu bekommen, würde ich alles tun.

Ich wartete bis zehn Minuten vor dem Läuten am vereinbarten Treffpunkt, aber Rin tauchte nicht auf. Weil ich keinen Eintrag wegen Zuspätkommens riskieren wollte, schleppte ich mich tief enttäuscht zu Sozialkunde. Ich wäre gern in der Pause am Musiksaal vorbeigegangen, um Rin vielleicht dort anzutreffen, aber ich hatte mich für den Kuchenbasar eingetragen, also musste das noch warten.

Ich nahm meine Schoko-Karamell-Brownies, die Keiko und ich gebacken hatten, aus dem Schließfach und ging damit zur Cafeteria. Ich hatte darauf bestanden, keine Herzchen-Brownies für den Verkauf am Valentinstag zu machen, hatte aber Keiko geholfen, die Erdbeermuffins für Conner mit Zuckerherzen und Schokoküssen zu verzieren. Es waren richtige Kunstwerke geworden.

Als ich in die Cafeteria kam, fielen mir fast die Brownies aus der Hand. Elliot saß hinter dem Kuchentisch. Der

Platz neben ihm war leer. Ich war mir hundertprozentig sicher, dass ich mich für dieselbe Zeit wie Isabella eingetragen hatte, um genau dieser peinlichen Situation zu entgehen.

Wütend knallte ich meinen Teller auf den Tisch, mitten unter rosa glasierte Muffins und herzförmige Kekse.

»Was machst du denn hier?«, blaffte ich ihn an. »Und wo ist Isabella?«

»Sie hat mit mir getauscht«, sagte Elliot.

»Warum?«

»Weil ich sie gefragt habe.«

Ich runzelte die Stirn. »Warum?«

»Setz dich, Jenna. Du blockierst den Tisch.«

Ich machte, was er sagte, rückte aber meinen Stuhl so weit wie möglich von ihm weg.

Zum Glück begann sofort der Ansturm, sodass wir vollauf beschäftigt waren. Bald wartete eine ganze Schülerschlange vor unserem Tisch, um ein paar süße kleine Valentinsmitbringsel zu kaufen. Ohne dass wir uns absprechen mussten, übernahm Elliot das Anpreisen und Verkaufen, während ich das Geld kassierte.

Eine schmale Hand mit perfekt manikürten, zartrosa lackierten Fingernägeln reichte mir einen Fünf-Dollar-Schein über den Tisch. Als ich aufschaute, stand Audrey vor mir, flankiert von ihren beiden neuen Besties und drei Jungen, die hinter ihnen herumstanden. Die Mädchen trugen alle die gleichen pinkfarbenen Pullis.

»Jenna! Wie süß von dir, dass du Kekse verkaufst«, säuselte Audrey – ich kannte diesen verlogenen Tonfall nur zu gut. »Oh, hi, Elliot!«

Elliot blinzelte Audrey und die beiden anderen Mädchen an, und er wurde fast so knallpink im Gesicht wie Audreys Pulli. Ich riss Audrey das Geld aus der Hand und gab ihr drei Dollar zurück.

»Tut mir wirklich leid für dich, dass du am Valentinstag Single bist«, stichelte Audrey weiter, mit einem vielsagenden Blick zu Elliot. Woran man mal wieder sehen konnte, dass der Schultratsch sich bis in die angesagtesten Kreise der PV Middle verbreitete, auch wenn man ganz unten auf der Beliebtheitsskala angesiedelt war, so wie ich. Aber na ja. Als künftige Reporterin wollte ich über Neuigkeiten berichten und nicht selber die neueste Nachricht sein. Zum Glück war es mir nie so wichtig gewesen wie Audrey, einen Freund zu haben.

»Kein Problem«, knurrte ich mit zusammengebissenen Zähnen.

Audrey lachte. »Ja, klar«, sagte sie. Dann stolzierte sie mit ihrem Hofstaat davon.

Fünfzehn Minuten später, kurz bevor es läutete, gingen uns die Kuchen aus.

»Wenn es weiter so gut läuft, haben wir bald genug zusammen, um die Zeitung zu finanzieren«, sagte Elliot.

Ich sammelte die Servietten ein.

»Wir beide sind ein gutes Team«, fing Elliot wieder an.

Ich strich die Scheine glatt und klappte die Kasse zu.

»Ich vermisse das Lernen mit dir, Jenna, ehrlich.« Elliot rückte seinen Stuhl näher an mich heran. »Was macht eigentlich dein Stipendiumsartikel? Woran arbeitest du noch mal?«

»Hab ich dir nicht gesagt. Und woran arbeitest du?«

Elliot lächelte. »Ich habe einen Tipp für etwas Hochinteressantes bekommen, das hier an der Schule vorgeht, aber ich bin noch am Recherchieren.«

Ich wunderte mich nicht, dass er sich nur in Andeutungen erging. Ich hätte ihm ja auch nichts verraten.

»Du wirst bestimmt einen erstklassigen Artikel abliefern«, sagte er. »Ich kann's kaum erwarten, deine Story zu lesen.«

Ich starrte ihn mit schmalen Augen an, weil dieses Gesäusel mich misstrauisch machte. »Ich zeige sie dir nicht.«

»Warum nicht? Wir haben uns doch immer unsere Arbeiten gezeigt.«

»Ja, aber wir sind nicht mehr zusammen!«

»Das bedeutet doch nicht, dass wir nicht zusammenarbeiten können. Du bist die Einzige im Zeitungsclub, die auch nur annähernd so gut schreiben kann wie ich. Es gibt also keinen Grund, warum wir einander nicht helfen sollten. Wir können nur davon profitieren. Denn eins ist sicher: Das Preisgeld der PV Middle geht auf jeden Fall an einen von uns beiden. Und, mal ehrlich, das werde dann wohl ich sein.«

Dieser eingebildete Idiot! Und ich hatte ihn auch noch für sein ausgeprägtes Selbstbewusstsein bewundert!

»Ach komm, Jenna, sei nicht sauer.« Elliot griff in seine Jackentasche und reichte mir einen pinkfarbenen Herzkeks. »Frieden? Alles Gute zum Valentinstag!«

Was sollte das? Wir hatten über den Valentinstag doch immer nur gelästert. Warum schenkte er mir jetzt einen Keks? Oder überhaupt irgendwas?

Ich schoss von meinem Stuhl hoch und drückte Elliot die Kasse in den Arm, sodass der Keks an seiner Brust zerquetscht wurde. »Bring das Ms Fontes.«

Dann machte ich auf dem Absatz kehrt und lief davon, so schnell ich nur konnte. Ich wollte nicht mit Elliot reden, wollte mich schon gar nicht mit verlogenen Komplimenten überschütten lassen. Aber vor allem wollte ich seine Lügen nicht hören.

»Jenna! Warte!«

Ich blendete seine Stimme aus und rannte einfach weiter. Und obwohl ich ihn locker abhängte, verfolgte mich die Wut auf ihn noch den ganzen Tag.

Nach der Schule, das Skizzenbuch sicher in meiner Tasche verstaut, machte ich mich auf die Suche nach Rin. Diesmal würde er mir nicht entkommen. Ich hätte natürlich ins Diner gehen können, aber ich hatte schon einen ganzen Tag gewartet. Ich wollte Antworten, und zwar sofort! Ich peilte also das Hauptgebäude an, vor dem viele Schüler abgesetzt oder abgeholt wurden. Ich hatte ein bisschen herumgefragt und erfahren, dass Rin mit dem Auto in die Schule gebracht wurde. Kein Wunder, dass er immer vor mir im Diner gewesen war, dieser Betrüger!

Scharen von Schülern schlenderten auf dem vorderen Rasen herum. Ich stand oben auf der Treppe und schaute mich finster um – wie sollte ich Rin in diesem Gedränge finden? Aber dann sah ich ihn – der schwarze Rucksack, der selbstbewusste, schwingende Gang, die Kopfhörer. Rin.

Ich ignorierte mein Herzklopfen und die Hitze, die mir plötzlich in die Wangen schoss. Ich lief die Treppe hinunter und ging im Eilschritt zu ihm hinüber, schnitt ihm den Weg zu dem silbernen Lexus ab, auf den er zuging.

Direkt vor ihm hielt ich an. Rin wollte um mich herumgehen, ohne auch nur aufzuschauen.

»Rin«, sagte ich laut, für den Fall, dass er tatsächlich Musik über seine Kopfhörer hörte.

Daraufhin blieb er wie angewurzelt stehen. Sein Blick begegnete meinem, sodass mir kurz der Atem stockte.

»Hast du meine E-Mail bekommen?«

»Ja, hab ich«, sagte er in diesem leisen, arroganten Ton, der mich immer sofort auf die Palme brachte.

»Du hast nicht geantwortet.« Ich griff in meine Kuriertasche und zog sein Skizzenbuch heraus. »Das ist deins.« Als Rin seine Hand danach ausstreckte, fügte ich hinzu: »Aber zuerst musst du mir ein paar Fragen beantworten.«

Rin schüttelte den Kopf. »Weißt du was? Du kannst es behalten.« Er fegte an mir vorbei und stieg in den Lexus ein.

Ich stand da und schaute dem Wagen nach, Rins Skizzenbuch noch immer in der Hand.

23

Als ich nach Hause kam, ging ich direkt in mein Zimmer. Ich zog Rins Skizzenbuch heraus und legte es auf meinen Schreibtisch.

Eine richtige Reporterin würde keine Sekunde lang zögern, wenn ihr etwas in die Hände fiele, das ihr bei einer Recherche helfen konnte. Dieses Skizzenbuch enthielt vielleicht wichtige Informationen für meinen Artikel. Ich ließ meine Hand über den glatten schwarzen Einband gleiten. Ich verstieß nicht gegen irgendwelche Gesetze. Rin wusste, dass ich das Buch hatte. Ich hatte zwar behauptet, dass ich es nicht angeschaut hätte, aber das war vorher gewesen. Was immer ich jetzt damit machte, war meine Sache.

Trotzdem wurde mir ein bisschen flau im Magen, wie bei einer Achterbahnfahrt. Ich holte tief Luft und schlug das Buch auf.

Die erste Seite war leer, außer einem Datum, dem 17. Dezember, was seltsamerweise der Tag war, an dem Elliot und ich uns getrennt hatten. Ich fuhr das Datum mit meinem Finger nach, während ich daran dachte, wie die Wut in mir hochgeschossen war, als ich von der Schule nach Hause ging. Aber unterwegs war etwas mit mir passiert. Anfangs musste ich mich beherrschen, um nicht laut zu schreien und zu schluchzen. Aber mit jedem Meter, den ich zurücklegte, radierte ich alle Gefühle aus, die ich für Elliot gehabt hatte, eins nach dem anderen. Bis ich nach Hause kam, war ich leer – er war einfach … fort.

Auf der nächsten Seite folgte eine Manga-Zeichnung von einem Jungen und einem süßen Alienmonster mit spitzen Ohren und Fühlern, das auf einer Scheibe schwebte. Überhaupt wimmelte es von Superhelden und Kriegern, einige davon mit Alienfreunden. Die Figuren waren cool, aber alle männlich. Alle Seiten waren datiert. Rin zeichnete fast jeden Tag.

Das Blatt vom 30. Dezember war in einem komplett anderen Stil gehalten. Kein Comic, sondern eine realistische Zeichnung, und statt schwarzer Tinte hatte Rin einen Bleistift benutzt. Eine Familie beim Abendessen. Ich schaute genauer hin und sah, dass es Rins Familie sein musste. Seine Eltern und seine Schwester kannte ich ja von meiner Internetrecherche. Die ganze Zeichnung wirkte weich und warm. Rins Eltern schauten lächelnd auf seine Schwester, die wohl gerade etwas erzählte und ihre Hand herumschwenkte. Auf dem Tisch stand Essen. Ich erkannte einen Teller mit Tamago, meinem japanischen Lieblingsomelett. Aber das Geschirr sah sehr vornehm aus, mit kunstvollen Blumenmustern, und die Gläser waren bestimmt aus Kristall. Vielleicht ein Weihnachtsessen. Oder vielleicht aßen die Watanabes immer so. Es war ein komisches Gefühl – so als spähte ich durch ein Fenster in Rins Haus. Mein Herz zog sich schmerzhaft zusammen – solche Familienabende gab es bei uns nicht mehr. Ich starrte lange Zeit auf die Szene.

Dann kamen weitere Manga-Zeichnungen. Ein paar Seiten später folgten die Skizzen, die Rin mir im Diner gezeigt hatte. Aber dann fiel mein Blick auf etwas völlig anderes. Rins Figuren waren meistens von ihm selbst geschaffen – aber die hier erkannte ich sofort. Es war Kagome, die Manga-Heldin, von der ich Rin erzählt hatte. Die nächsten fünf Seiten waren mit Zeichnungen von allen weiblichen Figuren aus dieser Serie gefüllt. Rin hatte damit angefangen, als ich ihm vorgehalten hatte, dass er nur männliche Charaktere zeichnete. Ich war überrascht, dass er auf mich gehört hatte. Und es machte mich seltsam glücklich.

Die nächste Seite war Rins Versuch, eine eigene weibliche Manga-Figur zu kreieren. Es war eine grob skizzierte Bleistiftgestalt, die ein bisschen an Rumiko Takahashis Charaktere erinnerte, nur in moderner Kleidung – Jeans, T-Shirt und Sneaker. Die Zeichnungen auf den folgenden Seiten waren ausgefeilter, und Rin hatte bald keine Bleistifte mehr benutzt, sondern war wieder zu Tinte gewechselt. Ich fand es irgendwie cool, seine Fortschritte bei der Erschaffung einer Figur mitzuverfolgen.

Als ich das nächste Blatt umdrehte, erstarrte ich.

Ich schaute auf ein Bild von mir selbst. Nicht im Manga-Stil, sondern so wie die Essensszene, die Rin von seiner

Familie angefertigt hatte – eine realistische Bleistiftzeichnung. Ich saß an meinem Platz im Diner und starrte auf mein Notizbuch. Mein Stift war in Bewegung, wirbelte in meiner Hand herum. Ich studierte die Seite so lange, bis das Bild sich wahrscheinlich für immer in mein Gehirn eingebrannt hatte.

Dann hob ich die nächste Seite an, traute mich kaum hinzusehen. Diesmal blickte ich zur Tür des Diners, einen finsteren Ausdruck im Gesicht. Dann kam eine Zeichnung, wie ich meinen Milchshake schlürfte, gefolgt von einer, auf der ich ausnahmsweise einmal lächelte, auch wenn es ein ziemlich fieses Grinsen war. Die Zeichnungen waren karg, mit wenig oder gar keinem Hintergrund, als hätte Rin eine flüchtige Skizze hingeworfen, die er später ausarbeiten wollte.

Danach kamen nur noch Manga-Zeichnungen von mir. Endlich, ich hatte schon das halbe Buch durch, stieß ich auf eine Stelle, an der sich ein paar winzige Papierfetzchen in der Spiralbindung verfangen hatten. Das war die Seite, die er herausgerissen und mir zum Geburtstag geschenkt hatte.

Ein unerwartetes Glücksgefühl durchströmte mich, als hätte ich das Geschenk noch einmal bekommen. Und allmählich gestand ich mir ein, dass er vielleicht doch nicht der arrogante Blödmann war, als den ich ihn die ganze Zeit abgestempelt hatte. Er hatte zugehört. Er hatte sich die Zeit genommen, weibliche Figuren zu zeichnen. Mir wurde ganz heiß, wenn ich nur an die vielen Zeichnungen von mir dachte.

Irgendwie kränkte es mich ein bisschen, dieses unerlaubte Eindringen in meine Privatsphäre. Wie konnte Rin es wagen, mich ohne meine Erlaubnis zu zeichnen? Andererseits musste ich zugeben, dass ich ziemlich geschmeichelt war. Rin sah mich. Und er verlangte nichts anderes von mir, als einfach ich selbst zu sein.

Hmmm. Nach der ganzen Zeit, die ich mit ihm im Diner verbracht hatte, wusste ich fast nichts über ihn. Okay, er wusste auch nicht wirklich etwas über mich, aber das war in Ordnung. Warum sollte er? Ich dagegen hielt mir doch immer so viel auf meine Fähigkeiten als Reporterin zugute. Und Reporterinnen stellten Fragen. Ich hätte es geschickter anfangen können, um mehr über Rin zu erfahren. Dann hätte ich längst über seine Eltern und die Stiftung Bescheid gewusst. Und vielleicht noch mehr.

Etwas Dunkles brodelte in mir hoch.

Nein, so ist es nicht, redete ich mir ein. *Ich benütze ihn nicht. Diese Art von Reporterin will ich auf keinen Fall sein.*

Aber ich hätte neugieriger sein und ihm mehr Fragen stellen müssen. So wie man es bei Freunden macht. Und auch bei Nicht-ganz-Freunden wie Rin.

Ich klappte das Skizzenbuch zu. Ich hasste es, im Unrecht zu sein. Aber ich respektierte auch die Wahrheit, wenn ich sie erkannt hatte. Und es war nicht in Ordnung,

Rin mit seinem persönlichen Eigentum zu erpressen, nur um mir einen Vorteil zu verschaffen. Ich hätte sein Skizzenbuch nicht öffnen dürfen. Mein Notizbuch für den Zeitungsclub war kein Tagebuch, aber ich hätte es trotzdem niemandem anvertraut. Die Vorstellung, ausspioniert zu werden, machte mich wütend. So dringend ich die Informationen auch brauchte, ich durfte nichts erzwingen.

Und die Wahrheit – die eigentliche Wahrheit – war, dass ich mich so schnell wie möglich bei Rin entschuldigen musste, ohne Wenn und Aber.

24

Mr Kim sah nicht erfreut aus, als ich am nächsten Tag in der Tür seines Büros erschien. Kein Lächeln, nur eine müde Handbewegung, mit der er mich hereinbat.

»Danke für den Tipp, Mr Kim«, fing ich an, ein strahlendes Lächeln im Gesicht. »Ich habe die *Free Lunch Foundation* gefunden.«

Mr Kim lehnte sich in seinem Sessel zurück. »Das freut mich. Dann hast du jetzt, was du für deinen Artikel brauchst?«

»Nur noch eine Sache«, sagte ich, woraufhin Mr Kim die Lippen zusammenpresste, als müsste er einen Seufzer unterdrücken. »Die Spende für unsere Cafeteria wird nirgends erwähnt.«

»Das liegt daran, dass die Gelder nicht wirklich über die Stiftung gekommen sind.« Mr Kim klang resigniert, als hätte ich ihn besiegt. Ich triumphierte innerlich. Ich besaß wirklich alles, was man brauchte, um eine gute Investigativ-Reporterin zu werden!

Ich schlug mein Notizbuch auf, ließ meinen Stift startbereit über der Seite schweben und nickte Mr Kim zu.

Diesmal seufzte er laut. Ich konnte die Gedankenblase über seinem Kopf förmlich lesen – *also gut, ich geb's auf.* »Es war ein Herzensprojekt. Wie du sicher herausgefunden hast, kümmert sich die Stiftung normalerweise nicht um Cafeteria-Renovierungen. Traci Watanabe ist im Schulgremium, daher wusste sie, dass wir Geld brauchten, um unsere alte Küchenausstattung zu ersetzen. Sie hat uns angeboten, die Kosten dafür persönlich zu übernehmen. Die Stiftung bezahlt nur das erweiterte Essensangebot und das zusätzliche Küchenpersonal.«

Mein Stift flog über die Seite. Das war ganz und gar nicht, was ich erwartet hatte. »Was meinen Sie mit ›erweitertem Essensangebot‹? Ich dachte, die Stiftung unterstützt nur Brennpunktschulen?«

Mr Kim warf mir einen anerkennenden Blick zu. »Du bist gut im Recherchieren, Jenna, das muss man dir lassen. Es stimmt, wir sind keine Brennpunktschule, aber es gibt auch bei uns Schüler, die auf kostenloses Essen angewiesen sind. Ohne die Spende hätten wir unsere Cafeteria schließen müssen, bis wir die nötigen Gelder für die neue Küchenausstattung aufgetrieben hätten. Und die Schüler, die Anspruch auf kostenloses Essen haben, wären in dieser Zeit leer ausgegangen.«

Ich kritzelte alles, was er sagte, in mein Notizbuch, bis mir der Kopf schwirrte. »Das ist doch alles sehr großzügig und selbstlos von Traci Watanabe. Warum wollte sie dann anonym bleiben?«, fragte ich nach.

»Sie wollte verhindern, dass der Zweck der Stiftung missverstanden wird, weil die *Free Lunch Foundation* normalerweise ausschließlich die Finanzierung von kostenlosem Schulessen unterstützt und nicht den Bau von Schulküchen. Aber da die zwei Kinder von Mrs Watanabe an unserer Schule sind oder waren, wollte sie etwas für uns tun.«

Diesmal entwich *mir* ein Seufzer. Ich zwirbelte meinen Stift in den Händen herum.

»Jenna, ich weiß deine engagierte Arbeit wirklich zu schätzen«, sagte Mr Kim. »Was Traci und ihre Stiftung getan haben, war sehr großzügig. Mit ihrer Spende hat sie nicht nur der Schule, sondern auch den Schülern geholfen, besonders all denen, die auf kostenlose Mahlzeiten angewiesen sind.«

Damit erhob er sich. »Es läutet gleich. Ich wünsche dir viel Glück für deinen Beitrag.«

Diese Information veränderte alles. Wenn Mr Kim die Wahrheit sagte, hatten die Watanabes nichts Falsches gemacht, und meine Geschichte war gestorben. Wie sollte ich über die Stiftung berichten, ohne die Großzügigkeit zu erwähnen, mit der bedürftige Schüler unterstützt wurden? Mit solchen Wohlfühl-Storys gewann man normalerweise keine Preise. Aber eine Reporterin kann sich nicht einfach irgendwelche Fakten herauspicken, um eine sensationelle Enthüllungsgeschichte zu schreiben.

Trotzdem musste ich jedem Hinweis nachgehen. Und das bedeutete, dass da noch jemand war, mit dem ich reden musste.

Nach dem Unterricht wollte ich Rin draußen vor der Schule abpassen, diesmal hinter einem großen Magnolienbaum versteckt. Ich wollte mich entschuldigen und ihm sein Skizzenbuch zurückgeben. Ich war zu verbissen gewesen, ich hatte mich viel zu sehr in meine Vermutungen hineingesteigert, was mich blind für die Wahrheit gemacht hatte.

Aber zumindest war ich bereit, mich zu entschuldigen, nachdem ich meinen Fehler eingesehen hatte. Im Gegensatz zu Elliot, der nie auf die Idee kam, dass er etwas falsch gemacht haben könnte. Ich war immer noch fassungslos, wie er mich beim Kuchenbasar ausgetrickst hatte. Glaubte er im Ernst, er könne mit mir abhängen, als wäre alles vergeben und vergessen? Er hatte sich nie bei mir für sein übergriffiges, herablassendes Verhalten entschuldigt. Oder dafür, dass er ungeniert die Lorbeeren für eine Arbeit einsteckte, die andere gemacht hatten. Oder dass er mich einfach abserviert hatte.

Ich wartete und wartete, ohne dass der Lexus auftauchte. Auch das noch. Ich hätte es mir ja denken können. Das hier war wirklich der schwärzeste Tag, den ich je erlebt hatte. Ich schrieb Keiko, dass ich nicht zum Basketballspiel der Jungs kommen konnte. Ich hatte ihr in letzter Zeit ziemlich oft abgesagt. Aber ich würde es wiedergutmachen, sobald ich diesen Artikel fertig hatte. Falls ich ihn je schreiben würde. Im Augenblick standen die Chancen nicht sehr gut für mich.

Ich ging zum Diner. Kein Rin in meiner Nische. Ich war so enttäuscht.

»Jenna!« Leigh eilte herbei, ein Lächeln im Gesicht. »Da bist du ja wieder! Ich hab mir schon langsam Sorgen um dich gemacht.«

»Sorgen?« Ich blieb mitten im Raum stehen. »Wo ist Rin?«

»Er war nicht mehr hier, seit ihr euch so angeschrien habt«, sagte Leigh und rang die Hände. »Hoffentlich ist alles in Ordnung. Willst du deinen üblichen Shake?«

»Ja, klar, danke. Und ein paar Käsepommes, bitte.« Ich würde warten. Vielleicht ließ er sich doch noch blicken. Und in der Zwischenzeit würde ich ein paar Fragen aufschreiben, die ich ihm stellen wollte, nachdem ich jetzt die neuen Informationen hatte.

Aber ich konnte mich nur schwer konzentrieren. Mein Blick schweifte immer wieder zu Rins üblichem Platz ab, bis mir wieder einfiel, dass ich allein hier war.

Ich nippte an meinem Shake und knabberte an den Käsepommes. Sie schmeckten immer noch gut, aber allein essen war nicht dasselbe. Konnte es sein, dass ich Rin vermisste? Obwohl ich ihn nicht wirklich kannte? Wie kann man jemanden vermissen, mit dem man gar nicht befreundet ist?

Am Ende wird man immer nur verletzt, wenn man Gefühle für andere zulässt. Das hatten mir meine Eltern zur Genüge bewiesen. Und der Reinfall mit Elliot hatte mir den Rest gegeben. Warum dachte ich überhaupt noch an ihn! Würg! Ich schob die Schuld auf das Kuchenbasar-Debakel.

Ich erledigte alle meine Hausaufgaben und las ein Kapitel in meinem Sozialkundebuch voraus. Als ich auch damit fertig war, legte ich Geld auf den Tisch und packte zusammen.

»Du kommst doch wieder, oder?«, fragte Leigh.

»Ja, natürlich.« Ich hätte es verlogen gefunden, nicht mehr herzukommen, nur weil Rin nicht da war. Ich hatte die Nische immer für mich allein gewollt, und jetzt hatte ich sie. Mit Wünschen sollte man vorsichtig sein.

Eine Welle von Einsamkeit überrollte mich. Alleinsein war gut, aber nur, solange man sich bewusst dafür entschied. Konnte es sein, dass ich mich komplett in etwas verrannt hatte? Ich war völlig verwirrt.

Auf dem Heimweg schrieb ich Keiko.

Hey. Alles gut zwischen uns?

Keiko antwortete sofort.

Ja! ♥

Tut mir leid, dass ich dir so oft absagen muss.

Schon gut. Du arbeitest an diesem Stipendiumsartikel.

Aber?

Kein Aber.

Du findest wahrscheinlich, dass ich zu verbissen bin.

Ich bin auf deiner Seite, Jenna. Hast du mit Rin gesprochen?

Nein, aber das mach ich noch.

Keiko fragte nicht, ob ich mich bei ihm entschuldigen und mit ihm versöhnen würde. Sie machte mir keine Vorwürfe, dass ich ihn ausfragen wollte, nur um Material für meinen Artikel zu sammeln. Und wenn ich ihr erzählt hätte, was ich von Mr Kim wusste, hätte sie mir auch nicht unter die Nase gerieben: *Siehst du, ich hab's dir ja gleich gesagt*. Keiko war immer für mich da. Und obwohl ich sie die ganze Zeit zurückstieß, wollte ich nicht, dass sie mir den Rücken kehrte. Sie war so ziemlich die Einzige, auf die ich zählen konnte.

Keiko ...

Ja?

Danke, dass du so eine gute Freundin bist.

Keiko schickte ein Daumen-hoch- und ein Herz-Emoji.

Als ich später nach Hause kam und meinen Schlüssel ins Schloss stecken wollte, hörte ich etwas, das es schon lange nicht mehr gegeben hatte. Ich drückte mein Ohr an die Tür, und tatsächlich: Das war Mom. Brüllend. Wütend.

Ich drehte den Schlüssel herum und öffnete die Tür einen Spaltbreit. Ihre Stimme kam aus der Küche.

»Morgen ist Schule! Hörst du mich? Das ist so rücksichtslos und egoistisch von dir! Warum überfällst du mich jetzt damit?«

Ähm. Okay. Es gab nur einen, mit dem sie in diesem Ton redete. Und ich hatte geglaubt, ich würde sie nie wieder so brüllen hören, nachdem Dad ausgezogen war! Ich seufzte. Es hatte keinen Zweck, noch länger hier draußen zu warten. So schnell würde dieses Gespräch nicht zu Ende sein.

Als ich die Tür einen Spaltbreit aufstieß, drang Dads Stimme an mein Ohr.

»Beth, jetzt beruhige dich doch mal.«

Ich riss die Tür vollends auf und knallte sie hinter mir zu, während ich meine Schuhe von den Füßen kickte. Mein linker Schuh flog davon und krachte gegen die Wand. Ich stürzte in die Küche.

Und da war Mom. Sie stand am Herd, mit verschränkten Armen, das Gesicht zu einer wütenden Grimasse verzerrt. Und Dad. Seine Stimme kam nicht über das Telefon. Er war leibhaftig da.

25

»Jenna!«

Dads Lächeln war wie eine Million Umarmungen, wenn solche Gefühlsäußerungen in unserer Familie üblich gewesen wären.

»Was machst du denn hier?«, fragte ich in möglichst neutralem Ton.

Im Gegensatz zu mir gab Mom sich keine Mühe, ihre Stimme unter Kontrolle zu halten. »Das hab ich ihn auch gefragt«, sagte sie scharf.

Ich wollte sie daran hindern, noch mehr zu sagen, aber ich wusste aus Erfahrung, dass nichts meine Eltern bremsen konnte, wenn sie erst mal in Fahrt waren. Dann sah Mom mein Gesicht, und zu meiner Überraschung ließ sie die Arme sinken, und der wütende Ausdruck fiel von ihr ab.

»Ich bin geschäftlich hier.« Dad warf Mom einen warnenden Blick zu. »Es ist eine Last-Minute-Reise, also hatte ich keine Chance, mich vorher anzukündigen. Ich fliege morgen früh direkt wieder zurück, und ich wollte dich fragen, ob du vielleicht Zeit hast, mit mir zu Abend zu essen.«

»Wie gesagt, morgen ist Schule.« Moms Stimme hatte ihre Schärfe verloren.

»Ich habe schon alle Hausaufgaben gemacht.« So gesehen musste ich Rin dankbar sein, dass er nicht im Diner aufgetaucht war.

Ich beobachtete den inneren Kampf, der sich in Moms Gesicht widerspiegelte. Sie hatte keinen Grund, mich zu Hause zu behalten, außer um Dad eins auszuwischen. Ich stählte mich innerlich für eine Diskussion mit ihr, was aber gar nicht nötig war, wie sich dann herausstellte.

»Also gut, aber um acht muss sie zu Hause sein«, sagte Mom. Sie nahm ihren Kaffeebecher und ging ohne ein weiteres Wort aus der Küche. Ich wusste, dass sie nicht böse auf mich war, und trotzdem kam ich nicht gegen die Schuldgefühle an, die sofort in mir hochbrodelten. Als hätte ich mich auf Dads Seite gestellt.

»Wohin?«, fragte Dad, während er mir zur Haustür folgte.

Ich sammelte meine Schuhe ein. »Unser übliches?«

»Gut, dann das *Las Barcas*!«

Das mexikanische Restaurant war in Huntington Beach drüben, aber es war unser Lieblingslokal gewesen, als Dad noch hier gelebt hatte.

»Wie war dein Geburtstag?«, fragte Dad.

»Gut.« Es war einer meiner besseren Geburtstage gewesen, jedenfalls bis zu dem Streit mit Rin. »Danke für den Geburtstagsscheck«, sagte ich, während Dad seinen Mietwagen auf die 405 lenkte. Natürlich landeten wir sofort im Stau.

»Ich hoffe, du hast dir was Schönes dafür gekauft.« Dads Wagen bewegte sich im Schritttempo vorwärts.

Ich schüttelte den Kopf. Die zweihundert Dollar waren direkt auf mein Bankkonto gegangen.

Dad schaute mich stirnrunzelnd an. »Nein? Jenna, das ist ein Geschenk. Gib es aus.«

Ein Geschenk mit Hintergedanken. Mom hatte unwillig geschnaubt, als sie den Scheck gesehen hatte. »Er will nur deine Liebe kaufen«, hatte sie gesagt, was ich absurd fand. Ich liebte ihn doch sowieso, warum sollte er meine Liebe dann kaufen? Jetzt verstand ich es besser. Er wollte mich damit auf seine Seite bringen. Aber mal ehrlich, warum sollte ich mich für ihn entscheiden, wenn er sich nicht für mich entschieden hatte?

»Ich habe das Geld auf mein Sparbuch eingezahlt«, sagte ich.

Dad drückte auf die Hupe, als jemand sich in unsere Spur zu drängen versuchte. Der Wagen schwenkte zurück, nachdem er uns nur knapp verfehlt hatte. »Sparst du auf was Großes? Ein Auto? Wir können darüber reden, ob du eins bekommst, wenn du sechzehn wirst.«

»Ein Auto?« Ich unterdrückte ein verächtliches Schnauben. »Ähm, nein. Ich spare für das College!«

Dad wechselte die Spur. »Warum? Hat deine Mom dir nicht gesagt, dass ich das College bezahle?«

»Moment mal. Was?«

Wir nahmen die Abfahrt, um dem Stau zu entkommen.

»Nicht jetzt, Liebes. Lass uns später beim Abendessen darüber sprechen.«

Ich wippte nervös mit einem Bein, als Dad auf den vollen Parkplatz des *Las Barcas* einbog und einen Platz direkt beim Eingang fand. Wir sprangen aus dem Wagen, betraten das kleine Restaurant und stellten uns an. Ich studierte die Gerichte auf der Menütafel, obwohl ich nie was anderes nahm als die Fischtacos.

Dad gab unsere Bestellungen auf, und ich schnappte mir das Papiertablett mit den Tortilla Chips und hielt nach einem Tisch Ausschau, während Dad die grüne Salsa, unseren Lieblingsdip, in kleine Plastiktassen schöpfte. Sobald wir uns gesetzt hatten, nahmen wir den Gesprächsfaden dort wieder auf, wo wir unterbrochen worden waren.

»Dad? College?«

Er tunkte einen Chip in die Salsa und steckte ihn in den Mund. »Mhmmm. Ich habe diesen Ort vermisst.« Er warf mir ein verschmitztes Lächeln zu. »Und dich auch. Ich hab dich so vermisst, Liebes.«

»Ich dich auch, Dad. Aber lenk jetzt nicht ab.«

»Immer noch die knallharte Reporterin, die sich nicht mit Ausreden abspeisen lässt.« Er seufzte. »Dir möchte ich nicht in die Quere kommen, wenn du eine wichtige Spur verfolgst.«

»Dad!«, protestierte ich genervt. Eltern waren manchmal unmöglich.

»Ich hab deiner Mom bereits gesagt, dass ich das College bezahle.«

»Aber Mom jammert die ganze Zeit, dass sie sich das nicht leisten kann. Sie sagt, ich brauche Stipendien und Kredite, weil du nicht für die Collegegebühren aufkommen wirst. Das steht nicht in eurem Scheidungsvertrag, behauptet sie.«

Dad verengte die Augen. Er sah plötzlich so wütend aus, wie ich ihn noch nie erlebt hatte. »Das hat deine Mom dir gesagt? Warum spricht sie mit dir über unseren Scheidungsvertrag?«

»Hat sie ja gar nicht! Ich hab nur gehört, wie sie mit Tante Kelly telefoniert hat.«

Dads Gesicht entspannte sich, und ich atmete auf. Trotzdem schloss er einen langen Moment die Augen, bis er sich wieder gefangen hatte. Dann sagte er: »Sie hat recht, Jenna. Es steht nicht in den Vereinbarungen, aber ich werde das College bezahlen, das verspreche ich dir. Dazu braucht es kein Schriftstück, das meine väterlichen Pflichten dir gegenüber festlegt. Du kannst dich natürlich um ein Stipendium bemühen, wenn du willst – du bist wahrhaftig intelligent genug dafür –, aber du musst dir wegen deiner Ausbildung keine Sorgen machen.«

»Das versteh ich nicht.« Warum machte Mom so ein Theater deswegen? »Vielleicht hat sie nicht gehört, was du gesagt hast, oder so?«

»Natürlich hat sie das gehört. Aber so ist deine Mom

nun mal. Ihr verdammter Stolz.« Dad runzelte die Stirn. »Sie will kein Geld von mir. Sie denkt, wenn ich etwas für sie bezahle, macht sie sich abhängig von mir. Und dass ich dann auf sie herabsehe. Das war ein ewiger Streitpunkt zwischen uns. Aber es hat nichts mit dir zu tun. Vertrau mir, Jenna. Deine Collegekosten sind bereits abgedeckt.«

Im selben Moment wurde unsere Nummer über den Lautsprecher ausgerufen, und Dad stand auf, um unser Essen abzuholen. Widersprüchliche Gefühle schossen in mir hoch, bis mir ganz schwindlig wurde. Mom wollte nicht, dass Dad für meine Collegekosten aufkam. Ich sollte Stipendien ergattern und Schulden machen, nur um Dad etwas zu beweisen. Okay, es war ihre Sache, wenn sie kein Geld von ihm wollte, aber warum durfte ich nichts nehmen? Ich war schließlich seine Tochter. Und – was noch schlimmer war – warum wollte sie mir einreden, dass Dad mich nicht nur verlassen hatte, sondern sich auch noch weigerte, mein Studium zu bezahlen?

»Okay, Jenna, mach nicht so ein finsteres Gesicht«, sagte Dad, als er mit unserem Tablett zurückkam. »Tacotime!«

Ich lächelte. Er hatte recht. Warum sollte ich uns den Abend verderben und meine kostbare Zeit mit ihm mit meiner Wut auf Mom vergeuden?

Während des Essens fragte Dad mich nach der Schule.

Ich erzählte ihm fast alles, nur die Sache mit dem Stipendium verschwieg ich. Er fand es zwar in Ordnung, wenn ich mich um ein Stipendium bemühte, aber wahrscheinlich würde er mich doch nur wieder daran erinnern, dass die Collegekosten bereits eingeplant waren, egal, ob ich es schaffte oder nicht. Aber mir ging es nicht nur um das Preisgeld. Mom hatte recht: Unabhängigkeit war etwas Gutes. Und ich fand den Gedanken verlockend, einen Teil der Kosten selbst aufzubringen. Natürlich wollte ich auch beweisen, dass ich die Voraussetzungen dafür besaß, eine gute Reporterin zu werden. Und dass ich vielleicht – nur vielleicht – sogar besser war als Elliot.

Nach dem Essen gingen wir zum Auto zurück. »Wir haben noch ein bisschen Zeit«, sagte Dad. »Wollen wir ein bisschen am Strand spazieren gehen?«

»Ja, klar.«

Dad fuhr das kurze Stück zum Ufer-Parkplatz, aber als ich aussteigen wollte, hielt er mich zurück. Er griff nach hinten auf den Rücksitz und reichte mir eine braune Papiertüte.

»Was ist das?«, fragte ich.

»Ich bin noch nicht dazugekommen, dir die Geschenke zu schicken, die ich aus Japan mitgebracht habe.«

Ich öffnete die Tüte und zog zwei elegant verpackte Schachteln heraus. In Japan wird jeder Einkauf als Geschenk verpackt, hatte ich mal gehört. Ich öffnete das flache Päckchen, das drei Reporter-Notizblöcke mit schwarzem Ledereinband enthielt. Mein Herz machte einen Freudensprung.

»Oh, Dad! Die sind toll!«

»Ich wusste, dass sie dir gefallen würden. Und jetzt mach das andere auf.« Er zeigte auf das lange, schmale Päckchen.

Ich riss das Papier ab und klappte den Deckel des Kästchens auf. Ein edler schwarz-goldener Füller kam darin zum Vorschein. Ich zog ihn heraus und hielt ihn ehrfürchtig in der Hand.

»Ich habe ihn gravieren lassen«, sagte Dad.

Ich schaute genauer hin und entdeckte den Namen Sakai in japanischer Schrift darauf. »Dad, das muss ja ein Vermögen gekostet haben!«

Er schüttelte den Kopf. »Ach was. Aber es ist ein schöner Füllhalter, also verliere oder verschenke ihn nicht.«

»Ha!« Als hätte ich je was verloren! Und ich würde auch nie etwas weggeben, das Dad mir geschenkt hatte. Ich hatte immer noch den Plüschteddy von ihm und sein *Hamilton*-T-Shirt, von dem er nichts wusste. »Danke, Dad«, sagte ich. Mein Herz krampfte sich so heftig zusammen, dass ich es in der Kehle spürte. »Das ist so ein schönes Geschenk. Einfach perfekt.«

Er lächelte. »Freut mich, dass dir die Sachen gefallen. Also, dann lass uns noch ein bisschen spazieren gehen, bevor ich dich nach Hause zurückbringen muss.«

Und von einem Moment zum anderen wurde das

Glücksgefühl, das mich erfüllt hatte, von tiefer Traurigkeit weggeschwemmt.

Wenn es doch nur auch noch Dads Zuhause gewesen wäre!

26

Es kostete mich einige Mühe, aber bis Donnerstag hatte ich Rins neuen Abholplatz ausgekundschaftet.

Ich hatte ein paar Leute gefragt, die im Musikraum Mittagspause machten, und dabei erfahren, dass Rin einen Chauffeur hatte. Na klar, so reich, wie er war. Und wenn seine Eltern solche Angst um seine Sicherheit hatten, dass sie ihn abholen ließen, durfte der Fahrer vermutlich auch nicht allzu weit von der Schule entfernt auf ihn warten. Ich hatte jede einzelne Stelle, die dafür infrage kam, ausspioniert, aber ohne Erfolg. Schließlich gab es nur noch einen Ort, an dem ich nachsehen konnte: der Parkplatz vor einem Burger-Imbiss gegenüber der Schule.

Und meine logischen Schlussfolgerungen zahlten sich tatsächlich aus: Der silberne Lexus wartete dort. Aber diesmal hatte ich meine Chance nicht verpasst. Ich schaute zu, wie Rin die Straße überquerte, auf den Wagen zuging und sofort einstieg.

Macht nichts, dachte ich mit einem zufriedenen Lächeln. Das Warten ist vorbei. Morgen werde ich endlich mit ihm reden.

Am nächsten Tag öffnete der Himmel seine Schleusen, als die Schule aus war. Und hier regnete es fast nie! Das

Wetter war normalerweise einfach kein Thema für mich, aber zum Glück hatte ich noch eine Regenjacke in meinem Schließfach. Ich schlang sie um Rins Skizzenbuch und lief über den Campus, wobei ich mich, soweit es möglich war, auf den überdachten Wegen hielt, bis ich den Baseballplatz erreichte. Kurz entschlossen drückte ich das eingewickelte Skizzenbuch an meine Brust und rannte los. Meine Kuriertasche und ich wurden klatschnass.

Als ich endlich zum Burger-Parkplatz kam, quietschten meine Schuhe vor Nässe, und der Regen tropfte mir aus den Haaren, als käme ich gerade aus der Dusche. Ich entdeckte Rins Wagen sofort – nur gut, dass ich ihm zuvorgekommen und nicht umsonst so nass geworden war.

Ich ging zur Fahrerseite, wo ein Mann mit kurzem blondem Haar saß, ein Buch auf das Lenkrad gestützt. Als ich ans Fenster klopfte, fuhr er so heftig zusammen, dass ihm das Buch fast herunterfiel. Er sah aus wie ein College-Student. Mit einem verlegenen Lächeln ließ er die Fensterscheibe einen Spaltbreit heruntergleiten.

»Hey«, sagte er. »Alles okay?«

»Hi. Ich bin Jenna Sakai. Ich habe etwas, das ich Rin zurückgeben muss.«

Er nickte. »Ja, genau, ich erinnere mich an dich.«

Obwohl ich komplett vom Regen durchnässt war, brannten mir die Ohren. Er konnte mich nur ein einziges Mal gesehen haben – damals, als ich Rin das Skizzenbuch zurückgeben wollte und er mich einfach stehen gelassen hatte.

»Ich bin Tate.« Der Fahrer ließ die Türen aufklicken. »Steig ein, dann kannst du wenigstens im Trockenen auf Rin warten. Er müsste jeden Moment hier sein.«

»Danke.« Mom wäre vermutlich ausgerastet, wenn sie gewusst hätte, dass ich einfach zu einem fremden Mann ins Auto stieg, aber Rins Eltern vertrauten diesem Tate ihren einzigen Sohn an, also musste er auch zuverlässig sein. Ich behielt trotzdem meine Hand auf dem Türgriff und war erleichtert, als Tate die Türen nicht wieder zuklicken ließ.

»Sie sind also Rins Chauffeur?«, fragte ich.

Tate lächelte. »Das hört sich so großartig an. Ich fahre ihn einfach nach der Schule zu seinen Terminen, weil seine Eltern keine Zeit haben. Ist ein super Job, mit dem ich einen Teil meiner Collegekosten finanzieren kann.«

Plötzlich ging die Tür hinten auf, und Rins schwerer, nasser Rucksack knallte mir gegen die Schulter. Dann folgte Rin, und als er mich sah, fiel ihm die Kinnlade herunter. Wütend funkelte er mich an: »Was machst du hier?«

»Ich muss mit dir reden«, sagte ich.

»Aber ich nicht mit dir. Verschwinde sofort aus meinem Auto.«

»Aber es gießt in Strömen!«

»Na und? Was kann ich dafür?« Rin fasste meine tropfnasse Gestalt ins Auge. Er trug eine coole Regenjacke mit einer übergroßen Kapuze, die nicht nur seine Haare, sondern auch seine Brille trocken hielt. »Und dass du keine Regensachen dabeihast, ist auch nicht meine Schuld.«

»Ich habe doch eine Regenjacke!«

»Dann zieh sie gefälligst an!«, fauchte Rin.

Ich hob mein Päckchen hoch. »Da ist dein Skizzenbuch drin.«

Rin starrte mich an.

Tate blieb ganz still auf seinem Fahrersitz, weder startete er den Wagen, noch las er in seinem Buch. Ich konnte im Rückspiegel sehen, wie seine Augen unablässig zwischen mir und Rin hin- und herwanderten. Er wirkte aber nicht entsetzt. Eher belustigt.

»Was? Du bist so nass geworden, weil du mein Skizzenbuch trocken halten wolltest?«, fragte Rin ungläubig. »Ich hab dir doch gesagt, dass ich es nicht will, erst recht nicht, wenn du mich damit erpresst.«

»Tu ich doch gar nicht! Und ich steige nicht aus.«

»Na gut.« Rin packte seinen Rucksack. »Dann gehe *ich*.«

»Nein!« Endlich machte Tate den Mund auf. »Das darf ich nicht zulassen, Rin, das weißt du doch. Komm schon, Alter, mach mir jetzt nicht das Leben schwer.«

»Rin«, sagte ich. Sein Name fühlte sich merkwürdig auf meiner Zunge an. »Bitte. Können wir ins Diner gehen?«

»Also gut.« Rin schnallte sich an, und ich folgte seinem Beispiel.

Tate startete den Wagen, dann fuhr er aus dem Parkplatz.

»Tut mir leid, dass ich den Sitz nass gemacht habe«, sagte ich leise.

Rin schnaubte unwillig, griff nach hinten und warf mir ein Handtuch zu. »Es ist sauber.«

Ich wischte mir das Gesicht ab. Das Handtuch roch nach Trocknertüchern. Dann wrang ich mein Haar aus und tupfte meine Kleider ab, aber es half nichts. Alles war komplett durchnässt. Ich zog mein Sweat-Shirt aus, mein T-Shirt darunter war wenigstens nur leicht feucht. Rin knurrte etwas Unverständliches und griff wieder nach hinten. Diesmal warf er mir eine Jacke zu. Ich zog sie dankbar an. Sie war weich, flauschig, minzgrün und überhaupt nicht Rins Stil.

»Die gehört meiner Schwester«, sagte er.

Als wir ein paar Minuten später vor dem Diner hielten, war aus dem Regenguss ein dunstiges Nieseln geworden.

Rin schnallte sich ab, packte seinen Rucksack und riss die Tür auf. Ich stürzte hinter ihm her zum Diner. Ich hätte ihm das Skizzenbuch natürlich auch im Auto zurückgeben können, aber ich musste ja noch meine Entschuldigung anbringen. Ich musste ihm sagen, dass es mir leidtat, was schon schlimm genug war. Aber was sollte ich machen, wenn er meine Entschuldigung nicht akzeptierte? Egal, da war ich, zurück im Diner, und fühlte mich leichter als in den ganzen letzten Tagen.

27

»Jenna! Rin!«, rief Leigh erfreut und kam zu uns herüber. »Willkommen zurück, ihr beiden!«

Rin lächelte, als wir uns auf unsere üblichen Plätze fallen ließen.

»Ich hab mir Sorgen gemacht«, sagte Leigh zu Rin. »Alles okay?«

»Ja, klar. War nur beschäftigt.«

»Diese Nische war nicht dasselbe ohne euch. Rin, *Hamilton*-Shake für dich und für Jenna den Waitress-Shake?«

»Klingt gut«, sagte ich. »Danke.«

Dann warteten wir schweigend, bis Leigh mit unseren Shakes zurückkam. Sie sang ein neues Lied, in dem es darum ging, dass einmal Probieren ausreicht, um herauszufinden, ob etwas gut ist oder nicht.

Rin klatschte Beifall und ich dann auch.

»Das geht aufs Haus!«, sagte Leigh mit einer Verbeugung. »Willkommen zurück!«

Wir schlürften unsere Shakes, und das Schweigen zwischen uns dehnte sich immer weiter aus.

»Warum darf Leigh dir einen Shake spendieren und ich nicht?«, fragte Rin plötzlich.

Das ging ihn nichts an. Aber ich war hier, um mich zu

entschuldigen, und wenn ich ihn jetzt anpampte, war das bestimmt kein guter Anfang. »Weil sie mir nichts beweisen will. Sie ist einfach nur großzügig.«

Rin zog die Augenbrauen hoch. »Was soll das denn heißen? Was will ich dir beweisen, wenn ich dich einlade?«

»Dass du reich bist! Und dass dieser Platz hier in Wahrheit dir gehört!« Ups. Das war mir einfach so herausgerutscht, ehe ich mich bremsen konnte.

»Wow, Sakai. Du hast echt Probleme.«

Wir verstummten beide wieder. Was hatte Rin nur an sich, dass er mich so aus der Fassung bringen konnte? Es war zum Verrücktwerden. Schweigend tranken wir unsere Shakes.

Irgendwann hielt ich es nicht mehr aus. Ich schluckte den restlichen Shake samt meinem Stolz hinunter.

»Es tut mir leid«, sagte ich.

Rin lehnte sich zurück. »Was?«

»Dass ich deinen Skizzenblock behalten habe.«

Rin wischte sich seine Hände an der Serviette ab, einen Finger nach dem anderen. Dann zerknüllte er das Papier und warf es neben sein leeres Glas auf den Tisch. Je länger er mich zappeln ließ, desto gereizter wurde ich. Ich ballte die Fäuste unter dem Tisch und presste sie gegen meine Beine. Und ich kniff die Lippen zusammen, damit mir nichts herausrutschen konnte, was ich später bereuen würde.

»Ist das alles?«, fragte er.

»Wieso? Was denn noch?«

»*Das* war deine Entschuldigung? Dir tut es nur leid, dass du mein Buch behalten hast?«

»Ja. Ich meine, natürlich war es auch nicht okay, dass ich dich angeschnauzt habe.«

Rin sagte nichts, behielt aber seine Augen auf mir.

»Was?«, stieß ich hervor. Falls er dachte, dass ich noch mehr sagen würde, hatte er sich geirrt.

Er zuckte die Schultern, womit er mir vermutlich zeigen wollte, dass er meine Entschuldigung annahm. Ich wickelte sein Skizzenbuch aus und schob es ihm hinüber. Meine nasse Jacke ließ ich auf der Bank liegen.

Rin griff nicht nach seinem Buch, aber mir entging nicht, wie sein Blick auf dem Einband haftete.

»Ich hab dir gesagt, dass ich es nicht zurückwill.«

»Warum nicht? Die Zeichnungen sind wirklich gut.«

»Du hast es angeschaut?« Seine Stimme ging in die Höhe, aber es klang eher überrascht als wütend.

»Du hast gesagt, dass du es nicht willst.«

»Das bedeutet noch lange nicht, dass es dir gehört.«

»Was sollte ich denn deiner Meinung nach damit machen? Wegwerfen?«

Er zuckte wieder die Schultern.

»Rin.«

Er fuhr zusammen, und ich wurde rot. Irgendwie fühlte es sich zu vertraulich an, seinen Namen zu sagen. Ich räusperte mich und versuchte es noch einmal. Wenn ich seinen Namen öfter aussprach, gewöhnte ich mich vielleicht daran.

»Rin, du zeichnest wirklich gut.«

»Danke«, sagte er und griff endlich nach seinem Skizzenbuch. Er blätterte die Seiten von hinten durch. Die Finger an seiner linken Hand zuckten leicht, als ob er darauf brannte, endlich wieder seinen Stift in die Hand nehmen und zeichnen zu können.

Bei den Zeichnungen, die er von mir im Diner gemacht hatte, hielt er inne. Sein Blick schnellte zu mir hoch, und er sah irgendwie verlegen aus. Aber er blätterte weiter, bis er auf die Familienszene stieß.

Ich schlüpfte neben ihn, damit wir das Bild zusammen ansehen konnten. Unsere Arme berührten sich, und ich wich leicht zurück, obwohl die Berührung etwas Warmes, Tröstliches hatte. »Das hier mag ich am liebsten«, sagte ich schnell. »Du hast Glück.«

»Glück?«

»Ja, weil du deine ganze Familie beim Abendessen um dich hast.«

Rin starrte mich so lange an, dass ich mich innerlich krümmte. Ich hatte mit diesen paar Worten mehr verraten, als ich wollte. Und ich hätte mich am liebsten dafür geohrfeigt. Es war Zeit, den Spieß umzudrehen, und ihm endlich auch ein paar Informationen zu entlocken.

»Kommt deine Schwester oft zu Besuch nach Hause? Und hilft sie im Familiengeschäft mit? Oder du?«

Rin schaute mich böse an und knallte das Buch zu. Das war deutlich, und ich huschte schnell auf meinen Platz zurück. Wieder senkte sich Schweigen über uns. Nicht, dass wir davor die ganze Zeit geredet hätten, aber dieses Schweigen war anders. Es war voll unausgesprochener Dinge und lastete schwer auf mir, dunkel und bleiern. So sehr, dass ich kaum noch atmen konnte.

Klar, ich hatte vorgehabt, ihm Fragen zu stellen, aber doch nicht ausgerechnet in diesem Moment. Und nicht so. Ich versuchte es mit etwas Unverfänglicherem. »Was zeichnest du sonst noch gern?«

»Ich mache einen Deal mit dir«, sagte Rin. Seine Stimme war kälter als sonst.

»Ach ja?«

»Wir teilen uns diese Nische wie bisher. Aber keine Gespräche über persönliche Angelegenheiten mehr. Kein Ausspionieren, kein Essenteilen, keine Fragen. Okay?«

Ich blinzelte. Das wäre für mich die ideale Abmachung gewesen, als er mir anfangs meine geliebte Nische streitig gemacht hatte. Keine Privatheiten, keine Gespräche. Aber jetzt? Jetzt hatte ich Fragen an ihn.

Rins Hände waren immer noch leer und reglos, als warteten sie auf eine Antwort. Ohne Zeichenstift sahen sie irgendwie merkwürdig aus. Ich wusste, wenn ich seinen Deal nicht akzeptierte, war es aus. Dann würde er sich hier nie wieder blicken lassen.

Und ich würde … was auch immer … vermissen.

In diesem Moment begriff ich, dass ich gar nicht hier war, um Informationen für meinen Artikel aus ihm herauszulocken. Ich meine, ja, natürlich hoffte ich immer noch, dass er mir die Fakten liefern würde, die ich brauchte. Aber im Grunde genommen wollte ich einfach nur mit Rin zusammen in dieser Nische sitzen.

Ich nahm den harten Ausdruck in seinem Gesicht in mich auf, das fehlende Licht in seinen Augen. Er würde weiter hierherkommen, wollte aber nicht mehr mit mir befreundet sein. Gut. Damit konnte ich leben, solange ich ihn sehen durfte.

Ich nickte und sagte: »Okay.«

28

Der Montag im Diner war ziemlich unangenehm gewesen, aber wir gewöhnten uns schnell an die neue Routine – vertrautes Schweigen und hin und wieder ein paar eingestreute Bemerkungen, aber nie etwas Persönliches. Bis Freitag hatte ich mich damit abgefunden, dass ich wahrscheinlich nie mehr ausführlich genug mit Rin sprechen konnte, um ihm die Informationen zu entlocken, die ich für meinen Artikel brauchte. Zumindest nicht rechtzeitig bis zum Ablieferungstermin in zwei Wochen. Und wozu sollte ich einen mittelmäßigen Beitrag, für den ich überhaupt nicht brannte, für das Stipendium einreichen? Das lohnte die Mühe nicht. Der bloße Gedanke, dass Elliot gewinnen und dann über mich triumphieren würde, machte mich ganz krank.

Aber wenigstens konnte ich ihm den Posten des Chefredakteurs bei der Online-Zeitung nächstes Jahr wegschnappen. Und wenn Ms Fontes sich gegen einen Chefredakteur entschied, wollte ich wenigstens Nachrichten- oder Kulturredakteurin werden. Ich musste etwas einreichen, womit ich zeigen konnte, dass ich für diese Aufgaben geeignet war. Wahrscheinlich wäre es gar nicht mal so schlecht, einen Artikel über die Spende zu schreiben, in dem ich hervorhob, wie viel Gutes die Stiftung für die Schule getan hatte. Nur würde ich keinen Wettbewerb damit gewinnen. Diese ganze Situation war unerträglich.

Ich schaute Rin beim Zeichnen zu. Wenigstens hatte er diesmal die Bücherwand nicht aufgebaut. Seine langen, schmalen Finger umklammerten den Stift, den er mit sicheren Strichen über die Seite führte. Er zeichnete eine neue Manga-Figur, und seine Brille rutschte ihm alle paar Minuten auf die Nasenspitze herunter. Ich wartete. Wie immer schob er die Brille mit dem Rücken seiner Zeichenhand bis zur Nasenwurzel zurück. Er schmierte sich nie Tinte ins Gesicht, auch wenn er manchmal nahe dran war. Ich schaute zu, wie ihm die Haare in die Stirn fielen. Sie waren in der letzten Zeit ziemlich lang geworden. Oder vielleicht nahm er nicht mehr so viel Haargel.

Plötzlich läutete mein Handy. Rin und ich zuckten beide zusammen. Ich nahm es hoch und lächelte, als ich sah, wer der Anrufer war.

»Dad! Hey, was gibt's?« Ich lehnte mich auf meiner Bank zurück.

»Hey, Kleine. Wo bist du gerade?«

»In dem Diner. Hab dir davon erzählt. Warum?«

»Das ist in South Beach, oder? Bin schon unterwegs.«

»Warte!« Ich schoss hoch. »Du bist hier? In Pacific Vista?«

»Ja. Bleib, wo du bist.«

Ich schaute zu Rin, der aufgehört hatte zu zeichnen und offensichtlich mithörte, was ich sagte.

»Dad, warte mal. Ich kann dich woanders treffen. In der Schule oder auch bei mir zu Hause.«

»Nein, bin schon fast da. Bis gleich!«

Ich beendete den Anruf und packte meine Sachen zusammen.

»Dein Dad will dich hier abholen?«

Ich warf mein Notizbuch in meine Kuriertasche. An diesem Nachmittag hatte ich ziemlich viel herumgemalt.

»Lebt dein Dad nicht bei euch?«, fragte Rin.

»Wie kommst du denn darauf?« Ich raffte meine Stifte zusammen und stopfte sie in mein Federmäppchen, aber einer davon kullerte unter den Tisch. Ich bückte mich und stieß dabei mit dem Kopf gegen die Tischkante.

»Hast du dir wehgetan?«, fragte Rin. Als ich den Kopf schüttelte, fügte er hinzu: »Du hast ihn gefragt, ob er in Pacific Vista sei. Und dann hast du gesagt, dass ihr euch *bei dir zu Hause* treffen könntet, und nicht einfach *zu Hause*.«

Mist. Rin hätte vielleicht ein noch besserer Reporter werden können als ich. »Ich dachte, wir haben eine Abmachung«, sagte ich, während ich von meinem Platz hochschoss und Geld für meine Bestellung auf dem Tisch hinterließ. »Keine persönlichen Fragen.«

Rin warf ebenfalls Geld auf den Tisch und packte seine Sachen zusammen.

»Warum läufst du mir hinterher?«, fragte ich, während ich Leigh zum Abschied zuwinkte.

»Tu ich doch gar nicht. Ich geh einfach.«

»Also gut. Schönes Wochenende.« Ich setzte mich auf die Vinylbank an der Tür, erleichtert, dass Rin als Erster weggehen würde.

Aber nein. Er setzte sich neben mich. »Was soll das?«

Er grinste. »Ich sitze hier.«

Ich hätte ihn erwürgen können. »Warum?«

»Ich dachte, das ist eine persönliche Frage.«

»Ich will nicht, dass du meinen Dad kennenlernst.«

»Wer sagt, dass ich ihn kennenlernen will? Außerdem kennst du auch Tate. Du bist sogar mit Gewalt in meinen Wagen eingedrungen.« Rins Stimme hatte einen belustigten Unterton, den ich noch nie von ihm gehört hatte. Ich konnte nicht sagen, ob mir das gefiel. Eher nicht.

»Tate ist nicht dein Dad«, sagte ich.

Rin zuckte die Schultern. »Ich sehe ihn öfter als meine Eltern, also ist das kein Argument.«

»Ach ja?« Ich drehte mich zu ihm um. »Und warum ist das so?«

Rins Gesicht verschloss sich.

»Siehst du? Du redest auch nicht gern über deine Familie.«

»Ich habe dich nicht gebeten, über deine Familie zu reden.« Rin lehnte sich zurück und streckte seine Beine aus, als hätte er es nicht eilig, wieder aufzustehen.

Also gut! Ich sprang auf und verließ das Diner. Ich konnte auch draußen warten. Als Rin hinter mir herauskam, startete Tate, der auf der anderen Straßenseite gewartet hatte, den Lexus, legte eine ziemlich verkehrswidrige Wende hin und hielt direkt vor uns an.

»Man sieht sich«, sagte ich.

Rin ging zu seinem Wagen hinüber. Ich entspannte mich. Bis Dad hier auftauchen würde, war er längst weg. Aber von wegen. Rin warf seinen Rucksack auf den Rücksitz, sagte etwas zu Tate, der zustimmend nickte, dann kam er wieder zu mir und stellte sich neben mich.

Ich ignorierte ihn. Je mehr ich mich ärgerte, desto größer die Genugtuung für ihn.

Ein paar Minuten später fuhr Dad zu meiner Überraschung in einem Wagen vor, der haargenau wie sein blauer BMW aussah. Nur musste es ein anderer sein, weil seiner bei ihm zu Hause in Texas stand.

»Coole Reifen«, sagte Rin.

»Ach, lass das. Ist nur ein Mietwagen.«

Aber als Dad direkt vor uns parkte, sah ich, dass es tatsächlich sein eigener Wagen war. Ich erkannte ihn an der Delle auf der Beifahrerseite, die ich hinterlassen hatte, als ich versehentlich mit einem Einkaufswagen dagegengestoßen war. Dad war zuerst stocksauer gewesen, aber dann hatte er gesagt, dass ja nichts weiter passiert sei, und Schwamm drüber. Aber so einfach war es nicht, das Ganze zu vergessen, denn auf dem Heimweg warf Mom ihm vor, dass ihm mehr an seinem Auto liege als an mir, und dann brüllten sie sich die ganze Fahrt über an. Irgendwann wurde mir klar, dass der Streit nichts mit mir oder der Delle zu tun hatte, aber ich fühlte mich trotzdem schuldig.

Dad hatte noch kaum den Motor abgestellt, als ich schon nach der Beifahrertür griff. Aber Rin war schneller und riss sie für mich auf, dann beugte er sich in den Wagen und schaute meinen Dad an.

»Hi«, sagte er. »Ich bin Rin.«

Dad lächelte. »Hallo, Rin. Ist mir immer ein Vergnügen, Jennas Freunde kennenzulernen.«

Rin und mein Freund? Lächerlich. Freunde reden miteinander. Über sich und alles, was in ihrem Leben passiert. Freunde kennen einander.

»Sollen wir dich mitnehmen?«, fragte Dad.

»Nein, nicht nötig«, sagte ich schnell und schubste Rin beiseite, um ins Auto einzusteigen. »Tschüss dann.« Ich riss ihm die Tür aus der Hand und zog sie zu. Rin hob grüßend die Hand, bevor er zu seinem Lexus hinüberschlenderte.

»Das war aber nicht nett von dir, Jenna«, sagte Dad stirnrunzelnd.

»Lass uns einfach losfahren.«

Dad sah mich mit hochgezogenen Augenbrauen an, dann fuhr er auf die Straße hinaus. Ich schaute ein paarmal zurück, um zu sehen, ob Rin uns folgte. Aber mal ehrlich. Das hier war kein Spionagefilm, sondern das wahre Leben. *Mein* Leben. Ich entspannte mich, als der Lexus an der ersten Kreuzung rechts abbog.

Ich drehte mich zu Dad um. »Das ist dein Wagen.«

Er lächelte. »Ja, stimmt.«

»Warum hast du ihn hier?«

Er lachte. Ein richtiges, volles Dad-Lachen.

»Dad!«

»Okay, okay, ich erzähle es dir, aber gib mir fünf Minuten.«

Gut. Ich würde mitspielen und abwarten, was er mir zu sagen hatte.

29

Zehn Minuten später fuhren wir zu einem luxuriös aussehenden Apartmentgebäude, das auf halbem Weg zwischen Strand und Schule lag. Dad drückte auf eine Taste an seiner Fernbedienung, und das Metalltor einer Tiefgarage rumpelte auf.

»Wo sind wir hier?«, fragte ich misstrauisch.

Er fuhr auf einen Parkplatz mit der Nummer B-345 und stieg aus dem Wagen. Ich folgte ihm durch die Garage zu einem Aufzug. Mein Herz klopfte, als ich in Gedanken die Puzzleteile zusammenfügte.

Wir fuhren ins oberste Stockwerk, das einen Laubengang zur Straße hatte. Die Sonne brannte auf meinen Nacken, und mir lief der Schweiß über den Rücken, als Dad einen Schlüsselbund herausnahm und die Tür zu B-345 aufschloss.

»Willkommen zu Hause, Liebes.«

Ich betrat den Flur und schaute mich um. Das Wohnzimmer war von natürlichem Tageslicht durchflutet, das durch ein großes Panoramafenster fiel und sich in den weißen Keramikfliesen spiegelte. In der Ferne konnte ich einen Streifen Meer sehen. Das schwache Summen einer Klimaanlage verschmolz mit den Verkehrsgeräuschen unten.

Dad schlüpfte aus seinen Schuhen, und ich folgte seinem Beispiel. Dann nahm er meinen Arm und zog mich ins Wohnzimmer. Die Couch und der Lesesessel waren aus dunkelbraunem Leder, daneben ein niedriger Glastisch und eine schmiedeeiserne Stehlampe. Im Gegensatz zu seinem Apartment in Texas, das mit hässlichen Mietmöbeln vollgestopft war, sah dieser Raum viel mehr nach meinem Dad aus.

»Wieso zu Hause?«, fragte ich.

»Ich bin wieder hierhergezogen.«

Ich blinzelte, schaute mich erneut in der Wohnung um. »Warum hast du mir das nicht gesagt? Was ist mit deinem Job in Texas? Wann bist du zurückgekommen? Wie lange bist du schon hier?« Ziemlich lange vermutlich, wenn er die Zeit gehabt hatte, eine Wohnung zu finden und zu möblieren.

Dads Lächeln verblasste um ein paar Watt. »Ich wollte dich überraschen. Ist das denn keine schöne Überraschung?«

»Doch, natürlich. Es ist toll. Überrascht bin ich definitiv.« Ich holte Luft. »Weiß Mom das?«

»Ja.«

Ich ließ meine Hand über das butterweiche Leder der Couch gleiten. »Und wie lange wirst du bleiben?«

»Ich habe nicht die Absicht, wieder wegzugehen. Ich habe diese Wohnung gekauft.« Dad setzte sich auf die Couch und klopfte auf den Platz neben ihm. »Ich habe sie vor ein paar Monaten besichtigt, und sobald ich sicher wusste, dass ich zurückziehen würde, habe ich sie gekauft. Das ging alles sehr schnell.«

»Hab ich das jetzt richtig verstanden? Du hast dich hier nach einer Wohnung umgesehen, ohne mir was davon zu sagen?«

»Es war doch alles noch nicht sicher, Jenna.« Dad fuhr sich mit der Hand durch sein grau meliertes Haar. »Ich habe einen Fehler gemacht.«

Das waren Worte, die ich im Traum nicht von meinem Dad erwartet hätte, geschweige denn von Mom.

»Ich dachte, du bist glücklich mit deinem Job in Texas. Du hast gesagt, es sei eine Beförderung, mehr Geld und ein neues Abenteuer.«

Ich erinnerte mich gut daran, dass ich genau diese Worte von ihm gehört hatte, kurz bevor Mom und Dad sich getrennt hatten. Mom, die in ihrer Buchhaltungsfirma ebenfalls befördert worden war, wollte nicht umziehen. Am Ende blieb sie in der Wohnung, Dad zog aus, und ich wurde überhaupt nicht gefragt.

Dad lehnte sich zurück. »Der Job war nicht annähernd so interessant, wie ich gehofft hatte, und es war auch kein Abenteuer, zumal ich allein war. Ich habe dich vermisst, Liebes.«

Ich nickte nur, weil ich meiner Stimme nicht traute, und meine Nase fühlte sich schniefig an.

»Jedenfalls habe ich mich seit Thanksgiving wieder

nach etwas in dieser Gegend umgesehen. Im Januar habe ich ein Jobangebot bekommen und auch sofort zugesagt. Letzte Woche war ich hier, um den Kaufvertrag für die Wohnung abzuschließen. Der neue Job hat diese Woche angefangen.«

Was? Dad spielte schon seit Thanksgiving mit dem Gedanken, wieder nach Pacific Vista zurückzuziehen? Ich war die ganzen Weihnachtsferien über mit ihm zusammen gewesen, und er hatte mir kein Wort davon gesagt! Und er war letztes Wochenende umgezogen? Dad wohnte seit einer ganzen Woche hier und hatte mir nichts gesagt! Ich presste meine geballten Fäuste gegen die Schenkel. Ich hatte immer noch nicht mit Mom darüber gesprochen, dass Dad mir das College bezahlen wollte. Ich war also auch nicht besser – wir machten aus allem ein Geheimnis. Warum? Warum redeten wir nicht über die Dinge, die wirklich zählten?

Als ich nichts sagte, räusperte sich Dad und stand auf. »Komm, ich zeige dir alles.«

Ich folgte ihm in eine Pantryküche mit einem kleinen Essplatz für zwei Personen. Von dort gingen wir durchs Wohnzimmer zurück in einen kurzen Flur. Meine Socken rutschten auf dem glatten Parkettboden aus. Rechts ging ein einigermaßen geräumiges Badezimmer ab. Und er hatte ein Kingsize-Bett und schlichte dunkelblaue Steppdecken für das Schlafzimmer am Ende des Flurs ausgesucht.

Dad schubste mich zu der anderen Tür im Flur weiter, wahrscheinlich sein Büro. Es war ein kleiner Raum mit nur einem Fenster, aber der besten Aussicht – derselbe schmale Streifen Ozean wie im Wohnzimmer. Und es war völlig leer.

»Das ist dein Zimmer, Jenna. Wir können zusammen Möbel und andere Sachen einkaufen gehen.«

»Was?« Ich drehte mich zu Dad um.

»Das ist dein Zimmer. Ich habe schon mit Mom geredet: Du kannst herkommen, so oft du magst. Wir können wieder eine Familie sein.«

Damit brach der Damm. »Eine Familie?«, sagte ich, und meine Stimme wurde schrill, als die Worte aus meinem Mund schossen. »Wie kannst du so was sagen? Ihr seid geschieden, du und Mom. Ich werde meine Zeit zwischen zwei Wohnungen aufteilen müssen. Was in aller Welt hat das mit Familie zu tun?«

»Jenna«, fing Dad an, aber ich schnitt ihm das Wort ab, bevor er mir irgendwelche lahmen Ausreden auftischen konnte.

»Nein! Jetzt rede ich!« Aufgeregt lief ich in dem leeren Zimmer herum. »Ihr habt immer alles entschieden, ohne mich auch nur zu fragen, was ich will oder was ich von euren Plänen halte. Und nicht nur das, ihr habt mir nie gesagt, was los war. Und jetzt macht ihr es schon wieder so! Ihr entscheidet etwas, das mich genauso betrifft wie euch beide, dann stellt ihr mich vor vollendete Tatsachen und erwartet auch noch, dass ich vor Freude an die Decke springe. Warum redet ihr nie mit mir über die wirklich wichtigen Dinge?«

Dad sah zerknirscht aus. Sein ganzer Körper sackte in sich zusammen, und er wirkte auf einmal viel älter als sonst. Aber ich war nicht in der Stimmung, mich zu bremsen. Schließlich bekam er immer alles, was er wollte und wann er es wollte! Mom hatte recht, dass Geld Macht bedeutete, und Geld hatte Dad mehr als genug. Nicht, dass sie mir das so direkt gesagt hätte, aber ich hatte gehört, wie sie am Telefon darüber gesprochen hatte. Und jetzt glaubte Dad, mit einem neuen Zimmer sei alles vergeben und vergessen, all die Geheimnisse, die er vor mir gehabt hatte?

»Dir geht es doch immer nur ums Geld, und obwohl du schon so viel hast, suchst du dir Jobs, mit denen du noch mehr verdienen kannst. Und dann gibst du es für protzige Autos aus und …« Ich schwenkte meine Hand in der Wohnung herum, »für schicke Apartments mit teuren Möbeln, weil du glaubst, dass solche Dinge mich glücklich machen. Aber das stimmt nicht, Dad. Geld ist nicht wichtiger als ich!«

Dads Augen weiteten sich ungläubig.

»Du hast mich verlassen!«, brüllte ich. »Du bist gegangen! Du bist fortgegangen!« An dieser Stelle brach ich in Schluchzen aus und sank auf den kalten, harten Boden.

Ich hatte erwartet, dass ihm das alles zu viel werden

würde, dass er einfach aus dem Zimmer gehen würde. Um mir »Raum zu geben«, wie er das nannte. Stattdessen nahm er mich in den Arm. Ich weinte an seiner Schulter wie früher als Vierjährige, wenn ich mir die Knie aufgeschlagen hatte.

Nur waren es diesmal nicht meine Knie, die bluteten, sondern mein Herz.

30

Als meine Tränen versiegt waren, machte ich mich von Dad los und huschte an die Wand zurück, während ich mir mit dem Ärmel meine verrotzte Nase abwischte und meine Augen an den Schultern trocken rieb. Dad verließ das Zimmer und kam mit einer Rolle Toilettenpapier für mich zurück. Ich riss einen langen Streifen ab und schnäuzte mir die Nase.

Dann setzte er sich mir gegenüber. »Also«, sagte er, und seine Stimme klang ein bisschen wacklig. »Ich weiß nicht, was ich sagen soll. Außer dass es mir leidtut. Ich glaube, deine Mom und ich haben beide nicht wirklich verstanden, wie tief dich das alles getroffen hat.« Er stieß einen heftigen Atemzug aus. »Ich meine, ja, natürlich – wie hätte es dich nicht treffen sollen?«

Ich seufzte.

»Es fällt mir nicht leicht, über solche Dinge zu sprechen«, fuhr Dad fort, den Blick zu Boden gesenkt. »Ich glaube, das war teilweise das Problem zwischen deiner Mom und mir. Keiner von uns beiden war wirklich in der Lage, seine wahren Gefühle zum Ausdruck zu bringen. Und wenn man nicht über die Dinge redet, die einem nicht passen, staut sich mit der Zeit immer mehr Groll auf.«

Da konnte ich ihm nur recht geben. Ich drückte die Toilettenpapierrolle an meine Brust, immer noch ein bisschen zittrig von meinem unerwarteten Gefühlsausbruch.

»Ich kann verstehen, dass du dich übergangen gefühlt hast«, fuhr Dad fort, »aber die Entscheidungen, die wir getroffen und über die wir uns gestritten haben, gingen nur uns beide an. Das hatte nichts mit dir zu tun. Du warst nie das Problem.« Er schüttelte den Kopf, als er meinen Blick auffing.

»Und was du über das Geld sagst, ist nur teilweise wahr. Ja, ich verdiene gut, und ich mag den Komfort, den ich mir damit ermöglichen kann. Uns, Jenna. Mit diesem Geld bezahlen wir deinen Lebensstandard, ob dir das passt oder nicht. Ein schönes Zuhause, deine Kleider, die vielen Bücher und ein großzügiges Taschengeld, damit du mit deinen Freunden viel unternehmen kannst. Und natürlich wird auch deine College-Ausbildung mit dem Geld finanziert. Du kannst studieren, was immer du willst. Also, Jenna, damit wir uns richtig verstehen: Ja, es ist angenehm, Geld zu haben, aber du bist mir natürlich viel wichtiger.

Und ich habe nicht dich verlassen, Jenna. Ich kann mir vorstellen, wie schrecklich du dich gefühlt haben musst, aber so war es nicht. Du warst immer in meinen Gedanken. Du bist auch der Grund, warum ich zurückgekommen bin. Der einzige Grund, Jenna.«

Ich wollte ihm ja glauben. Hätte ihm nur zu gerne geglaubt, dass er für immer zurückgekommen war. Gleichzeitig konnte ich mir nicht vorstellen, dass das etwas ändern würde. Mom war immer noch Mom. Und Dad immer noch Dad. Ich war wütend auf beide gewesen – auf Mom vor allem deshalb, weil sie so gemein zu Dad gewesen war und nie mit mir über ihn sprechen wollte. Die Schuld an der Scheidung hatte ich dagegen einzig und allein Dad in die Schuhe geschoben, wie mir jetzt bewusst wurde. Ich hatte mich so verlassen gefühlt. Und Mom hatte ich nur deshalb nicht so hart verurteilt, weil sie ja auch verlassen worden war. Sie war dageblieben.

Aber Mom war natürlich genauso verantwortlich für die Trennung wie Dad. Sie hatte ihn zurückgestoßen und jede Hilfe abgelehnt, weil sie das als Schwäche ansah. Mom war dickköpfig und stolz. Ich brauchte also nicht lange zu suchen, von wem ich diese Eigenschaften hatte.

»Jenna, hier.« Dad kam zu mir herüber und riss noch mehr Toilettenpapier ab. Ich hatte gar nicht gemerkt, dass ich schon wieder zu weinen angefangen hatte.

»Aber es hat nichts geholfen, dass wir das alles von dir ferngehalten haben«, sagte Dad. »Ich sehe jetzt, dass ich damit nicht dich beschützt habe, sondern nur mich selbst. Das war egoistisch von mir. Und es tut mir leid.«

Ich nickte. In dem Schweigen, das daraufhin eintrat, fragte ich mich, ob ich es jemals schaffen würde, mit Mom so über diese Dinge zu sprechen. Mit ihr war es noch schwieriger als mit Dad.

Inzwischen hatte ich mich wieder etwas gefangen. Ich schaute mich in dem kleinen Zimmer um, das bald mir gehören würde, was ich noch gar nicht so richtig realisiert hatte. »Und Mom ist einverstanden, dass ich dich hier besuche?« Ich konnte es kaum glauben, dass meine Eltern in der Lage waren, ein zivilisiertes Gespräch miteinander zu führen, schon gar nicht über das hier.

Dad seufzte leise. »Wir arbeiten daran. Wie oft du bei mir sein möchtest, bestimmst du selbst, darin sind wir uns einig. Deine Mom möchte nur, dass du dir eine Art Stundenplan machst, damit wir immer wissen, wo du bist und wie lange, aber das hat keine Eile. Wir entscheiden es von Fall zu Fall.«

»Okay.«

»Und? Wollen wir jetzt einkaufen gehen?«, fragte Dad und rieb sich das Kinn. »Wir müssen zumindest ein Bett und etwas Bettwäsche für dich besorgen.«

Ich nickte. »Das klingt gut.«

Das restliche Wochenende verging mit unseren Einkäufen wie im Flug. Mom arbeitete, und es war schön, Dad um mich zu haben. Oder vielleicht war Mom extra ins Büro gegangen, damit sie mich nicht vermissen musste. Wir redeten nicht darüber, also würde ich es wohl nie erfahren.

Keiko besuchte mich am Sonntagabend zu Hause. »Okay«, sagte sie, sobald wir es uns in meinem Zimmer gemütlich gemacht hatten. »Bist du froh, dass dein Dad wieder da ist?«

»Hm. Ist kompliziert.« Es tat gut, über meinen Dad zu reden. Die Einzige, auf die ich immer zählen konnte, war Keiko, und ich wollte meine Gefühle nicht mehr für mich behalten. Ich erzählte ihr von meinem Gespräch mit meinem Dad und dass ich geweint hatte. Und wie enttäuscht ich von meinen Eltern war, weil sie mir immer alles verheimlicht hatten. Ich verriet ihr sogar, dass meine Cafeteria-Nachforschungen zu nichts geführt hatten und dass hinter dieser Spende vielleicht doch keine schmutzigen Geschäfte steckten.

Keiko hörte die ganze Zeit einfach zu, ließ mich reden und reden, bis ich mich ausgesprochen hatte.

In dem Schweigen, das sich daraufhin zwischen uns ausbreitete, beschlichen mich wieder Zweifel, ob ich nicht doch zu viel preisgegeben hatte.

Keiko nahm meinen Plüschteddy an sich und setzte ihn auf ihren Schoß. »Ich bin froh, dass du dir das mal alles bei deinem Dad von der Seele reden konntest«, sagte sie schließlich.

»Ist das alles?«, wunderte ich mich. »Keine Fragen?«

»Ja, und es tut mir leid, dass ich so übergriffig war, Jenna. Ich weiß, du kannst es nicht ausstehen, wenn andere Leute in deinem Leben herumschnüffeln. Aber du bist mir eben wichtig.«

Ich streckte die Hand aus, nahm ihr meinen Teddy ab

und drückte ihn an mich. »Nein, mir tut es leid. Ich weiß nicht, warum ich so kratzbürstig zu dir war.«

Keiko lachte. »Ich schon.«

Ich warf ihr einen Seitenblick zu.

»Du redest nicht gern über Gefühle«, sagte sie. »Das hab ich verstanden.«

»Aber vielleicht ist es gar nicht gut für mich, alles in mich hineinzufressen.«

»Das stimmt.« Keiko stupste mich ans Bein. »Hast du schon mit deiner Mom geredet?«

»Nein. Ich habe den Eindruck, dass sie mir absichtlich aus dem Weg geht.«

»Warum ist es nur so schwierig, mit Müttern zu reden?«, fragte Keiko. Sie hatte vor ein paar Monaten einen Riesenkrach mit ihrer Mom gehabt.

»Aber zwischen euch beiden läuft es doch wieder besser, oder?«

Keiko lächelte. »Ja, viel besser.«

Dann bestand also noch Hoffnung.

»Und dein Beitrag für das Stipendium?«, fragte Keiko. »Kommst du voran? Ich kann's kaum noch erwarten, bis du endlich fertig bist, damit wir wieder was zusammen machen können.«

Ich stöhnte.

»Was ist?«, fragte sie.

»Vielleicht bin ich doch nicht die geborene Reporterin«, sagte ich.

»Warum denn plötzlich?«

»Mein Artikel wird nichts.«

»Was? Wie meinst du das?«

»Ich brauche knallharte Fakten. Etwas, worüber es sich zu berichten lohnt.«

»Jenna«, sagte Keiko in ihrem unverwechselbaren Tonfall. »Hast du nicht gerade gesagt, alle deine Recherchen deuten darauf hin, dass diese Spende völlig in Ordnung war? Die Stiftung unterstützt bedürftige Kinder mit kostenlosem Schulessen. Das ist doch gut!«

»Ja, aber daraus lässt sich kein interessanter Artikel machen. Und als Investigativ-Reporterin muss ich doch unbequeme Wahrheiten aufdecken.«

»Die Spende war sauber. Das ist doch die Wahrheit, oder?«

»Es ist *eine* Wahrheit. Aber ich habe so ein Bauchgefühl, dass noch mehr hinter der Geschichte steckt.« Obwohl ich im Grunde genommen wusste, dass das eher Wunschdenken als ein Bauchgefühl war. Die Hoffnung stirbt eben zuletzt.

»Okay, gut. Wenn du die wahre Geschichte wissen willst, warum fragst du dann nicht Rin?«

»Genau das kann ich nicht.« Ich erzählte ihr von dem Deal, den ich mit ihm gemacht hatte. Keine persönlichen Fragen.

Keiko schüttelte den Kopf. »Ich fass es nicht. Anscheinend hast du das männliche Pendant zu dir gefunden.«

»Was? Wie meinst du das?«

»Rin ist genau wie du. Er redet nicht gern über Gefühle.«

»Aber ich rede doch!« Ich holte Luft. Oder eigentlich nein. Jedenfalls bisher nicht. In den letzten paar Tagen hatte ich mich ein bisschen leichter gefühlt. Obwohl meine Gespräche mit Dad und Keiko die Dinge nicht ungeschehen machen konnten, war ich irgendwie befreit. Endlich konnte ich aufatmen. So als hätten Dad und Keiko mir ein bisschen von meiner Last abgenommen.

»Ich meine, ich weiß, dass ich ziemliche Probleme damit habe, aber ich merke allmählich, wie anstrengend es ist, immer alles für mich zu behalten. Das will ich nicht mehr.«

Keiko nickte. »Und was willst du dann?«

Ich drückte meinen Plüschteddy. »Ach, es ist einfach zu viel. Ich will zu viel auf einmal.« Zum Beispiel, dass meine Eltern wieder zusammenkamen oder sich zumindest nicht mehr stritten. Oder dass ich mit meinem Artikel das College-Stipendium der *Orange County News* gewinnen würde. Ich wollte … Träume, die so groß waren, dass ich sie nicht einmal benennen konnte.

»Eins steht jedenfalls fest: Diesen Sommer musst du nicht nach Texas.« Keiko grinste.

Ich lächelte zurück. Ich hatte mich so in meine Wut über diese unerwarteten Veränderungen hineingesteigert, dass ich das Gute daran gar nicht gesehen hatte.

»Du bist der stärkste und klügste Mensch, den ich kenne«, sagte Keiko. »Du kannst alles schaffen, was du willst.«

Sie hatte recht. Ich würde einen Weg finden. Vielleicht konnte ich einige meiner Träume wahr machen.

Sogar die großen.

31

Am Montag wartete Elliot nach der Schule vor meinem Schließfach auf mich. Er trug seine Lieblingsjacke, die mit den vielen Taschen, in denen er immer ein Notizbuch und einen Kugelschreiber mitführen konnte.

»Hey«, sagte er.

»Was willst du hier?«, fragte ich.

»Können wir reden?«

Ich schwenkte meine Hand zwischen uns beiden hin und her. »Wir reden doch.«

»Ich meine, allein – irgendwo.«

»Wir *sind* allein. Und in fünf Minuten fängt der Zeitungsclub an.«

»Ich habe ein paar Informationen für dich – für deinen Artikel über die Renovierung der Cafeteria …«

Ich verschränkte die Arme. »Woher weißt du, woran ich arbeite?«

Elliot lächelte und zuckte die Schultern, was bei ihm längst nicht so süß aussah wie bei Rin. Selbst Elliots Schulterzucken wirkte irgendwie gönnerhaft.

»Also wirklich, Elliot!«

»Was? Ich bin ein hervorragender Investigativ-Reporter.«

»Du bist ein Schnüffler«, sagte ich.

»Wie auch immer, willst du die Information oder nicht?«

Ich hätte ihn gern zum Teufel geschickt, aber ich war neugierig. Ein guter Reporter lässt sich keine Informationsquelle entgehen.

»Also gut, spuck's aus«, sagte ich, während ich mein Schließfach öffnete.

»Das Geld kam von einer Stiftung«, sagte er.

»Weiß ich doch.«

Elliot fuhr fort: »Und ich habe herausgefunden, dass nicht die ganze Spende für die Cafeteria verwendet wurde.«

»Oh, Elliot.« Er wusste nicht so viel wie ich, das war klar. Ich schnappte mir mein Mathebuch und wollte weggehen, aber er rief mir hinterher:

»Warte, Jenna! Ich hab noch mehr!«

Ich holte tief Luft und drehte mich wieder um.

»Ich habe die Rechnungen für den Umbau eingesehen, und das Ganze blieb unter einer Million. Wir müssen herausfinden, wofür das restliche Geld verwendet wurde.«

»Wir?«

»Also du, natürlich.«

Ich kannte die Antwort bereits – mit dem Geld war das neue Küchenpersonal und kostenloses Mittagessen für bedürftige Schüler finanziert worden. Aber das würde ich

Elliot natürlich nicht auf die Nase binden. »Ich brauche deine Hilfe nicht, Elliot.«

»In der Stiftung gibt es Ärger.«

»Wieso? Wie kommst du darauf?«

Elliot grinste triumphierend. »Das Paar, das hinter dieser Stiftung steckt, hat Eheprobleme.«

Rins Eltern? »Das sind doch nur Gerüchte. Und es hat nichts mit der Renovierung zu tun.«

»Ach nein? Zufällig weiß ich, dass die Spende nicht von der Stiftung bewilligt wurde. Diese Frau hat alles auf eigene Faust geregelt, ohne die Stiftung darüber zu informieren. Und sie hätte deren Einwilligung gebraucht.«

Ich verdrehte die Augen. Traci Watanabe *war* die Stiftung. Sie brauchte keine Einwilligung, egal von wem. Und wie sexistisch von Elliot, dass er sich einbildete, sie hätte um Erlaubnis fragen müssen! Er hatte nichts in der Hand.

Trotzdem redete er weiter. »Ihr Mann hat es erst erfahren, als das Geld bereits überwiesen war. Er wollte die Sache rückgängig machen, und es gab einen Riesenstunk.«

Ich hielt inne. Hatte Rins Dad tatsächlich versucht, die Ausgaben der Stiftung zu kontrollieren? Laut Website hatte er doch gar nichts damit zu tun. Wenn das stimmte, war es total übergriffig, also vielleicht genau das, was ich brauchte, um meinen Artikel auf Kurs zu bringen. Aber statt des Jagdfiebers, das mich normalerweise gepackt hätte, spürte ich fast so etwas wie Bedauern. Die Vorstellung, dass Rin vielleicht gerade dasselbe durchmachte wie ich während der Scheidung meiner Eltern, machte mich traurig.

»Komm schon, du weißt genauso gut wie ich, dass da wahrscheinlich was Zweifelhaftes im Busch ist«, sagte Elliot. »Willst du das nicht rausfinden?«

»Warum machst du das?«, fragte ich. »Warum willst du mir helfen?«

»Ich habe es schon mal gesagt, Jenna. Wir sind ein gutes Team.«

Ich sagte nichts darauf.

»Na ja, wir waren ein gutes Team«, verbesserte Elliot sich.

»Nein, waren wir nicht.«

»Jetzt sei nicht so, Jenna.«

»Was willst du eigentlich, Elliot? Du hast mich doch immer heruntergemacht, nur weil ich wollte, dass meine Arbeit auch anerkannt wird.«

»Oh mein Gott, Jenna. Fängst du schon wieder damit an?«

Ich blinzelte ihn an. »Du kapierst es wirklich nicht. Ist dir immer noch nicht klar, dass du mir meine Ideen gestohlen hast?«

»Wir haben diese Artikel zusammen geschrieben!«

Wozu mit ihm darüber streiten? Das lohnte sich nicht. Und ein bisschen erinnerte es mich sogar an meine Eltern. Sie hatten immer wieder dieselben Diskussionen geführt, ohne je zu einer Einigung oder einem Kompromiss zu kommen. Es war zermürbend genug, das mit anzuhören, ganz zu schweigen davon, wenn man selbst mittendrin steckte. Ich konnte Elliot nicht ändern. Ich hatte nicht den geringsten Einfluss auf das, was er sagte oder dachte. Ich konnte nur meine eigenen Handlungen kontrollieren.

»Wo hast du das über die Watanabes her?«, fragte ich ihn.

»Das sag ich dir nur, wenn du mich an der Geschichte mitarbeiten lässt.«

»Vergiss es! Das ist *mein* Beitrag für den Wettbewerb.«

»Wir könnten ihn doch zusammen einreichen. Und uns den Preis dann teilen.«

»Ach ja? Und was ist mit dem großartigen Artikel, an dem du gearbeitet hast?«

Elliot spielte am Reißverschluss seiner Jacke herum. »Ist nichts draus geworden.«

Er war also doch nicht perfekt. Und jetzt wollte er sich an meine Arbeit dranhängen. Wieder einmal. »Kommt nicht infrage«, sagte ich. »Das war meine Idee. Und ich habe alles allein recherchiert.«

»Aber du wusstest nichts von der Ehekrise der Watanabes, bevor ich es dir gesagt habe.«

»Wo hast du das überhaupt her?«, fragte ich noch mal.

»Erst musst du mir versprechen, dass ich mitmachen darf.«

Ich schaute ihm ins Gesicht. Von seiner üblichen Selbstzufriedenheit war im Moment nichts zu spüren. Er sah eher verzweifelt aus. Ich hatte also eine echte Chance, den Wettbewerb zu gewinnen.

Aber wie wichtig war mir das überhaupt noch? Im Augenblick steckte ich mit meinem Artikel fest, und wenn Elliot etwas wusste, das mir zu dem spektakulären Enthüllungsbericht verhelfen konnte, der mir ursprünglich vorgeschwebt hatte, war mir der Preis der PV Middle sicher. Andererseits würden sich Elliots Informationen über Rins Eltern vielleicht als reine Spekulation entpuppen. Und überhaupt, was für eine Story sollte das werden? Das waren keine Fakten, sondern Klatsch und Tratsch. Gerüchte, die Rin verletzen würden. Nein. Auf diese Art wollte ich nicht gewinnen, auch wenn es meinen Artikel vielleicht spannender machen würde.

»Gib zu, dass du mich brauchst«, drängte Elliot. »Du kannst diesen Artikel nicht ohne mich schreiben.«

»Das werden wir ja sehen.« Ich kehrte ihm den Rücken zu und wollte schon davonstolzieren, als Elliot meine Kuriertasche packte.

»Warte, Jenna! Ich nehme das zurück! Also, dass wir Schluss gemacht haben. Ich will wieder mit dir zusammen sein.«

Mir blieb fast der Verstand stehen.

»Wir sind aus demselben Holz geschnitzt«, flehte Elliot, der immer noch den Riemen meiner Tasche festhielt. »Wir haben uns doch immer gegenseitig angespornt und das Beste aus uns herausgeholt.«

Aber das war mir egal. Kein Interesse. Jetzt nicht mehr.

Ich funkelte ihn an, und er ließ seine Hand sinken. »Du willst nicht wieder mit mir zusammen sein«, sagte ich. »Du willst nur mit mir am Gewinnerbeitrag arbeiten.« Meine Hände schmerzten allmählich, so sehr verkrampften sie sich.

Warum ließ er mich nicht einfach in Ruhe? Ich hatte aufgehört, mit ihm zu reden, ich ging ihm aus dem Weg, wo ich nur konnte, und war total unfreundlich zu ihm, damit er sich fernhielt. Ich hatte sogar alles weggeworfen, was mich an ihn erinnerte, um so tun zu können, als hätte es ihn nie gegeben.

Plötzlich erstarrte ich, weil mir bewusst wurde, was ich da eigentlich machte. Mom hatte die ganze Zeit alles auszuradieren versucht, was auch nur entfernt an Dad erinnerte, so wie ich es jetzt bei Elliot machte. Ich hatte immer gedacht, dass Mom Dad hasste, dass sie ihn vielleicht nie geliebt hatte. Aber vielleicht stimmte das gar nicht. Mom war verletzt, deshalb begrub sie alle Erinnerungen. Aber das löschte den Schmerz nicht aus.

»Jenna?« Elliot riss mich aus meinen Gedanken.

»Nein, Elliot. Ich will nicht mehr mit dir zusammen sein. Wir haben vielleicht dieselben Ziele, aber was die wirklich wichtigen Dinge betrifft, sind wir uns überhaupt nicht ähnlich. Wir sind kein Team.«

Objektiv zu bleiben war immer das oberste Gebot für Elliot und mich gewesen, egal, worüber wir redeten. Und ich hatte gedacht, das sei meine Stärke. In Wahrheit hatte ich einfach dichtgemacht. Ich hatte nichts an mich herangelassen, weder meine eigenen Gefühle noch andere Menschen. Ich beurteilte alles und jeden, ohne die Wahrheit oder die Fakten zu kennen. Meine Wut auf diese Spende kam letzten Endes von meinem Hass auf die Gelddiskussionen meiner Eltern, von der Angst, dass man sich mit Geld abhängig machte. Im Grunde genommen war es also die Wut meiner Eltern und nicht meine eigene. Ich war kein bisschen objektiv gewesen.

Genauso wenig wie Elliot. In seinen Augen war es völlig absurd, dass er mir meine Ideen gestohlen haben sollte. Und vielleicht glaubte er das wirklich. Aber egal. Das war jetzt nicht mehr mein Problem.

Elliots Augen weiteten sich. »Dann willst du also gar nicht wissen, was ich über die Watanabes herausgefunden habe?«

»Nein.« Ich hatte mich in fast allem getäuscht, aber diesmal war ich mir sicher. »Und wenn du glaubst, du könntest über die Spende schreiben und mich mit deinen Tatsachenverdrehungen aus dem Feld schlagen, hast du dich getäuscht. Ms Fontes hat meinen Entwurf bereits gesehen, wir haben sogar darüber geredet. Wenn du jetzt was Ähnliches ablieferst, merkt sie sofort, dass du es mir geklaut hast!« Ich kramte Elliots Kugelschreiber aus meiner Tasche hervor. »Hier«, sagte ich, »das ist doch dein Lieblingsstift, oder?«

»Ich hab ihn dir geschenkt. Du kannst ihn behalten.«

Ich schüttelte den Kopf. »Ich hab meinen eigenen.« Von jetzt an würde ich nur noch den Füller, den Dad mir gegeben hatte, für meine Zeitungsartikel benutzen.

»Also gut.« Elliot steckte den Kugelschreiber in eine seiner vielen Taschen. »Was ist mit dem Artikel?«

»Den schreibst nicht du«, sagte ich zu Elliot. »Sondern ich.«

»Ach komm, Jenna. Sei doch *ein Mal* ein Teamplayer.«

Ich drehte mich wortlos um und ging. Ich hatte nichts dagegen, ein Teamplayer zu sein – aber *ich* bestimmte, wer mit mir im Team war.

32

Nach dem Zeitungsclub – Elliot und ich hatten einander komplett ignoriert – ging ich direkt ins Diner. Als ich die leere Nische sah, wurde mein Herz schwer vor Enttäuschung.

Wo war Rin? Ich war superunfreundlich zu ihm gewesen, als Dad mich abgeholt hatte. Aber eigentlich auch nicht mehr als sonst. Keiko hielt mir vor, dass ich andere Leute oft zurückstieß. Hatte ich es bei Rin diesmal übertrieben? Wir hatten uns schon immer gefetzt, aber nie auf eine gehässige Art. Oder sah Rin das anders? Vielleicht hatte er jetzt genug von mir?

Ich schaute auf die Menütafel, überlegte, ob ich etwas Neues ausprobieren sollte. Obwohl ich im Grunde genommen nur meinen üblichen Waitress-Shake wollte, mit Käsepommes, die ich mit Rin teilen konnte. Komisch. Seit wann kam ich nicht mehr hierher, um ungestört in meiner Nische zu arbeiten, sondern um mit Rin zusammen zu sein?

»Warum so finster? Keine guten Specials heute?«, fragte Rin, während er an seinen Platz schlüpfte.

Ein strahlendes Lächeln breitete sich auf meinem Gesicht aus, ohne dass ich es verhindern konnte. »Hi! Wo warst du?«

Rin zog die Augenbrauen hoch. »Ähm … hi? Und ich hab wieder Tom geholfen, Leighs Mann.«

Leigh kam an unseren Platz und stellte zwei gleiche Shakes vor uns hin. »Ich probiere gerade was Neues aus – eine Kombination eurer beiden Lieblingsshakes. Ich nenne es ›Wir passen zusammen wie Erdbeer und Schokolade‹. Aus *Grease*.«

Ich wurde rot. Ausnahmsweise bekamen wir diesmal kein Lied. Leigh huschte so schnell davon, wie sie gekommen war. Ich nahm einen langen Schluck und spürte, wie meine Schultern sich entspannten. Der neue Shake, der unsere beiden Lieblingsgeschmäcker kombinierte, war wirklich gut: cremig und süß, mit einer herben Frische im Abgang, die ich unwiderstehlich fand. Ich warf Rin einen Blick zu, sah, wie ihm die Brille über die Nase herunterrutschte, während er seinen Shake schlürfte. Ich hielt den Atem an, und tatsächlich, ein paar Sekunden später schob er sie wieder hoch, eine Geste, die mir inzwischen so vertraut war wie der wachsame Ausdruck in seinen Augen. Ich nahm noch einen großen Schluck von meinem Shake, und als ich wieder zu Rin schaute, begegneten sich unsere Blicke, und mein Herz fing an zu rasen.

»Tut mir leid«, fing ich an, dann sprudelten die Worte in einem einzigen Atemzug aus mir heraus: »Ich hätte dich nicht anschnauzen dürfen, als ich entdeckt habe, dass die Spende von deinen Eltern kommt. Ich hätte überhaupt nicht urteilen dürfen. Und es tut mir leid, dass ich so unfreundlich war. Und in dein Skizzenbuch geschaut habe.«

Rin drehte seinen Milchshake in den Händen, ließ ihn langsam herumkreisen. »Dafür hast du dich schon entschuldigt.«

»Ich weiß. Und es war auch ernst gemeint, aber diesmal meine ich es *wirklich*.«

Auf dem ganzen Weg zum Diner hatte ich darüber nachgedacht. Ja, ich wollte den Wettbewerb gewinnen. Ja, ich wollte Chefredakteurin der Online-Zeitung im nächsten Jahr werden. Ja, ich wollte irgendwann eine Top-Journalistin sein. Aber die Wahrheit war mir wichtiger als Preise, Geld oder über Elliot zu triumphieren. Und Rin ebenfalls. Rin war auch wichtiger.

Ich redete schnell weiter: »Und noch was: Ich werde diesen Artikel nicht mehr schreiben. Ich möchte, dass du das weißt. Es gibt keinen Enthüllungsbericht, weil es nichts zu enthüllen gibt.«

»Und nur damit *du* das weißt«, sagte Rin. »Ich hatte keine Ahnung, dass meine Mom die Renovierung der Cafeteria finanziert hat. Ist ja nicht so, dass sie ihre Geschäfte mit mir bespricht.«

Ich schüttelte den Kopf. »Du musst mir nichts erklären. Es geht mich nichts an.«

»Ich dachte, du willst eine große Reporterin werden.«

»Will ich auch. Aber eine von der richtigen Sorte.«

»Und wie soll die sein?«

»Objektiv. Untersucht die Fakten, ohne zu urteilen. Und bleibt dran – bringt ihre Aufträge zu Ende.«

Rin zuckte die Schultern. Na klar. Er kramte in seinem Rucksack, zog sein Skizzenbuch heraus und etwas zum Zeichnen.

»Bleistift?«, fragte ich. »Keine schwarze Tinte heute?«

Er zog die Augenbrauen hoch. »Das ist eine persönliche Frage.«

Ich spielte mit dem Strohhalm in meinem Glas und zwirbelte ihn in dem dickflüssigen Shake herum. Wenn ich ehrlich war, musste ich zugeben, dass ich Rin besser kennenlernen wollte. Und er sollte mich auch besser kennenlernen.

»Wenn du mit Bleistift zeichnest«, sagte ich langsam, »arbeitest du entweder an einer realistischen Zeichnung, oder du skizzierst eine neue Manga-Figur.«

Rin starrte mich lange an. Ich konnte nicht sagen, was in ihm vorging. Hatte ich ihn gekränkt oder geärgert? Dann ein stilles Lächeln, nicht sein übliches arrogantes Grinsen. Ein Lächeln, das nur ihn anging.

Er beugte sich wieder über seine Zeichnung, und ich schaute zu, wie sein Bleistift sich mit langen, glatten Strichen über die Seite bewegte. In Sekundenschnelle entstand ein Gesicht. Ich war beeindruckt, dass ein Bleistift etwas so Lebendiges hervorbringen konnte – etwas, das so echt aussah. Bald wurde das Gesicht detaillierter, mit hohen Wangenknochen, leicht verengten Augen und dicken

Augenbrauen, die sich in der Mitte zu einem Stirnrunzeln zusammenzogen. Eine Knopfnase. Ein Mund mit vollen Lippen, zu einer geraden Linie zusammengekniffen.

»Hey!«, rief ich aus.

Rins Bleistift hielt inne, und er schaute zu mir auf, jetzt wieder mit dem frechen Grinsen im Gesicht. »Was ist? Gibt es ein Problem?«

Ich runzelte die Stirn, entspannte jedoch schnell meine Gesichtszüge.

»Sehe ich so aus?«

Rin blickte auf seine Zeichnung. »Die meiste Zeit ja.«

Das ließ mich wieder die Stirn runzeln. Aber ich wollte nicht mehr wütend sein. Ich war jahrelang wütend gewesen. Ich hatte es satt, Menschen zurückzustoßen. Das macht nur müde. Und einsam.

Rin legte seinen Bleistift weg und lehnte sich zurück. Er schaute mich so lange an, dass ich mich irgendwann über meinen Milchshake beugte, als gäbe es nichts Wichtigeres auf der Welt. Ich rührte darin herum, nippte daran, rührte wieder um und starrte auf die schokoladige Flüssigkeit hinunter.

»Ich tausche eine gegen eine von dir«, sagte ich plötzlich, bevor ich allzu genau über meinen Vorschlag nachdenken konnte.

»Eine was?«

»Du darfst mir eine persönliche Frage stellen – und ich dir dann auch«, sagte ich. Ich schaute zu ihm hoch, hielt den Atem an, aus Angst, dass er mich abblitzen lassen würde. Aber er sah nur nachdenklich aus.

Nach ein paar langen Sekunden sagte er: »Okay, du bekommst deine Frage, aber nur eine – überleg dir also gut, was du sagst.«

»Wer zuerst?«, sagte ich, plötzlich nervös geworden.

»Jan-ken-pon?«, schlug Rin vor.

Ich lächelte, streckte meine Faust aus, und wir sangen gleichzeitig: »Jan-ken-pon!« Dann öffnete ich meine Hand zu meinem Glückszeichen: Papier.

Pech gehabt – Rin spreizte zwei Finger zur Schere. »Ich hab gewonnen!«, sagte er mit etwas zu viel Triumph in der Stimme.

Ich verschränkte meine Arme. »Also gut. Fang an.«

»Was ist mit deinen Eltern?«

Wow. Das war ziemlich direkt. »Warum? Was soll mit ihnen sein?«

»Keine Ablenkungsmanöver. Wir haben einen Deal.«

»Sie sind geschieden.«

»Und?«

»Du hast deine Frage gestellt. Ich habe geantwortet.«

Rin zuckte die Schultern. »Gut. Dann wird meine Antwort auf deine Frage genauso nichtssagend ausfallen.«

Ich nahm einen langen Schluck von meinem Milchshake, bis der Strohhalm ein grässliches Schlürfen von sich gab. Ich war am Boden des Glases angekommen. Rin wartete.

»Meine Eltern haben die ganze Zeit gestritten, als sie noch verheiratet waren. Also wirklich *immer*. Anfangs habe ich versucht, die Dinge wieder in Ordnung zu bringen. Ich dachte, wenn ich superbrav bin, nur gute Noten in der Schule schreibe, nie etwas verlange, immer stillhalte, dann hätten sie keinen Grund mehr zum Streiten. Aber das war ein Irrtum. Am Ende habe ich mich in meinem Zimmer verkrochen und bin ihnen aus dem Weg gegangen, damit ich ihr Geschrei nicht hören musste.« Ich seufzte. »Das war nicht immer so. Wir waren mal eine glückliche Familie. Ein eingeschworenes Team. Aber irgendwann haben sie nicht mehr auf derselben Seite gespielt, und dann haben sie sich getrennt. Mein Dad ist nach Texas gezogen, und Mom würde sich jetzt eher die Zunge abbeißen, als mal was Nettes über ihn zu sagen.«

Ich schaute zu Rin auf, der ruhig zugehört hatte. Vielleicht dachte er dabei an seine eigenen Eltern?

»Das Schlimme war, dass ich immer geglaubt habe, alles sei meine Schuld. Dass mein Dad uns nicht verlassen hätte, wenn ich eine bessere Tochter gewesen wäre«, fuhr ich fort. »Dann ist Dad plötzlich hier aufgetaucht und hat mir eröffnet, dass er wieder nach Pacific Vista zurückgezogen sei. Für immer. Er dachte, ich müsse vor Freude an die Decke springen.«

»Und? Bist du nicht?«, fragte Rin.

»Anfangs nicht. Ich habe ihn dafür gehasst, dass er uns im Stich gelassen hat. Ich war so böse auf ihn, und als er mich jetzt wieder vor vollendete Tatsachen gestellt hat, ist die ganze Wut wie eine Sturzflut aus mir rausgebrochen. Es war schrecklich, aber auch gut, verstehst du? Dad und ich haben endlich miteinander geredet. Und da wurde mir klar, dass ich mir komplett falsche Vorstellungen über so viele Dinge gemacht habe, nicht nur, was meine Eltern betrifft. Und ich hasse es, im Unrecht zu sein.«

Rin nickte. »Da bist du nicht die Einzige.«

Wir saßen eine Weile schweigend da. Ich hatte keine Ahnung, was Rin jetzt von mir dachte, aber ich bereute es nicht, ihm alles erzählt zu haben. Mir war nichts unangenehm oder peinlich, was ich gesagt hatte. Seltsam. Ich fragte mich, was das zu bedeuten hatte.

»Jetzt du«, sagte Rin.

33

»Warum bist du nicht im Kunstprogramm?«, fragte ich ihn.

Rin funkelte mich an. »*Das* ist deine Frage? Dir ist doch klar, dass du wirklich nur eine stellen darfst …«

»Ja, weiß ich.«

»Willst du mich nicht nach unserer Firma fragen? Oder wie viel Geld meine Eltern verdienen?«, sagte Rin leise.

»Ich hab dir doch gesagt, dass ich diesen Artikel nicht mehr schreiben werde«, entgegnete ich im gleichen gedämpften Tonfall. »Und außerdem bin ich jetzt an der Reihe, meine Frage zu stellen.«

»Die *AkiWata Corporation* ist megaerfolgreich«, fing Rin an. »Mein Grandpa hat ein eigenes Geschäft mit einem Kredit von einem Freund der Familie gegründet.«

»Rin«, sagte ich warnend.

Er winkte mit der Hand ab. »Ich beantworte gerade deine Frage.«

»Die, die ich dir gestellt habe?«

»Genau die.«

»Okay, gut, aber komm endlich zum Punkt – zu dir. Ich habe schon alles über eure Firma im Internet gegoogelt.«

Rin zog die Augenbrauen hoch, und ich wurde rot, als ich merkte, dass ich mich verplappert hatte.

»Du hast aber nicht alles herausgefunden«, sagte er. »Als mein Dad geheiratet hat, hat Grandpa ihm die Firma überschrieben. Grandpa hat meinen Dad von Anfang an dazu erzogen, eines Tages in seine Fußstapfen zu treten. Und obwohl meine Eltern das Unternehmen gemeinsam führen und meine Mom Betriebswirtschaft studiert hat und genauso viel zum Erfolg der Firma beiträgt wie Dad, hat sie nie einen offiziellen Posten bekommen. Mein Grandpa ist in dieser Hinsicht sehr altmodisch – mit anderen Worten sexistisch. Aber Mom wollte etwas Eigenes, und deshalb hat sie diese Stiftung gegründet, die kostenloses Essen für bedürftige Schulkinder finanziert. Und sie hat ihre Stiftung zu einem ebenso großen Erfolg gemacht wie die *AkiWata Corporation*.«

»Ziemlich beeindruckend«, gab ich zu. »Aber was hat das mit dir und Kunst zu tun?«

»Sarah, meine große Schwester, will in die Firma einsteigen, wenn sie ihre Ausbildung abgeschlossen hat. Sie ist wild entschlossen, Grandpa zu beweisen, was sie kann.«

»Oh«, sagte ich. »Dann will sie die Firma irgendwann übernehmen?«

Rin nickte. »Aber Grandpa besteht darauf, dass sein Lebenswerk nur vom Vater auf den Sohn übergehen darf. Ich sagte ja, dass er altmodisch ist.«

»Ja, und das ist falsch.«

»Da kann ich dir nur zustimmen.«

In meinem Kopf flammte ein ganzer Kronleuchter auf.

»Ach, jetzt weiß ich: Dein Grandpa will, dass du die Firma übernimmst. Und er wird dich nicht unterstützen, wenn du dich dazu entschließt, Kunst zu studieren.«

Rin zuckte die Schultern und verschränkte seine Hände auf dem Tisch. »Mein Dad sieht das genauso – sie wollen beide, dass ich das Geschäft übernehme.«

»Aber du bist doch erst in der Siebten!« Ich wippte entrüstet mit den Beinen. »Wie können sie dich so unter Druck setzen? Du musst selbst entscheiden dürfen, was du mit deinem Leben anfangen möchtest. Hast du deinen Eltern nicht gesagt, dass du das nicht willst?«

»Ich will sie nicht enttäuschen.«

»Rin!« Ich warf die Hände hoch.

»Sarah hofft, dass sie Dad und Grandpa herumkriegen kann. Und sie ist längst mit dem College fertig, bis ich mich für ein Studium bewerben kann. Ich habe also noch Zeit.«

»Das stimmt«, sagte ich. »Ich meine, du musst nicht jetzt schon entscheiden, was du später machen willst, aber trotzdem – es muss doch möglich sein, dass du Kunst studieren kannst, wenn du das willst. Oder dass du wenigstens am Kunstunterricht teilnimmst.«

Rin schüttelte den Kopf. »Du verstehst das nicht.«

»Was gibt's da nicht zu verstehen? Mach einfach den Mund auf und sag deinen Eltern, wie es dir damit geht. Ehrlich gesagt ist das etwas, das ich selbst gerade erst lerne. Mir steht noch ein Gespräch mit Mom bevor – ich muss mit ihr über die Dinge reden, die sie die ganze Zeit vor mir geheim gehalten hat.«

»Dann weißt du ja, wie schwer das ist«, sagte Rin. »Warum soll ich mir das antun? Ändern wird es nichts.«

»Vielleicht doch. Vielleicht nicht sofort, aber mit der Zeit.« Ich zögerte lange mit meiner nächsten Frage. »Ist mit deinen Eltern alles okay?«

»Wie meinst du das?«

»Sind sie glücklich miteinander?«

Rin runzelte die Stirn. »Warum willst du das wissen?«

Ich war nicht so dumm, meine Quelle zu verraten. »Du hast gesagt, du willst sie nicht enttäuschen. Das erinnert mich an meine eigenen Probleme – ich wollte immer die perfekte Tochter sein, als meine Eltern sich nicht mehr verstanden haben. Ich dachte, dann hätten sie vielleicht keinen Grund mehr, sich dauernd zu streiten.«

»Meine Eltern verstehen sich gut.«

»Das ist super.«

Ich zögerte einen Moment, dann fügte ich hinzu: »Und diese Zeichnung von deiner Familie, die ich in deinem Skizzenbuch gesehen habe?«

Rin warf mir einen langen Blick zu. »Was immer du im Internet über sie gelesen hast, vergiss es. Meine Eltern hatten ihre Auseinandersetzungen wegen bestimmter Dinge, aber jetzt ist alles besser. Oder wird besser. Mit dieser Zeichnung habe ich unser erstes Familienessen festgehalten, das wieder ganz normal war, so wie früher.«

»Warum wolltest du dann das Skizzenbuch nicht zurück?«

»Ich glaube, das wäre jetzt die zweite Frage.«

»Du hast recht. Sag mir nichts, den Rest kann ich mir auch selbst zusammenreimen.«

Rin schnaubte. »Na gut. Ich wollte es nicht zurück, weil ich sauer auf dich war, und die Hälfte dieser Zeichnungen zeigen ja dich.«

Oh. »Aber jetzt sind wir wieder gut?«

»Vielleicht, wenn du endlich mit deinem Verhör fertig bist«, konterte er, aber es klang eher belustigt. Dann zeigte er auf die Speisekarte. »Willst du mal was Neues probieren?«

Hm. Gleich und Gleich gesellt sich gern, dachte ich lächelnd. Ich nickte, und er winkte mich herüber, damit wir zusammen die Speisekarte studieren konnten, obwohl auf dem Tisch nicht weniger als vier an die Serviettenhalter gestützt waren. Ich huschte hinüber, saß Seite an Seite mit ihm. Mein Arm fing an zu prickeln, als wir uns berührten.

Wir teilten uns eine Waitress-Pie mit Blaubeeren und Bacon. Während des Essens redeten wir über Rins Nawi-Test, und ich überredete ihn, am Montag bei unserem Kuchenbasar vorbeizuschauen. Dafür erzählte er mir von seinem Open-Mic-Auftritt in zwei Wochen.

»Deine Freundin Isabella kommt auch hin«, sagte Rin. »Wegen des Artikels, den sie schreiben will.«

»Cool.«

»Und du? Kommst du auch?«

»Vielleicht.«

Er zuckte die Schultern. »Ich hätte gern, dass du da bist.«

Ich spießte eine Blaubeere mit meiner Gabel auf und spürte, wie ich rot wurde. »Oh. Also gut. Ich bin da.«

Nach dem Essen nahm ich Rins Angebot an, mich von Tate zu Dads Apartment chauffieren zu lassen – Mom arbeitete länger an diesem Tag. Ich schrieb Keiko eine Nachricht von unterwegs, damit sie sich von ihrer Mom dort absetzen lassen konnte. Als ich zu Dads Apartment kam, wartete sie schon auf mich.

»Das ist ja der Wahnsinn, Jenna!«, rief Keiko, als sie mein neues Zimmer sah.

Dad war der König der Blitzlieferungen. Jetzt wusste ich auch, wie er es geschafft hatte, so schnell an seine Möbel heranzukommen. Wir hatten fast den ganzen Sonntag damit verbracht, alles aufzubauen.

Ich musste mich erst noch daran gewöhnen. Keiko schaute nach rechts und nach links, ihr Lächeln war so strahlend wie die gelbe Sonnenblumen-Steppdecke auf meinem Ikea-Bett. Allein diese trickreiche Bettkonstruktion hatte Dad und mich beinahe unseren mühsam errungenen Waffenstillstand gekostet.

»Na los, sag's schon«, drängte ich sie.

Keiko schaute sich erneut im Zimmer um. Ich folgte

ihrem Blick zu den gerahmten Bildern an den Wänden. Eins war mit sämtlichen Charakteren der Studio-Ghibli-Filme bevölkert, was für Keiko nicht unerwartet kam. Das andere war ein moosgrünes Aquarell mit kahlen Bäumen. Es hätte eine düstere Emo-Szene sein können – also das, was normalerweise auch mein Stil war –, aber die Äste waren mit leuchtenden runden Klecksen gesprenkelt, ein bisschen wie eine Lichterkette. Ganz untypisch für mich. Ich hatte es während meines Spaziergangs mit Dad auf dem Kunstmarkt an der Uferpromenade gesehen und kaum meine Augen davon losreißen können. Dad hatte es mir gekauft, ohne ein Wort darüber zu verlieren.

Keiko ging zu meinem Schreibtisch hinüber. Statt der üblichen Schulbücher oder Zeitungen lagen dort jetzt ein neues Skizzenbuch, ganz ähnlich wie Rins, und eine Box mit Filzstiften.

»Warum? Was soll ich, deiner Meinung nach, sagen?«, fragte Keiko und setzte sich wieder neben mich auf mein Bett.

»Dass dieses Zimmer überhaupt nicht zu mir passt.« Ich lehnte mich an den Schreibtisch und schaute sie an.

»Es sieht aber nach dir aus, Jenna.«

»Im Ernst?«

Keiko lächelte. »Falls du Streit suchst, bist du bei mir an der falschen Adresse. Ich liebe dieses Zimmer.« Sie hielt ihre Hand hoch. »Und ich liebe auch das Zimmer bei dir zu Hause. Beide passen zu dir.«

»Wirklich?«

»Wirklich.« Keiko klopfte auf die Steppdecke. »Sonnenblumen sind deine Lieblingsblumen. Du freust dich jedes Mal, wenn wir welche sehen. Und du liebst Myazaki-Filme. So wie ich. Dieser Baumdruck ist supercool. Und dein Schreibtisch ist mit Malsachen zugestellt. Vielleicht zeichnest du in letzter Zeit öfter als sonst, aber du hast schon immer in deinen Notizbüchern gemalt und mir selbst gemachte Geburtstagskarten geschenkt.«

Sie lächelte mich an, und ich entspannte mich. Ich setzte mich an meinen Schreibtisch und blätterte zu einer Seite in meinem Skizzenbuch, auf der ich bereits zwei neue Snack-Figuren ausprobiert hatte. Ein Waitress-Pie-Stück und einen Milchshake. Ich schlug eine leere Seite auf, zog die Kappe von meinem Tintenstift herunter und zeichnete eine Fritte mit Augen, Nase, Mund und Stricharmen und -beinen. Keiko spähte mir über die Schulter.

»Süß«, sagte sie. »Aber die Bubble-Tea-Figur gefällt mir immer noch am besten.«

Es war ungewohnt für mich, etwas einfach nur aus Spaß zu machen. Ich träumte nicht von einer großen Künstlerkarriere. Ich wollte immer noch Journalistin werden. Aber ich fühlte mich nicht mehr dazu verpflichtet, die ganze Zeit verbissen auf mein Ziel hinzuarbeiten, ohne nach links und rechts zu sehen.

Keikos Handy summte – eine Textnachricht von Conner. Lächelnd setzte sie sich auf mein Bett, um mit ihm zu chatten. Ihre Daumen flogen über das Display, und ihr Lächeln wurde immer strahlender. Es war schön, sie so glücklich zu sehen. Und schön, eine Freundin wie Keiko zu haben. Ich konnte froh sein, dass sie mich nie aufgegeben hatte, obwohl ich sie jahrelang auf Abstand gehalten hatte und oft genug schnippisch und ablehnend gewesen war.

Überhaupt fühlte ich mich so leicht wie schon lange nicht mehr. Dad hatte uns nicht verlassen, weil er von mir wegwollte – ja, vielleicht nicht einmal von Mom. Und er war nach Pacific Vista zurückgekehrt. Ich wusste, dass meine Eltern nie wieder zueinanderfinden würden. Und wahrscheinlich war es besser so. Ihre Streitereien und ihr Geschrei würde ich jedenfalls nicht vermissen. Zum ersten Mal seit langer Zeit erlaubte ich mir, einfach nur glücklich zu sein. Mich zu spüren.

Keiko lachte über etwas, das Conner geschrieben hatte. Dann schaute sie zu mir hoch. »Entschuldige! Bin gleich fertig.«

»Lass dir Zeit«, sagte ich.

Meine Gedanken schweiften zu Rin ab. Ich wusste nicht, wann sich das Blatt gewendet hatte, aber ich freute mich jetzt auf die Treffen mit ihm. Bei Rin konnte ich ganz ich selbst sein. Anfangs vielleicht nur, weil es mir egal war, was er von mir dachte, aber irgendwann war es mir nicht mehr egal gewesen, und das hatte nichts daran geändert. Rin verurteilte mich nicht, wenn ich schlecht gelaunt oder überheblich … oder was auch immer war. Wow. Vielleicht mochte ich ihn doch mehr, als ich gedacht hatte.

»OMG, Jenna«, quiekte Keiko. »Du wirst ja richtig rot! Woran denkst du gerade?«

Sie ließ ihr Handy fallen und stürzte zu meinem Schreibtisch herüber.

»Na, du weißt schon.«

»Rin?«

»Rin.«

»Jenna!« Keiko lachte und stieß mich sanft gegen den Arm.

Es fiel mir immer noch schwer, über meine Gefühle zu sprechen. Dazu brauchte es noch einige Übung. Aber zum Glück sah ich sofort, wie ich mir diese Dinge für meine Arbeit zunutze machen konnte. Es brachte mich auf die Idee für meine erste selbst gestellte Aufgabe, und ich konnte es kaum erwarten, mit Keiko darüber zu reden.

»Ich weiß jetzt, was ich für den Stipendiumswettbewerb schreiben werde.«

34

Die restliche Woche verging wie im Flug. Dienstags und donnerstags traf ich mich wieder mit Keiko, was sich richtig gut anfühlte. Mit Rin saß ich weiter im Diner zusammen, aber obwohl wir bereits einige tiefe Gedanken ausgetauscht hatten, hielt ich mich sorgfältig an unseren Deal. Nach den beiden persönlichen Fragen, die wir einander gestellt hatten, kehrten wir zu unserer üblichen Routine zurück. Ein bisschen herumblödeln, essen, Hausaufgaben machen (ich) und zeichnen (er). Mom arbeitete oft bis spätabends, sodass ich nach der Schule zu Dad ging. Ich hatte Mom kaum gesehen, seit er zurückgekommen war. Fast, als würde sie mir aus dem Weg gehen.

Am Sonntag besuchte ich Dad zu unserem wöchentlichen Curryabend, den wir wieder eingeführt hatten. Wir kochten zusammen, schnippelten Zwiebeln, Kartoffeln und Karotten. Dad briet die Hähnchenteile an. Ich brach die schokoladenbraunen Curryblöcke in Stücke und ließ sie in die blubbernde Mischung fallen. Der Duft der Gewürze breitete sich in der.kleinen Küche aus, vermischt mit dem Stärkegeruch des dampfenden Reises.

»Ich habe mit deiner Mom gesprochen«, sagte Dad, als wir uns zum Essen hinsetzten.

»Worüber?«

»Über viele Dinge, aber hauptsächlich über dich. Ich fürchte, wir beide waren dir kein gutes Vorbild, wenn es darum ging, Probleme anzusprechen. Wir schämen uns, dass wir nicht gemerkt haben, wie sehr dich das alles verletzt hat. Wir hätten es wissen müssen, aber du hast uns den Eindruck vermittelt, dass du das alles ganz gut wegsteckst. Dabei sehe ich jetzt, dass dein Schweigen genau das Gegenteil zu bedeuten hatte.«

Ich schaufelte mir einen Löffelvoll Curry in den Mund.

»Die Scheidung hatte nichts mit dir oder deinem Verhalten zu tun. Wir möchten beide, dass du das weißt. Das ging allein uns etwas an. Und wir lieben dich nicht weniger als zuvor.«

Ich schluckte. »Aber ihr beide liebt euch nicht mehr, du und Mom.«

Dad legte seine Essstäbchen weg und nickte ernst. »Das ist im Wesentlichen wahr. Ich glaube, tief in unserem Inneren werden wir einander immer mögen, aber die Wunden sind noch zu frisch. Es wird noch dauern, bis wir darüber hinweg sind. Und vielleicht können wir eines Tages Freunde werden.«

Ich zog meine Augenbrauen hoch, und Dad lachte leise. »Ja, schwer zu glauben, aber wer weiß, was die Zukunft bringt. Letzten Endes gibt es nur eine Möglichkeit: Man muss sich die Voraussetzungen für die Zukunft schaffen, die man sich wünscht. Und das werde ich versuchen, Jenna. Ich bin hier. Und ich habe nicht die Absicht, wieder fortzugehen. Okay?«

»Okay«, sagte ich.

Während des restlichen Abendessens redeten wir über unsere Pläne für das Wochenende. Dad musste in seinem neuen Job weniger reisen und hatte also mehr Freizeit als bisher. Wenn die Steuersaison vorbei war, konnte ich am Wochenende wieder öfter mit Mom zusammen sein. Wir hatten noch nicht wirklich zu einem neuen Lebensrhythmus gefunden, aber für den Sommer sah ich bereits *die* Lösung – ich würde die Woche über bei Dad wohnen und an den Wochenenden bei Mom. Der Gedanke, nicht mehr wochenlang auf einen der beiden verzichten zu müssen, nahm mir eine riesige Last von den Schultern.

Als ich nach Hause kam, saß Mom vor dem Fernseher.

»Hi, Jenna«, sagte sie und hielt eine Schale Popcorn hoch. »Willst du mir Gesellschaft leisten?«

Ich kickte meine Schuhe von den Füßen und setzte mich neben sie.

»Alles gut bei dir? Und mit Dad?«

»Ja.« Ich schnappte mir eine Handvoll Popcorn und stopfte es in den Mund. In Gedanken flehte ich: Sag jetzt bitte nichts über Dad. Obwohl ich wusste, dass es nichts helfen würde. Mom ließ sich nie eine Gelegenheit entgehen, auf Dad herumzuhacken.

Aber nein. Sie tätschelte mein Bein und fragte: »Hast du Zeit für einen Film?«

Ich blinzelte sie an. »Klar.«

»Such dir einen aus. Was immer du willst.« Mom reichte mir die Fernbedienung.

»Okay.« Ich klickte auf das Menü und scrollte mich zu *Chihiros Reise ins Zauberland* von Miyazaki herunter – einer von Dads Lieblingsfilmen und folglich ein rotes Tuch für Mom. Aber ich konnte es mir einfach nicht verkneifen. »Ist der okay?«

»Hmmm«, sagte Mom. »Nur eine Bitte.«

Na also. »Was?«

»Wir sehen ihn auf Japanisch mit englischen Untertiteln an. Einverstanden?«

Ich blinzelte sie erneut an. »Ja, gut.«

Vielleicht hatte Dad ja die Wahrheit gesagt. Vielleicht bemühten sie sich beide, mehr Rücksicht auf meine Gefühle zu nehmen. Mom und ich machten es uns auf der Couch bequem, in unsere Decken gehüllt, und schauten den Film zusammen an.

35

Am Montag setzte ich mich im Zeitungsclub wie immer in letzter Zeit zu Isabella und Caitlin. Ich spürte, wie sich schon jetzt mein Magen zusammenkrampfte, weil ich die beiden um einen Gefallen bitten musste.

Eine Bitte zu äußern fiel mir immer noch schwer. Aber ich hatte endlich eingesehen, dass ich nicht alles allein schaffen würde.

»Wie läuft es mit deinem Stipendiumsbeitrag?«, fragte Isabella mich.

»Okay.« Ich war immer noch nicht bereit, darüber zu reden. »Machst du auch mit?«

»Ja, das habe ich ehrlich gesagt vor.«

»Ist doch super!«

»Dann macht es dir nichts aus, wenn du ein bisschen Konkurrenz bekommst?« Isabella stieß mich gegen den Arm.

»Versuch's nur mal!«

Wir lächelten uns an.

»Hey, kann ich nächste Woche mit dir zum Open Mic fahren?«, fragte ich ein bisschen verlegen, als wollte ich mich Isabella in ihrer Freizeit aufdrängen.

»Du willst wieder hin?«

Ich nickte.

»Das ist super! Keine meiner Freundinnen will mitkommen«, sagte sie. »Ich meine, außer dir.«

»Heißt das, wir sind Freundinnen?«

»Jenna, willst du mich auf den Arm nehmen?«

Ein warmes Glücksgefühl sprudelte in mir hoch. Und da ich jetzt wusste, dass Isabella unsere wachsende Freundschaft genauso zu schätzen wusste wie ich, traute ich mich auch, die nächste Bitte zu äußern. Ich drehte mich zu Caitlin um: »Du hast mir neulich gesagt, dass du gern einen Comic mit Snack-Figuren machen würdest?«

Caitlin nickte. »Heißt das, du willst Comics mit mir zusammen machen?«

»Einen vielleicht? Mal sehen, wie es läuft?« Ich zeichnete jeden Tag und hatte einen Riesenspaß dabei.

»Alles klar!«, sagte Caitlin.

Als ich mein Notizbuch für den Zeitungsclub herausnahm, war mir ganz warm ums Herz. Ich schaute durch das Zimmer zu Elliot, der genau im selben Moment den Kopf hob, sodass sich unsere Blicke kreuzten. Ich nickte und drehte mich wieder zu meinen Freundinnen um. Egal, was aus dem Stipendium wurde oder welche Aufgaben Ms Fontes uns nächstes Jahr stellte, ich gehörte hierher.

Am Dienstag, nachdem ich Keiko von meinem Plan erzählt hatte, ließ ich das Basketballspiel aus, weil ich wusste, dass sie nichts dagegen hatte. Stattdessen ging ich direkt zum Parkplatz vor dem Burger-Imbiss.

»Hey, Tate«, sagte ich.

Tate lächelte mir durch das offene Fenster zu. Es wurde endlich warm, und überall sprossen Blüten hervor. Moms Allergien spielten verrückt.

»Wartest du auf Rin?«, fragte Tate.

Ich nickte, und im selben Moment sah ich Rin über die Straße zum Parkplatz kommen. Langsam ging ich ihm entgegen. Mein Herz führte einen seltsamen Stolpertanz auf.

»Sakai«, sagte er, als er mich erreicht hatte.

»Rin.«

Wir standen an der Ecke, um uns herum strömten Scharen von Schülern, die sich nach dem Unterricht einen Burger kaufen wollten. Wenn sie nur Leighs Diner kennen würden, dann müssten sie sich jetzt nicht mit diesen mittelmäßigen Pommes zufriedengeben.

»Ich möchte neue Bedingungen zwischen uns aushandeln«, sagte ich.

»Ach ja?«

»Ja. Ich will in Zukunft persönliche Fragen stellen, wenn ich welche habe, und du sollst sie mir beantworten. Dasselbe gilt natürlich auch umgekehrt.«

»Cool.« Rin ging wieder los, und ich folgte ihm. Als wir

zu seinem Wagen kamen, öffnete Rin die hintere Tür und winkte mich hinein.

»Also«, stellte ich klar. »Ich kann dich fragen, was immer ich will?«

»Als ob ich dich aufhalten könnte«, sagte er grinsend.

Im Diner brachte Leigh uns unsere Schoko-Erdbeer-Shakes und Käsepommes. Dann nahm Rin sein Skizzenbuch heraus und ich meines. Unsere Blicke begegneten sich, und ich merkte, dass er mich etwas fragen wollte. Ich antwortete mit einem ziemlich Rin-ähnlichen Schulterzucken.

»Das ist nur Gekritzel«, sagte ich.

»Kann ich mal sehen?«

Ich schob ihm mein Skizzenbuch hinüber. Ich war ein bisschen nervös, als er die Zeichnungen anschaute, aber nicht, weil ich befürchtete, dass er sich darüber lustig machen oder an mir herumkritisieren würde. Ich wusste, dass er das nicht machte. Ich vertraute ihm. Aber tief in meinem Inneren wollte ich natürlich, dass ihm meine Zeichnungen gefielen.

Er schlug das Buch auf und entdeckte meine Bubble-Tea-Figur. Auf der nächsten Seite kam das Butterstück, das mit einem Toast tanzte. Ich schaute jetzt nicht mehr auf die Seite, sondern beobachtete Rins Gesicht. Seine Augen überflogen jede einzelne Zeichnung, und ein Lächeln spielte um seine Lippen. Kein spöttisches oder abfälliges Lächeln – nein, er fand es wohl einfach witzig.

Meine Augen wanderten von seinen langen Wimpern hinter den Brillengläsern über die Rundung seiner Wange zu seiner Kieferlinie hinunter.

Endlich klappte Rin das Buch zu und sah mich an. »Das gefällt mir.«

»Wirklich?«

»Nicht ganz, was ich erwartet hatte«, fügte er hinzu. »Die Figuren sind süß und lustig und kawaii.«

Kawaii war japanisch und bedeutete ungefähr dasselbe wie süß und lustig. Oder hübsch. »Ah, ich verstehe. Und ich bin nichts von alledem.« Ich lächelte, um ihm zu zeigen, dass ich es nicht ernst meinte.

Er lächelte zurück. »Doch, du bist das alles.«

Mein Herz hämmerte.

»Also, Sakai«, fing Rin an.

»Jenna, bitte. Ja?«

»Jenna.« Er sagte meinen Namen ganz leise, und mein dummes Herz machte einen Satz dabei. Vielleicht musste ich mal zum Arzt, um mich untersuchen zu lassen. »Willst du mit mir zum Open-Mic-Abend gehen?«

»Ah, ich kann nicht.«

Sein Lächeln erlosch.

»Warte! Ich meine, ja, natürlich will ich. Und ich geh auch hin. Aber ich habe schon mit meiner Freundin ausgemacht, dass sie mich mitnimmt.«

»Isabella?«, fragte Rin.

»Ja.«

»Können wir hinterher irgendwohin gehen? Tate kann dich nach Hause fahren.«

»Klar. Okay.«

»Dann ist das also ein Date.«

»Ein Date?«

Er fing meinen Blick auf und lächelte. »Ein Date«, bestätigte er.

Eine wohlige Wärme breitete sich in mir aus und hüllte mich ein wie eine Decke. Dann schoss mir ein Gedanke durch den Kopf, und bevor ich ihn wegschlagen konnte, purzelten die Worte auch schon aus meinem Mund heraus: »Willst du meine Freunde kennenlernen?«

Er zog eine Augenbraue hoch. So süß.

»Ich wollte sie morgen hierher einladen. Wenn das okay für dich ist.«

»Das klingt gut.«

Zufrieden vor sich hin summend schlug Rin sein Skizzenbuch auf und fing an zu zeichnen. Ich machte dasselbe. Aber ich brachte keine meiner üblichen Figuren zustande. Es war, als führte mein Stift ein Eigenleben, weil er plötzlich nur noch glückliche Gesichter zeichnete. Aber wenigstens malte ich keine kitschigen Herzchen. Ich schlug schnell eine neue Seite auf, bevor Rin sehen konnte, was ich machte, aber als ich zu ihm hinüberlinste, stellte ich fest, dass er mich beobachtete.

Und lächelte.

36

»Alter, dieser Bananenshake ist … banana!« Doug schoss eine Strohhalmhülle quer durch die überfüllte Nische.

Conner feuerte seine eigene Hülle zurück und traf Doug mitten zwischen die Augen, was die Jungs mit lautem Gelächter quittierten.

Teddy biss so herzhaft in seinen Hamburger, dass ihm der Saft übers Kinn lief. Keiko reichte ihm eine Serviette, bevor sie sich wieder ihrem Schokoshake *Where it Happens* zuwandte. Leigh hatte sich heute mit einem Song für jede einzelne Bestellung selbst übertroffen. Alle hatten spontan Beifall geklatscht, ohne dass wir sie dazu auffordern mussten.

So wie jeden Tag, seit meine Freunde uns im Diner Gesellschaft leisteten, saßen Rin und ich in der Mitte unserer Nische, die Knie aneinandergepresst. Keiko, Conner und Teddy waren neben mir eingezwängt. Auf der anderen Seite knabberte Isabella an ihren Pommes ohne Käse, während Doug seinen Shake genoss. Sie waren in ein angeregtes Gespräch über ein neues *Battle of the Bands*-Videospiel vertieft.

»Ich glaube nicht, dass ihr diesen Platz jemals wieder für euch allein haben werdet«, sagte Keiko zu mir.

»Da hast du vermutlich recht«, sagte ich strahlend. Seit ich vor Kurzem alle ins Diner eingeladen hatte, tauchten sie regelmäßig nach ihrem Basketballspiel hier auf. Und Isabella begleitete mich jetzt immer nach dem Zeitungsclub ins Diner.

Ich griff über Rins Skizzenbuch, um mir eine Fritte zu schnappen, aber bevor ich zum Zug kommen konnte, packte er meine Hand und schlang seine Finger um meine. Ich sah ihn an, aber er zeichnete unbeirrt mit seiner linken Hand weiter. Ungläubig starrte ich auf unsere ineinander verschränkten Hände, die er einfach auf die Tischplatte zwischen uns legte. Vor allen anderen. Keiko grinste mich an und wackelte mit ihren Augenbrauen. Ich stibitzte mit meiner freien Hand die letzte Fritte von dem Teller, den ich mir mit Rin teilte.

Es war ein gutes Gefühl, von meinen Freunden umgeben zu sein. Rin zeichnete immer noch, dann fing er an, Manga-Figuren von allen anderen zu skizzieren, was am ganzen Tisch auf große Begeisterung stieß.

Morgen wollte Rin mich bei Dad besuchen. Wir hatten uns vorgenommen, gemeinsam an einer Manga-Figur zu arbeiten. Nur so, für uns selbst. Manchmal war es okay, etwas einfach aus Spaß zu machen.

Und manchmal musste man auch etwas durchziehen. Ich hatte Ms Fontes meinen Beitrag für das Stipendium in letzter Sekunde eingereicht. Ich hatte lange gebraucht, um die Geschichte zu finden, die ich erzählen wollte. Mir ging es nicht darum, den Wettbewerb zu gewinnen oder irgendwelchen Schmutz aufzuwühlen oder mir etwas zu beweisen. Ich wollte einfach die Wahrheit aufdecken. Meine persönliche Wahrheit.

Und ich fand, dass es eine gute Geschichte war.

Gebrochene Herzen –
und was man daraus lernen kann

Von Jenna Sakai

Herzschmerz ist was für Versager, hatte ich mir immer eingeredet, bis ich irgendwann eines Besseren belehrt wurde.

In meiner Familie sind alle Meister darin, Wände um sich herum aufzurichten. Statt Probleme anzusprechen, haben wir fast mein ganzes Leben lang nur um den heißen Brei herumgeredet. Jedes ungesagte Wort türmte sich Backstein für Backstein zwischen uns auf, bis die Wände so hoch und dick waren, dass wir nicht mehr zueinander durchdringen konnten.

Als ich neun war, hörten meine Eltern auf, sich zu lieben. Sie stritten nur noch und brüllten sich an. Die ganze Zeit. Zwei Jahre später ließen sie sich scheiden. Mein Dad zog in eine entgegengesetzte Ecke des Landes, und meine Mom schrie nicht mehr herum, aber sie redete auch nicht – jedenfalls über nichts, was wirklich zählte.

In meiner Wut machte ich einfach, was sie mir all die Jahre vorgelebt hatten: Ich baute eine Mauer um mich herum, damit mich niemand mehr verletzen konnte, nicht nur meine Eltern. Ich redete mir ein, dass ich allein zurechtkam. Dass ich keine Menschenseele brauchte. Wenn man sich auf andere einließ, wurde man ja doch nur verletzt. Fakten waren das Einzige, woran man sich halten konnte.
Das war auch einer der Gründe, warum ich Investigativ-Reporterin werden möchte. Ich fand es spannend, Rätsel zu lösen, Nachforschungen anzustellen, und Neugier war sowieso immer eine meiner hervorstechendsten Eigenschaften. Ich bewundere Journalisten für ihre Fähigkeit, objektiv zu bleiben und die unverfälschte Wahrheit zu berichten. Nur war für mich »objektiv bleiben« gleichbedeutend mit »keine Gefühle zulassen«. In den letzten Wochen musste ich mir dann eingestehen, dass ich alles andere als objektiv gewesen war. Weder in Bezug auf meine Eltern noch auf meine Klassenkameraden oder den Enthüllungsbericht, den ich ursprünglich für diesen Wettbewerb einreichen wollte. Ich war voll vorgefasster Meinungen zu fast allem, und keine davon erwies sich als richtig. Ich ließ es zu, dass diese Vorurteile mein Denken beeinflussten und die Geschichten verzerrten, die ich schreiben wollte. Ja, schlimmer noch, ich stieß alle und jeden in meinem Leben zurück.
In den letzten Wochen verkroch ich mich in ein Diner, nicht weit von unserer Schule. Dieses Diner war genau das Richtige für mich, das wusste ich sofort, weil es meistens leer

war und nur wenige Leute sich hineinverirrten. Ich konnte ungestört in meiner Nische sitzen, ganz allein, leckere Sachen essen und an den Artikeln arbeiten, die ich schrieb – den Wahrheiten, die ich aufdecken wollte. Aber dann, eines Tages, schlich sich jemand in meine Nische ein. Jemand, der genauso viele Mauern um sich herum aufgebaut hatte wie ich. Je besser ich ihn kennenlernte, desto klarer wurde mir, wie entsetzlich einsam man sein kann, wenn man allein ist. Und dass es zu nichts führt, immer nur Vermutungen anzustellen, statt darüber zu reden, was in Wahrheit hinter den Dingen steckt.
Meine Wände fingen an zu bröckeln. Zum Glück gibt es viele Menschen in meinem Leben, die zu mir halten, egal, was passiert. Meine beste Freundin, die eine Engelsgeduld mit mir aufbringt, wenn ich mich wieder mal in etwas verrannt habe. Mein Dad, der vor Kurzem in die Stadt zurückgezogen ist, der mir einfach zuhörte, als meine aufgestaute Wut aus mir hervorbrach – und der zum ersten Mal wirklich mit mir redete. Meine Mom, die endlich sieht, wie schwer das alles für mich war, und mich mit kleinen Gesten überrascht, kleine Veränderungen in ihrem Verhalten, die einen Riesenunterschied machen. Meine Lehrer, die das Beste in mir hervorzubringen versuchen, was immer das dann auch sein mag. Meine Freunde, die mich zum Lachen bringen, mit denen ich neue Dinge ausprobieren kann und die sich nicht wegducken, wenn ich etwas verbockt habe. Und natürlich der Junge aus dem Diner, der gerade zu etwas sehr Besonderem für mich

wird. Alle diese Menschen haben dazu beigetragen, meine Abwehrmechanismen zu schwächen, ohne dass ich es gemerkt habe.
Und nun ist es an mir, die schwerste Aufgabe in Angriff zu nehmen und diese Mauern einzureißen, Stein um Stein, Wort für Wort. Das braucht Zeit, aber ich lerne dazu. Als Erstes versuche ich, meine Gefühle zuzulassen – alles, was mich bewegt, Kummer, Wut, Freude, Angst. Das ist die einzige Möglichkeit, jemals zu werden, was ich sein will – eine gute Tochter, eine gute Freundin und hoffentlich eine gute Journalistin.
Herzweh ist nichts für Versager. Es bedeutet nur, dass ich ein Herz habe, das gebrochen werden kann. Ich dachte, ich brauche Wände, um meines zu schützen, weil es mir so zerbrechlich erschien. Aber mein Herz ist tougher, als ich dachte.
Ich brauche keine Wände. Ja, es stimmt – wenn man sich auf andere einlässt, kann einem das Herz gebrochen werden. Das verlangt Mut. Aber ich bin stark genug, um damit fertigzuwerden.

Danksagungen

Einer Autorin wie mir, die einen langen Weg zur Buchveröffentlichung zurückgelegt hat, ist Kummer und Herzweh nichts Fremdes. Zum Glück bin ich mit einer unglaublichen Community gesegnet.

Dieses Buch wäre ohne meine fantastische Verlegerin Jenne Abramowitz nicht möglich gewesen – danke, dass du mich um einen Folgeband zu »Gib deinem Glück eine Chance, Keiko Carter« gebeten hast. Danke auch für deine weise Führung, durch die dieses Buch zu einem viel besseren geworden ist. Du hast meine Worte genommen und mir dabei geholfen, sie zu einem köstlichen Geschichten-Shake zu verbinden. Du verstehst mich wie niemand sonst!

Danke an Tricia Lawrence, die an meine Arbeit und mich geglaubt hat. Du bist eine großartige Agentin, eine fabelhafte NYC-Reisegefährtin und wunderbare Freundin. Lass uns weiterhin Träume wahr machen!

Danke auch an meine bewährten Leserinnen für ihre kenntnisreichen Feedbacks: Andrea Wang, Kristy Boyce, Jasmine Perry, Cindy Faughnan und Jo Knowles – ihr alle macht mich zu einer besseren Schriftstellerin. Ein großes Dankeschön an Josie Cameron, Jason June, Daphne Benedis-Grab und Susan Tan, die mich vor so manchem Absturz bewahrt haben. Eine dicke Umarmung für meine EMLA-Familie und ganz besonderen Dank an Leigh Bauer, die ihr Wissen über Broadway-Musicals und alles rund um Teenies mit mir geteilt hat.

Ich bin überglücklich, ein Teil der Scholastic-Familie sein zu dürfen. Ein warmes Dankeschön an die Sakai-Squad, einschließlich Shelly Romero, Abby McAden, Jordana Kulak, Rachel Feld, Julia Eisler, Josh Berlowitz, Janell Harris, Nikki Mutch und das gesamte Vertriebsteam – für eure Unterstützung und Hilfe, die mir die Welt bedeuten. Danke auch für das fabelhafte Cover und Buchdesign, danke, Stefanie Yang, Yaffa Jaskoll, Dank an den Fotografen Michael Frost und das Cover-Model Zoe Manarel.

Dank an alle, die Keiko Carter geliebt haben, danke fürs Lesen und Teilen. Danke, Alexandra Devlin von den Rights People, für die Auslandsverkäufe. Ein großes Dankeschön an Dennis Stephens, bon vivant bei EMLA, für alles, was du machst. Große Hochachtung vor meinen Freunden und der kidlit Community, mit einem besonders lauten Hallo an die asiatische Community, die mich wissen ließ, wie viel es ihnen bedeutet, sich selbst/ihre Leserinnen in meinen Geschichten wiederzufinden. Danke an die Highlights Foundation und SCBWI und an Sara Zarr und Jenn Laughran für ihre Freundschaft und Ermutigung, als ich das Buch angefangen habe. An Lehrer, Bibliothekare und Buchhändler überall, danke, dass ihr Bücher an die Leser bringt.

Im Gegensatz zu Jenna gebe ich freimütig zu, dass meine Leidenschaft für japanisches Curry zumindest teilweise sentimentaler Natur ist. Japanisches Curry erinnert mich an meinen verstorbenen Vater, Denta Hirokane. Jetzt teile ich die Liebe zu diesem Gericht mit meiner Tochter.

Und wie immer ein großes Dankeschön an meine Familie – meinen Mann, Bob Florence; meine Tochter, Caitlin Masako Schumacher; meinen Stiefsohn, Jason Florence; meine Eltern, Bob und Yasuko Fordiani; meine Schwester und ihre Familie, Gail Hirokane, John Parkison und Laurel Parkison; und natürlich an meine restlichen Verwandten und die Florence-Familie für ihre ganze begeisterte Unterstützung. Ich liebe euch alle!